答案就在风中

杨献平 主编

天津出版传媒集团
天津人民出版社

图书在版编目(CIP)数据

答案就在风中 / 杨献平主编.— —天津:天津人民出版社, 2013.1(2019.7 重印)
(散文中国精选)
ISBN 978-7-201-07908-0

Ⅰ. ①答… Ⅱ. ①杨… Ⅲ. ①散文集-中国-当代 Ⅳ. ①I267

中国版本图书馆CIP数据核字(2013)第000284号

答案就在风中

DAANJIUZAIFENGZHONG

出　　版　天津人民出版社
出 版 人　刘　庆
地　　址　天津市和平区西康路 35 号康岳大厦
邮政编码　300051
邮购电话　(022)23332469
网　　址　http://www.tjrmcbs.com
电子信箱　tjrmcbs@126.com

责任编辑　伍绍东
装帧设计　汤　磊
印　　刷　天津兴湘印务有限公司
经　　销　新华书店
开　　本　700 毫米×960 毫米　1/16
印　　张　13.125
字　　数　150 千字
版次印次　2013 年 1 月第 1 版　2019 年 7 月第 4 次印刷
定　　价　32.00 元

目录

目录

刀锋

为什么是刀锋

—杨献平

当下散文，虽曾有短暂的热闹，但大都是以丧失其应当的艺术品质和精神要求、思想含量乃至切身体验作为代价的。在新的变异和探索之中，树立和发现之间，我们或许丢失了原本重要，甚至不可或缺的一些因素，比如散文的开阔性、优雅性和自由性，科学的规律和自觉的精神要求；我们丧失了对艺术的精致与阔大，细微与独立的耐心和信心。

为此，我们编选了张立勤、朝潮、青年河、杨献平、吴昕孺、衔杯、师永涛、郑晓红、李天斌等人的散文新作。青年河的《动物漫笔》优雅纯净，娓娓道来，有引证，更有目击；有独到的发现，更有朴素和本质性的认知力量。张立勤的《青岩内部》观察独到，简洁有力，是一种直逼内心和灵魂的写作，具有强烈的现场感和凝滞的时光和俗世味道。朝潮的散文看起来漫不经心，却处处闪烁着一种智慧。

师永涛的散文想象奇诡，具有很强的历史趣味和寓言性质。其以村庄为背景的散文写作，从某种程度上是个人对人类生存和精神层次的一种独特认知与逼真描摹。肖建新三篇新作，是一个人在城市的历练，是容身强大生活和现实环境中的个人的一种深切体验。其作品笔调深沉，内容饱满，简略得当，在沉郁的情绪和物象之下，是一颗蓬勃的心。

郑晓红的《蝎子穿过森林》，书写大地物象和人间烟火，感觉新颖，语言饱满且诗意浓郁，具有很强的艺术美感。衔杯《嵇康论》的新鲜之处在于，这个文本是翔实的、准确，宽阔深刻的。文化解读不是抒情，更不是似是而非的感悟。《嵇康论》与当下和以往流行的文化大散文是有区别的，衔杯将嵇康这一中国文人的特殊例子，以文化、人格、传统和现世眼光，进行深入的解读和发现。李天斌是一位地地道道的散文新秀，其《夜三章》有着敏锐的感觉力和洞察力，能够在复杂的影像之中，找到属于自己的那些，并以灵性之笔，书写自己的独特发现。

这些作品是无声的，但有刀子一般的力量，向更广阔的疆场行进，就像风中的骑手，沉默疾驰。

青岩内部

■张立勤

1

在花溪南部那平缓的山岗上,青岩静静地遍布和移动着。

我相信,这是一个亘古的始终。

从这一个粗砺的起源,到一个以它的名字命名的青岩镇,当我用短暂贯穿它们的久远时,我的双眼一直在跳,跳得很急剧,也很疼痛。我明白,我撞见了青岩,古老的,赤裸裸的,颤栗的。

青岩朝我的方向推上来,浪潮一般。青岩就在我的脚下和身旁,我伸出手便触摸到了它们。它们坚硬而划手,带着无序的坑洼和石纹。我第一次,与这么多的青岩面对,它让我不得不感受着:该逝去的,不会有一点犹豫;而青岩,却是不该急于逝去的。

我在想,青岩怎样与生命互相纠缠,才一同走到了今天?其实,不论在哪里,人都要与非生命的东西合处,才得以活下去。七百多年以前,或许更早,青岩带着海生物的斑驳之痕,给这一个生命聚集的地方,铺筑了道路、房屋、寺庙和城垣。

青岩从一开始,就不单是属于山岗的,它们远道而来,就像远道而来的我一样。它们带着自身的硬度,或是惰性,一待就是永远。

青岩,这一最为基础而沉寂的维系,使得偶然经过此地的我,不至于满目荒芜。

2

这是三月的一个早晨,我仰着头看青岩镇的城墙。它们高耸、厚重,外墙倾斜。天空横亘在离城墙很近的地方,它们的边缘似乎缠绕在一起。如果没有白天,我想它们理应是永远缠绕在一起的。而现在不是,它们在彼此分离。那带着野性的光线趁虚而入,沿着每一块砖石,流淌在梦境与现实之间。我忽然觉得,那光线不像是天上的产物,倒像是从大地上长出,再向上方恋恋地刺入。它们首先刺入了我的心脏,然后刺入了城墙和青天。只是早春的湿润，让城墙的每一条砖缝，都显得异常的清亮和干净，近乎于消解了它们的沧桑。

我走进古镇南门，门洞墙内渗出来的凉气，岩石味，还有历史的碎影，一齐钻进我的内心。一种压迫感，从一个遥不可及的深处压过来。我回头看了一眼，田野便剩下一条扁长的淡绿了。刚才我走过的门洞，在一团阳光中呈现出半个圆弧，幽暗从圆弧上边倾泻而下。我亦步亦趋地朝前走去，可我想不清楚，我到底跟在什么东西后边走，但“跟着”是肯定的。

我跟着你，然而你是谁？你可以是气流，可以是叹息，也可以是不复存在的东西。但那一定是一种或缓慢、或奇特、或深邃的力量。我看不到，却能感到，是那力量把我吸引了过来。

在门洞这经久的昏暗中，我听见了自己身上的轰响。后来，我觉出了我的躯体的延伸，向着青岩的薄层之间，地气一样，不断碰壁，又逐步挥发。在那里，没有城市的围困，没有太阳的直射，也没有残忍的风化。再后来，我看到了我与暴露在山岗外部的青岩一道，被人们搬运走了，就再也不能回来……

3

一条很古色的街道，涌过来。朝前走吧，空气中有了豆香和辣香，似乎还有一点蒸汽的味道。行人稀少，没有汽车，也没有自行车。街两边都是商店，商店门窗的油漆像是刚刷上的，刷得很着急，也很厚。我不喜欢这条街，旅游破坏了它的原始感。我低下头，看着脚下有着岁月凹痕的青岩石板。石板背朝蓝天，上面滋长着日久的苔藓。可我总觉得它们的脸，是永远面朝大地的。它们仿佛躲避着什么，是不是青岩也需要掩面，去怀旧，去期求？

当我抬起头来，视野里居然全是屋脊了。我这才发现，自己已走到了那条街的最高点。我置身在大片的屋脊的围拢中，兀立而却步。那 A 形的屋脊，双翼般垂落，又似做起飞状。它们独自匍匐，拉住下一个屋脊的手不放。它们之间，如此信任相依地错落而下。屋脊上面的瓦，深灰，半湿，括号一样的弯度，阳光和阴影在上面不能被断然划分。瓦是上一片压着下一片的，不能像屋脊那样独立以待。然而，瓦们的接连不断，既严谨，又生动，宛若一条长着灰色鳞片的大鱼游向天边。我就是这样看着青岩镇的屋脊，一个小时一个小时入迷地看着。

久违了！

在我居住的城市，铺满瓦片的屋脊早已化为乌有。每天，我看到的几乎尽是地基，以及上面纵横的钢筋、模板和塔吊。此刻，我满眼的瓦片与春风，心底却生出一丝惆怅。许多年过去了，在青岩镇，屋脊与瓦们均在。青岩镇留下来了历经数百年的房屋、壁画、诗书、故事、香火和一个状元的名字：赵以炯。

4

我拐进一条窄巷，两边的房山，大多用石头垒砌，有的垒着半截石墙，上面再垒青砖。墙上没有一扇窗户，巷里也没有一棵树。一条细长而幽深的小巷，让我想起戴望舒诗中的那把油纸伞。

忽然，一个轻微的声音从身后传来，我不禁扭过头去，层层叠叠的灰墙中间，一个纤弱的女孩站在那儿。她大约十二三岁，一双水汪汪的眼睛流露出稚气和忧郁。她说："我喜欢你！"话音未落，她双手捧到我面前一个小瓷熊。一个食指高低的、米色的、红耳朵的卡通小瓷熊。这种小玩意儿，在城市随处可见，可这是青岩镇！"送给你，你闻闻！"她又说。我伸出手去，接住了小瓷熊。她用手示意我把小瓷熊翻过来，我那样做了。然后，我用鼻子对着小瓷熊底部的圆孔闻了，"好香！"女孩笑了！

我举着小瓷熊冲着太阳看，小孔里有一朵野花，花瓣淡紫，一层一层的花瓣还在挣扎着绽开。春天的挣扎，即使脱离了泥土与家园！女孩也卷入了这不知的挣扎之中吗？

旅行箱在汽车上，我送给她什么呢？我问，"能把你的地址告诉我吗？"她说，"我没有地址！"她说得没有迟疑，我的心一紧。这时，朋友在叫我了。我下意识地，从兜中掏出十元钱塞进女孩的手中。她水汪汪的眼睛，在我的身后，望着我。

我知道她望着我。可是我，却没有迟疑地走了。

5

一间店铺里，一个男人，一只手握着一把锤子，另一只手握着一把刻刀。他半蹲在那里，背部几乎弯成了拱形。地上摆着一个未完成的面具，他一下一下地凿击着，木屑在阳光中四溅。很长时间，我没有听到过这种凿击声了。过去，在朋友的画室外，是听到过的。前几年，他到新西兰去了。这犹如我的朋友凿击出的声音，依旧超得过话语，还有凿击对于表达的长驱直入，又回到我的意识里。我迈进店铺，那个男人中断了凿击，站起身来。

我回头，看见了门槛，一条厚木板嵌入石板之中，木板上磨出了凹槽。在城市里，都是防盗门了，木质门槛只能作为经验，残留在肢体动作里——迈呀！由此，我这一迈，从城市迈到了原初吗——多么的妄为，我迈过的只不过是青岩镇的一道门槛而已。实际上，我闻声走来，初衷是想站在这儿，看一个人干活儿。就那么看着，看着刀是怎样刻出面具上的眼睛，或是目光？可我不能转变的是，这一个男人已经站了起来。他跟我的朋友一样，自己的凿击，只能让你听到，却不能让你看到。

他站在原地，黝黑的皮肤闪着密林般的光泽，两只粗糙的大手，冒着在所不惜的热气。他望了我一眼，我已与他擦肩而过。我走到屋子最里边，望着那面墙上挂着的面具。涂着炭黑色的面具们，很民间，很雷同。他说，“辟邪用。”他突然开口说话，嗓音悠远，空泛，然后介入到春天的深处。我联想到，城外那条青岩河的流水声，就充满了这种介入感——必须要介入到泥土和人的骨子里。我用手指着一个面具说，“这是钟魁。”他没有说话，一只手顺着我所指的方向，抬了一下，又落下。那手很大，像一棵胡杨树，在风中倒伏，没有树叶。

生命与面具，到底是怎样的关系？后来，他告诉我他的面具卖得不错。在青岩镇，我看着那些没有反光的、五官夸张笨拙、又充满灵动感的面具们。我在想，面具在它那十分局限的形态里，隐藏着什么？是力量？是传说？还是认知？都是。人们需要有形的被赋予含义的东西，来支撑无形的内心。然后，凭借着被支撑的内心，再去对付正在发生的一切，包括卷土重来的痛苦记忆。

一个青岩镇的年轻木匠，也许他不止是一个木匠吧。我想跟他说点什么，可我没有说。我仍旧在看那些面具。不知为什么，面具在这个青岩镇，跟在别的地方给我的感觉不一样，就像我在高原上竟敢大口喝青稞酒一样。地理因素，是会参与到我的冥思和现场情景中去的。我开始熟悉面具们的狰狞、叱咤，以及它们不瞑目的固执。它们似乎都涉及到了这个世界晦暗的、不可解释的一端。或许，我从我过去的朋友那儿，已挽留了我想挽留的：一个关于凿击者的手部细节：突起的青筋、深刻的手纹、汗水顺着手背扩张的汗毛孔往外流淌。

此时，我感觉到我的身后，有一双粗糙的大手，散发着汗气和尾音。我认为，这样的手只能粗糙，又余音袅袅。

6

在城墙的阴影里，几间陈旧的房子，房前站着一位老女人。她笑着看着我，一动不动。或许，就是因了这一动不动的笑容，我朝她走去。我想，古镇向外人表达着它自己的一种姿态：一动不动的屋脊、城墙、面具、春天和一种木雕似的守候。

走近了，我看见了老女人的脸，皱纹堆积。这样的脸，是会比内心大出一千倍的，悲喜在里面盛不下了，之后，就都跑到了脸上。老女人很老吗？大概是的，除了皱纹证明衰老，还有白发和驼背。可是，她的眼睛十分清澈，与她的年龄不符。我肯定，她曾经美丽。我走到她身旁，她伸出一只干瘪的手，意思是让我坐在她身边的竹椅上。我坐下，竹椅有点湿凉，随后她端给我一杯热茶。我望着茶水的颜色，水汽模糊了我的眼镜。刹那间，周围的阴影，都变成了茶水的颜色，有了一点暗绿，也有了一点苦涩。

我几口就喝光了杯中的水，我渴了。她站起身来，从我的手上接过空杯，朝屋子里走去。我跟在她的身后，走进了那间老房子。房子的房顶很高，好像有鸟巢在上边，由于屋里光线不好，我看不清楚，可我觉出了一阵扑翅的轻动。墙上抹着一层薄薄的白灰，能透出墙石黑灰的底色。昏暗静静地在屋内存在着，潮味在翻滚。地面铺着青砖，已被磨得光滑不平。砖与砖之间的缝隙，都消融没了。“脏。”她说。“不！”我说。其实，地面扫得很干净，铁炉盘也擦得很亮。墙角处摆着的一张木床，上面放着一床被子和几件衣服。我又说，“挺好的。”她又说，“我家在这儿，是第十四代了。”十四代，是一个什么概念呢？

她注视着我，一动不动。

我意识到了，是否她的一生都有青岩拦截，她的眼睛才清澈如故？

不论怎样，她终是在对于青岩的拥有中，年轻过！

她注视着，也被注视着——没有杂念，没有妄想，没有远方，没有苏醒，也没有睡去。

我被注视着，也注视着——有杂念，有妄想，有远方，有醒来，有昏睡。

只是此刻，我们的注视，在青岩内部。

灵魂的入口

■吴昕孺

简介：吴昕孺，1967 年 12 月出生于长沙。1985 年开始文学创作，于诗歌、散文、小说、评论均有所涉猎，出版诗集《两个人的书》，散文集《自己是谁》、《声音的花朵》，长篇小说《高中的疼痛》、《空空洞洞》，文化随笔《远方的萤光》、《发现夹山寺》等文集十余部。有作品被译为英语、日语、世界语等。2003 年参加中国台北世界诗人大会。现为湖南省诗歌委员会委员。

1

我又来到了这座大门前。

不知道这是第几次。或许每来一次，在我的心灵上都会刻下一些印痕，就像树每长一年增加一圈年轮一样。我所在的这个城市，已有两千多年历史，称“文化古城”毫不为过。这里有曾经轰动全国乃至世界的马王堆女尸及帛画、三国吴简，有贾谊祠、明代城墙天心阁和开福寺等等。颇能发思古之幽情的文物、古迹，让这座在市场经济中吵闹得不可开交的省会都市，尚不乏一缕大气，有时它真像是宁静中一声厚重的叹息。

别小看这一声叹息。它包容了人类的沉思、忏悔和深深向往。我一直认为，城市是一个怪物，是文明之母和愚盲之父野合而成的怪胎。在喧嚣淹没一切时，一缕圣贤的叹息便会划过城市上空，让蠢蠢欲动的人们在不知不觉中镇定下来，这就是我们常说的一个城市的文化底蕴。长沙方言将最浓厚的黑叫做“迷黑”，一黑就迷，一迷则不知去向，这时候多么需要一种冥冥中的牵引。它来自最遥远的地方，千年前的先哲贤良；它又来自最亲近的地方，你的灵魂最深处。

我每次来到这座大门前，都感觉是来到了自己心灵的入口处。

必须买门票，30 元。进入自己的内心为什么还要花钱？然而，花 30 元钱，与观赏自己内心的风景怎么可以同日而语呢？30 元就够了。花那么多钱，谁又能真正认识自己呢？

朱门圆环。在现代人心目中，这样的门不多见了。时人多以防盗门自闭，贼可能进不来，自己也随之被钢铁封锁，物质勉强保住，精神却萎落凋敝，剩下一具空壳，外加一个钢筋水泥套子，人到哪里去了？魂不守舍。也许你一不小心爱上一个不回家的人，而许多家，就像书院现在这个样子，寂然落寞。所不同的是，那些所谓的家零乱、闲杂，充斥着大件电器和啤酒瓶；而这里却整洁、萧散，只有绿阴花色和鸟的聚会，境界自有霄壤之别。

这张门原来没有。它是 1986 年为书院 1010 年庆典才建成的。

古人的门绝不会这样靠近大路。大路修于民国年间，如此通途直抵书院核心，大约是那些附庸风雅而又放不下架子的达官贵人所为。我去过白鹿洞书院，也是在从星子至九江的公路边筑了一个威武山门。这是旅游业、市场经济对古典文化的扭曲和破坏。“庭院深深深几许”，深的地方，好读书，好思考，好内省。硬要挪到凡夫俗客眼皮子底下，讨那十来元门票，当然不是书院的本色。

门额上悬着“千年学府”的横匾。不是谁专门写的，乃集唐代著名书法家欧阳询之手迹。这是个好主意。当代名人哪个敢在这门额上写字？欧阳询是长沙人，这四字洵洵儒雅，与书院颇为相称，再好不过。

2

过了头门便是赫曦台。

赫曦台本在岳麓山顶，现在那里是长沙电视台的雷达站，原台早已不存。1167 年，在书院主事的名学者张栻邀请远在福建崇安的理学大师朱熹前来讲学。朱熹一来，即陶然于此，在秀丽的岳麓风光与浓郁的书香氛围里逗留了两个月。几乎每天清晨，张栻和朱熹都比太阳起得还早，他们在山坡高地览霞光万道，迎旭日腾空，将格物致知的抽象教条融进清晨的新鲜气象，汇入大自然的神奇瑰玮之中。张栻特意筑台志胜，名曰“赫曦”。阳光普照，与朱熹“月照万渊”的理学观互相呼应，只有一个月亮，也只有一个太阳，散在江河湖海、随处可见的日月，都是“一”。万一与一万，本质是没有区别的，天地万物都可以没有，但不能没有“理”。道学家说道，理学家说理，天地间“道理”最大。

大约是秋天。风轻云淡，赫曦台赫然兀立。石基，木檐，琉璃脊。张栻与朱熹携手登台，正好一轮红日从云岚雾霭中喷薄而出，满山枫叶顿时泻火流金，远处湘江水仿佛突然间燃烧起来，整个天地响彻着光明的吟唱。

两位大哲目睹此景，久久无言。他们心中肃然起了敬畏，面对天上的旭日，也面对着地上的神明。此刻，自然律与道德律如日月之光，朗照内心，无论炽热抑或和煦，它们都是同一种光辉。良久，朱熹缓缓吟道：“泛舟长沙渚，

振策湘山岑。"张栻转过头，心有所会地接上："烟云涉变化，宇宙穷高深。"朱熹蓦地慷慨激越："怀古壮士志，忧时君子心。"张栻却长叹一声："寄言尘中客，莽苍谁能寻？"

他们所在的南宋王朝始终在风雨如晦中苟延残喘。儒学传统是修身齐家治国平天下，朱熹与张栻正值血气方刚的盛年，他们多么渴望用自己的满腹经纶匡时济世。可是，"日近长安远"。学问一途，只有在"鹅湖佳会"和"朱张会讲"的民间氛围里才能找到一点可怜的话语权。然而，名山大麓的这点声音还是惊动了朝廷。皇室贵胄对外侮无动于衷，对"异端"却奋起砍伐。不久，朱熹的学说被朝廷封杀。1220 年，朱熹死在武夷山，政府竟然严禁人们参加安葬仪式。当时，冲破重重阻力单枪匹马赶到武夷山告别大师的，是一位诗人豪杰，他叫辛弃疾。辛弃疾那么远赶过来，就是为了给朱熹送十六个字以盖棺定论，的确再没有比这十六个字更恰当、更有力的了："所不朽者，垂万世名；孰谓公死，凛凛犹生！"

"朱张会讲"340 年后，明代理学家、心学创始人王阳明因反对宦官刘瑾，被当局贬往贵州龙场。路过长沙，王阳明忍不住开了小差儿，他索性官也不做，干脆住在岳麓书院讲学授徒。那是一个春季，惊蛰雷，清明雨，王阳明只好一天到晚躲在百泉轩念着："宇宙便是吾心，吾心便是宇宙。"好不容易有一天雨停了，虽然没有放晴，但在哲学领域和边塞疆场上龙腾虎跃的王阳明再也憋不住了："隔江岳麓悬情久，雷雨潇湘日夜来。安得轻风扫微霭，振衣直上赫曦台。"

时间一晃到了清代。乾隆五十五年(1790)，山长罗典在大门前的宽阔地带筑成一个戏台。这一举措别开生面，将儒教的高深理论主动融入民间市井的说唱歌哭之中，这在绵延两千余年的封建道统中是不多见的。可以说，这是对中国古代"学而优则仕"官本位思想的叛逆与反动，尽管这种叛逆的力量很有限，但说明腐朽的封建道统已经走到了它的尽头，一些饱读诗书的知识精英已开始将他们的视线，投到更深厚的社会现实与更广大的基层民众身上，而不是"两耳不闻窗外事"，更没有带着"万般皆下品"的自恋情结。书院这一亲民入世的传统，从朱熹、张栻到王阳明、罗典，到谭嗣同、唐才常，再到毛泽东、蔡和森等，薪不尽而火益传，绵绵不绝。道光元年(1821)，山长欧阳厚均意外地发现了赫曦台遗址，激动之下，他不顾情理向背，将罗典搭的戏台子易名为"赫曦台"。

世易时移，赫曦台从山顶挪到了山脚，穷宇宙之高深的哲学玄理亦流布市井，悄然潜入中国国民的集体无意识。古老文化在热火朝天的的民间积淀、发酵，既是传承，更酝酿着突破。终至 20 世纪初叶，新文化运动在神州大地不鸣则已，一鸣则翻天覆地，中国借此迈开走向现代化的第一步。

赫曦台是哲学文化领域的高台，又是民间市井的戏台。在台上，仰望可见日月在天，俯视可知人间万事。从这里走出去的人，既有超凡器宇，又具俗世情怀，朱张风范真可谓山高水长。

3

过了赫曦台，才是真正的大门。这个门在宋代就有了。我们看到的门建于 1509 年，1868 年又翻修过，现在看上去还很硬朗。白墙青瓦空花脊，方形立柱将军门，典型的南方风味。屏墙长而门不大，显示出庭院特有的幽邃；台阶浅近，于平易中一股孤傲之气逼人而来，爬惯了高庙大堂的达官贵人如果来这里附庸风雅，小心被它使一绊子。

大门两旁的汉白玉石鼓双面浮雕不可不看。它们本非书院财产，而是清道光十八年(1838)，书院著名的学生、两江总督陶澍，严惩贪官曹百万，在抄没曹家时将这一对珍贵的古物捐给了母校。考证石鼓的年代成了历代文物学家的作业，从唐末至宋元，莫衷一是。左右石鼓，图案内容相同，图形变化有别。我以为，正反两面浮雕的年代不同。正面“三狮戏珠”的三只狮子丰腴多肉，天真稚拙，乃“唐狮”无疑，雕塑时间应是动荡不安的唐末，而且是向往和平、富裕的民间作品。可以想见，这件民间珍品在战乱中落入了官宦人家。至宋初，国定民兴，有钱人企望锦上添花，便在其反面刻“锦鸡芙蓉”图。意犹未尽，见石鼓鼓座的正反两面还有空白，又在鼓座反面刻“鹭鸶莲花”图，意为“一路清廉”，告诉皇帝自己的从政理想。鼓座正反两面体现了儒家的“正反”两面：达则兼济天下，穷则独善其身。陶澍把它们送到书院来，得其所哉。从画面上看，反面雕刻线条生动跳脱，布局张弛有度，比正面“唐狮”的传统摆布更为灵气，更具文人特质，显然是宋朝的风格。

宋朝的前四代皇帝太祖、太宗、真宗、仁宗都是不错的，正由于他们的努力，中国 11 世纪才出现了一个庞大的精英群体。从宋真宗起，武治结束，文安开始，那时国家竟没有一所官办学校，只好将目光投向窝藏在山林闲旷之地的书院。宋真宗听说南方有个岳麓书院办得好，山长周栻才德兼备，不可多得。1015 年，他在京城特意召见周栻，请他当教育部长(当时叫国子监主簿)。不料周栻不识抬举，坚辞。他对皇帝说，我只当山长，不当部长。人各有志。真宗也不勉强，他的字有点水平，就写了“岳麓书院”四个字，另加一些经书，送给周栻。“岳麓书院”写得威仪大方，方正中自有一股王者之气，不愧为天子手笔。真宗这一题，岳麓书院便成了北宋四大书院之首。

大门两旁挂着让湖南人自豪的一副对联："惟楚有材，于斯为盛。"乃清代嘉庆年间山长袁曜与其门生张中阶合撰。上联出自《左传·襄公二十六年》："虽楚有材，晋实用之。"下联源于《论语·泰伯》："唐虞之际，于斯为盛。"过大门，二门两侧也有一副名联："纳于大麓，藏之名山。"上联摘录《尚书·舜典》："纳于大麓，烈风雷雨弗迷。"下联见《史记·太史公自序》："藏之名山，副在京师，俟圣君子。"这两副对联实际上是一部人才原理学。我们来看一看人才是怎样出来的。首先，要有一个原材料密集区，即所谓的钟灵毓秀之地。在中国，历来有四个地方各领风骚，一是楚汉，一是齐鲁，一是江浙，一是川府。然后，得有一个人才加工厂，书生学子闻风而至，于斯为盛。人才一集结，一边读书，一边还要接受烈风雷雨的考验，在恶劣的自然环境和复杂的社会环境中培养自己的生存、发展能力。终于成为人才了，怎么办？不要着急，藏之名山吧，切勿轻用其锋，得俟机而出，方能一鸣惊人，甚至光芒万丈。

这两副对联，隐含着书院学子超常的意志力和自信心，当然还别有一番辛酸与苦涩滋味。正是由于这样的磨砺，书院学子中涌现出一大批千百年来炙手可热、千百年后青史留名的人物，我们只来数数明代以降：杰出的思想家王夫之，"干国良臣"陶澍，教育家彭浚及贺长龄、贺熙龄兄弟，启蒙思想家魏源，学者、政治家曾国藩，军事家左宗棠，我国历史上第一位外交家郭嵩焘，维新运动干将唐才常、沈荩，曾任国务总理的熊希龄，著名教授杨昌济，革命军领袖蔡锷，革命家陈天华、蔡和森、邓中夏，语言学家杨树达、黎锦熙……哪一门类的都有。他们的性格与命运各不相同，他们的思想与理想也各不相同，但他们都从书院那扇小小的门里走出来，他们只认一个"理"。这个"理"培养了他们的英雄气概，造就了他们的寰宇情怀。最终，他们很多都成为中国两千多年来宛如铜墙铁壁的封建秩序的突围者。尽管有的碰得头破血流，有的在迷惘中不得不接受失败的命运，有的则胜利地见到了新世纪的曙光，但他们骨子里的韧性和批判精神是一致的，他们在各自的人生轨迹中放射出卓越的人格光华。正如朱熹说的："如月在天，只一而已，及散在江湖，则随处可见，不可谓月已分也。"

4

书院的中心是讲堂。它被师生宿舍教学斋和半学斋左右相拥，气象博大。檐前悬"实事求是"匾。"实事求是"出自《汉书·河间献王刘德传》，称赞献王治学时"修学好古，实事求是"。民国初期湖南工专迁入岳麓书院，该校校长宾步程制成此匾。

1918 年 6 月至 1919 年 8 月间，一位梳着分头的高个子年轻人寓居半学斋，他自己做饭，还经常去爱晚亭搞“日光浴”和“风雨浴”。他站在“实事求是”匾额前思索问题的神态，让人想到四个字：国之伟器。20 年后，这位成长为中国革命领袖的年轻人在延安抗日军政大学讲课后，肃然书“实事求是”作为该校校训，它不仅成为毛泽东思想的精髓，而且在 20 世纪 80 年代初挽救中国政治经济命脉的关于真理问题讨论中，邓小平又将“实事求是”作为引导中国经济建设和政治改革的指南针，中华民族由此跨入振兴之途。

宾步程校长并没有想到，他那块匾会有多大的作用，甚至影响到中国革命的进程。但历史发展证明，任何伟大事件，都有它极其细微的基因；基因虽小，它却往往决定着事物的本质。就像长江大河，必有它的源头活水一样。中国五千年来，历经各种忧患、灾难、剧变，而其文明始终绵延，弦歌不绝，因为中国文明史在它的发端便有了百虑一致、百密不疏的思想体系，它为以后出现的各种变数都准备了充分、行之有效的办法。我们得意地说，任何问题都可以从古书中找到答案。中国人生怕香火断了，古人尤其如此，古代圣人尤其尤其如此，孔夫子不是说“无后为大”吗，人种繁衍如此，文化繁衍同样如此。所以，圣贤们绞尽脑汁，求全责备，宁可讲错，也不能有一个漏洞，让后人翻破古书找不着北。好在后人大多是听话的乖孩子，视祖宗遗训为金科玉律，他们只要照着做、不走样就行了。于是，靠强大的文化保住了国家，延续了种族，拯救了文化，同时也造成更为强大的惰性。传统的巨大包袱背在偌大黄土地上，以至于中国每一次改革都步履维艰。走得稍远一点，又反弹回来，因为不放心，看能不能到古书中找到这样走的理论依据。常常找得到。等找到了，大家温故知新一遍，高高兴兴上路，又望不到人家项背了。

19 世纪和 20 世纪，中国的“子曰诗云”给予了现代化进程前所未有的窒息，使文明古国总是赶不上世界变革的潮流。19 世纪末叶，一大批知识精英咬破坚硬的封建外壳，谋求变法维新，岳麓书院师生如谭嗣同、唐才常、沈荩等，作出了重要贡献。然而，在这一贡献后面，是一场惊心动魄的新旧大交锋。

交锋的第一位人物便是岳麓书院最后一任山长王先谦。王先谦的任期是 1894 年至 1903 年，正是康梁变法期间。戊戌政变前的湖南，是全国维新变法的中心，当时湖南巡抚陈宝箴是地方督抚中唯一倾向变法的实权派。他的下属如按察史黄遵宪，提学使江标、徐仁铸等，都是变法维新的激进分子，更有谭嗣同、唐才常诸活动家，湖南的声势最为壮大。1887 年，梁启超应聘主讲长沙时务学堂，天下学子引颈而盼。可是，晚清的书院教学已经积弊甚深，流于空谈，务名图利，轻视科学，醉心八股。王先谦作为一代硕儒，在对书院教学进行一些“自救式”改革时，一旦触及封建体制的内核，他的心就凉了。光靠熟读四书五经，是无法看清社会发展与变革的大趋势的。某一天，岳麓书院学生会主席宾凤阳因对维新变法言论不满，向上面打了一个小报告，“请从严禁遏”。王先谦遂邀另一守旧官僚叶德辉，一齐具呈陈宝箴。这样一来，维新派与守旧派“横目成仇，极意图陷”，矛盾不仅公开化，而且白热化。不久，书院学生举行集会，要求“商立议约，厘正学术”。学政徐仁铸一听，命令追查倡议主笔者，严加惩办。这时王先谦表现出大儒风范，主动承担全部责任。徐仁铸看在硕儒的面子上，不想深究。时务学堂的学生却不答应，他们呈控宾凤阳匿名揭帖，败坏时务学堂声誉。陈宝箴一怒之下，要求彻底查办，“以挽浇风而端士习”。这件事最后以王先谦辞职、时务学堂并入岳麓书院结束。陈宝箴这一决定别出心裁，两者相并，标志着岳麓书院陈腐教学方式的终结，也将变法的“新枝”嫁接到传统的“老干”上。“沉舟侧畔千帆过，病树前头万木春”，用这句诗来说明当时中国的现状，是多么准确、多么深刻呵！

5

岳麓书院这样的饱学之地，风流皇帝康熙、乾隆自然不会放过。康熙题的“学达性天”挂在讲堂厅前两根廊柱中央的横梁上，字显得清灵秀气。但这几个字不是康熙的原题，1687 年御赐的那块匾毁于战乱，后人集康熙手迹重制现匾已是 1984 年的事了。

康熙崇尚汉文化。他希望书院学子能达到天人合一的学术境界，体现了他是一位通达儒道，将儒学与道学都看成中华大文化一部分的开明皇帝。的确，中国文化之“大”就在于她是一个具有强大包容性与影响力的母体，各种学术流派、思想观念虽然有长时期的争端、攻讦，甚至一不冷静也动起武来，但最终总能在文化母体的号召与感染下，互相致意，握手言欢。岳麓山在江南算不上特别突出的风景名胜，它却是十分典型的中国文化一体化的体现——山脚是儒学文化的根据地岳麓书院，半山腰是佛教的地盘麓山寺，山顶则是道家的活动场所云麓宫。岳麓山海拔仅 300 米，三种曾经发生过激烈冲突的学术思想体系如此平和、恬淡地在这座小小山上找到自己的位置，各得其所，这在世界文化史上是一个奇特现象，但在中国，已然司空见惯。三者的位置又显示出鲜明个性，所谓和而不同，并不为另类所动。道家优游峰顶，实践着自己齐万物、尚自然、禀虚无的核心观念；佛庙追求高大雄伟，在山腰正可借助山势，显其威严；儒家书院则讲究清静与方便，建在山脚，以博闻广识与兼济天下的魅力吸引学子。儒道佛的“手足”之情仅仅在岳麓书院便可见一斑。书院最初出现在唐末五代，是两个和尚，一个叫智睿，另一不知名，他们见湖南偏僻之地，风化陵夷，习俗暴恶，光念几句阿弥陀佛解决不了问题，便想以儒家之道教化民众，乃割地建屋，招引当地士子来此读书。直至宋初，书院还是"寺地"。北宋开宝九年(976)，潭州太守朱洞才在此基础上创建书院。

乾隆的那块匾为原物，题曰"道南正脉"，挂在讲台正上方。乾隆的字一贯潇洒不羁，这四个字却端肃圆范，出手甚恭而内蕴腕力，文人气度与帝王气派拿捏得极准，比康熙那块要好。也难怪，人家是精心准备的，胸有成竹呵。但乾隆的题字带有广告意味，好比现在一些产品标榜的"××正宗"等。其实岳麓书院并不需要一个这样的防伪标志，它不卑不亢的存在和不辍不息的弦歌，是最好的象征。

大厅壁上嵌有"忠""孝""节""廉"四块斗大的石碑，据说是朱熹的笔迹。我在白鹿洞书院见过同样的刻碑，史学界曾为谁是"正宗"争吵不休，因朱熹知南康军时曾对白鹿洞书院的重建下过大工夫，所以站在白鹿洞书院一边的较多。但张栻邀朱熹来岳麓书院讲学早朱熹知南康军十三年，很难说这四个字一定是在白鹿洞写的。朱熹修立白鹿洞书院多少受了张栻振兴岳麓书院的影响，况且朱张当年胁肩讲道，意气风发，张栻请朱熹写几个字，朱熹椽笔怒舞，有此兴会淋漓之作，是合情合理的。朱熹知南康军短短三年，事务繁忙，又值金兵南下，战火弥天，还能神闲气定创造这样的巨制？

朱熹在白鹿洞书院做的最大一件事，便是亲自制订学规《白鹿洞书院揭示》，将其理学精华悉数融入教学之中。后来，岳麓书院和几乎全国所有书院都以这个学规为范，使之成为中华士子的总教条。

朱熹的石碑能够在"文革"浩劫中幸存，据说主要归功于从岳麓山上运下来的柴火，挡住了"破四旧"的红卫兵小将们视线，那时书院里住满了湖南大学的教职工。大厅十余块清朝碑刻，就靠这些枯柴败草掩护得以逃生。我们常说"人非草木，孰能无情"，可正是这些"无情"草木保留了人类文化的一丝血脉。

讲台稍靠厅后，正方形，上面摆着两把围椅，一把坐着朱熹，一把坐着张栻。在中国文化史上，1167 年的秋天永远也不会消逝。

6

曲径通幽。御书楼的卷棚檐口在"朱张会讲"的洪亮声波中若隐若现，仿佛湘江迷蒙晨雾里露出的乌篷船顶，桨声欸乃，划破万古岑寂。书籍，文明的

载体，它就是引导我们走向光明的乌篷船。

御书楼是一座宋代风格的三层阁楼建筑，挺立于岳麓山的清风峡口。楼高山秀，并不是那么威武不屈，倒颇像深闺中的绝世才女，在翻阅一册古色古香的线装书。云蒸烟袅，玉手纤纤，翻开扉页，正是一碧如洗的春天，从少女明亮瞳仁里流出的鹅黄柳绿，将书院点缀得明丽动人；看过第一章，阳光穿过斑驳的银杏缝隙，但炎炎夏日栖止不到少女的飘飘长发，原来时间换了一副面孔，云鬓高挽，少妇臂弯里依稀可见时光淌过的痕迹，那是一行诗，或者一句格言，被梅兰竹菊朗声吟咏；转眼又是一章，暮秋的夕晖斜斜覆盖着书页，卷起的纸角仿佛即将垂落的枫叶，那是漫天飞舞的成熟风采。妇人抬起头来，她好像很久没有嘘一口气了。她青春的芬芳和书卷的馨香一直缭绕着这座庭院。她不知道春去秋来，不知道朝代更迭，虽然，战火曾经毁灭过她平静的生活，但她从来没有消失过，她是一丝不绝如缕的文化精魂。瞧，那倚梅回首的女子是谁？

她轻轻嘘出一口气，拂去西天最后一颗寒星。她来到饮马池边。“朱张会讲”时，学子们骑的马将池水吸干，现在池中的水是从《诗经》《论语》中流出来的。临池顾影，妇人发现自己已是两鬓如霜，手里的书益发泛黄，只有香如故。她不觉得有什么异样，人生来就要如此的。冬天来了，天地皆白，银装素裹的麓山蕴蓄着宁静和大气。那是最为深沉的境界，最为旷达的胸怀，是凡尘俗客不可能抵达的。

书还没有翻完。她知道，她不可能翻完这本书。她唯一的使命是将它打开。书中自有颜如玉，是书让她如许美丽。

御书楼右边是百泉轩，隔墙相望却不相通，须从讲堂的侧门进去。这里是岳麓山最水性的地方，溪泉荟萃，如雪如练，自西，趋北，折东，绕南，极尽回旋婀娜之至。在此筑轩而居，养气藻神。书生乃多情种子，闭门苦读，反不能凝神定气，眼角余光一不小心溜到窗外花间去了。有此一汪柔情之水相伴，心满意足，读书书畅，吃饭饭香，做梦梦甜，学习效率定非寻常可比。

百泉轩几乎拥有文人嗜好的一切：流泉、清池、顽石、古樟、翠竹、浮萍、腊梅、群芳、碑刻……唐代大书法家李北海的《麓山寺碑》就保存在轩内。此碑是长沙现存最早、价值最高的碑刻，碑文记录了麓山寺的历史沿革，李北海亲自撰文、书丹并镌刻，故称“三绝碑”。李北海的名言是“学我者死，似我者俗”，这样的人物在轩内不朽，对后学者有足够的警醒。岳麓书院何其幸也！

百泉轩晨宜朗读，得其爽；午宜写作，得其清；暮宜沉思，得其凝；晚宜清谈，得其静。晴日宜放歌，不可苦读，吞吐日气以养其神；雨天宜细吟，不可枯坐，押雨声之韵脚以藻其心；阴天宜浅酌淡斟，或酒或茶，茶不能粗，酒不能浓，佐以先贤文字、亲友书简、佳人绣像，胸中霾云一扫而空。初春宜诵唐人小令，仲夏宜看先秦杂学，金秋宜习乐府，隆冬宜观经史。其余时日，则随取随读，随读随悟，断不可以疏懒、轻狂之性，将良辰美景一一糟蹋。

7

讲堂左侧是孔庙。孔子是儒家创始人和集大成者，孟子说："孔子之谓集大成；集大成也者，金声而玉振之也。"于是，孔庙中最主要的建筑便叫大成殿。在岳麓书院中，享有皇家礼仪待遇的，独有大成殿。重檐叠翠，顶高于山，金黄的琉璃瓦，令人肃然。书生做到孔夫子这个程度，算是前无古人、后无来者了。当然，这只是体现了世俗对显学的重视，孔夫子未见得买账。想当初，他老人家"困于陈蔡、厄于鲁卫"时，谁给过他这种待遇呢？

孔庙右侧廊柱上有一副饶有意趣的对联："吾道南来，原是濂溪一脉；大江东去，无非湘水余波。"为晚清国学大师王闿运所撰。据说，王闿运应邀去江浙一带讲学，那里的文人学者瞧不起这个湘潭人，王闿运谈笑之间，挥手写下这副对联，当地学人瞠目结舌。王闿运世称湘绮老人，他真的抵得上一个"湘"字，而非浪得虚名。他的弟子中齐白石、杨度等，都是大师级人物。

孔庙左门而出，一尊威武的牌楼拦住你，知道你参观完毕，最后不忘叮嘱一声："德配天地。"孔门的诲人不倦，的确名不虚传。

其实，书院并没有就此游完，刚才只是在狭义的书院里浏览。严格地说，岳麓书院至少还应该包括四亭，即自卑亭、风雩亭、吹香亭和爱晚亭。宋代的岳麓书院，大门原址在今江滨牌楼路一带，之所以叫牌楼路，是因为明代那里建有一座牌楼，宋真宗御书的"岳麓书院"以前就嵌在牌楼上面。由于牌楼至书院足有千米，长沙郡丞赵宁便于1689年在书院东面200米处建亭，一来供人歇脚，二来马上要进书院了，得静静心，祛除浮躁之气。早几年，东北一位名教授来湖南大学讲学，劈面对湖大学子说："我看了你们校园里有一座自卑亭。湖南人不要自卑嘛，湖南是蛮不错的。"学生们在下面抿嘴而笑，他们笑这位教授不懂得"自卑"的真正含义。《中庸》说："君子之道，辟如远行，必自迩；辟如登高，必自卑。"在岳麓书院这样的地方，还真的不能乱说话，因为很容易就被古人"戴了笼子"。

风雩亭正在饮马池中，乃一草亭。《论语》中竟然有这么美丽的童话："暮春者，春服既成，冠者五六人，童子六七人，浴乎沂，风乎舞雩，咏而归。"孔子在众多学生的抱负中，唯独欣赏曾子的观点，可见夫子不仅贵为至圣先师，而且是一个十分可爱的人。这才是真正的"圣"。血肉之躯总有受伤的时候，总

有贪图轻松和享乐的时候，入世是王者之道，出世也不失圣人之怀，没必要挺起脖子往刀口上抹，珍重生命才是强者风范。

书院建筑是一条中轴线，吹香亭与风雩亭成轴对称。以前风雩亭叫西亭，吹香亭叫东亭。吹香亭始建于宋代，现在的亭子当然不是宋时的了。这里的“风荷晚香”乃岳麓八景之一。相传秋夏之夜，若细雨淅沥，打在荷叶上，倾耳可听到有人吟诵周敦颐的《爱莲说》。如果你出门走进雨中，循声而去，则不知不觉便来到吹香亭上，空空一亭，只有雨声、风声、荷叶轻动之声。

从吹香亭往山上走，便是唐代的麓山古道。自此至爱晚亭，一路石径，两边枫树簇拥，其温良之态、儒雅之姿，别处很难看到。爱晚亭跻身中国四大名亭之一，虽在清风峡深处，其轩昂器宇、飘逸风神却愈益不能遮掩，是真名士，非伪道学。晚唐诗人杜牧家喻户晓的名作“远上寒山石径斜，白云生处有人家，停车坐爱枫林晚，霜叶红于二月花”，写的是终南山景，却甚为契合岳麓山的这条枫林古道。所以，湖广总督毕沅将岳麓书院山长罗典建于1792年的红叶亭改名为“爱晚亭”。罗典是清朝连任五届岳麓书院山长、两赴鹿鸣宴的大学者，在清风峡建亭，为岳麓山添了点睛之笔，但以“红叶亭”名之，显得过于直露、草率，似乎倾财力与才气以建亭，至亭成命名时已成强弩之末。罗典为爱晚亭写的对联“忽讶艳红输，五百夭桃新种得；好将丛翠点，一双驯鹤待笼来”，便生硬涩口，经学味太浓，弄得后来他的学生欧阳厚均和宣统年间的学监程颂万都忍不住来改它一下子，可惜都没改出名堂。也许，在岳麓书院，罗典的名头太大，改的人不那么理直气壮，水平也发挥不出来。而毕沅不去改联，索性将亭名改了，这一招绝妙。“爱晚亭”这个名字蕴藉风雅，天生配此亭，此亭亦注定要享此名，故为“名亭”也。中国四大名亭中，安徽滁州的醉翁亭建于1046年，还是宋代；杭州西湖的湖心亭建于1552年，明朝了；北京陶然亭建于1695年，清康熙年间；而爱晚亭最晚，能一跃成名，毕沅一改居功至伟。

8

应该说，在我的心目中，岳麓书院远不止这些。

书院背靠岳麓山，足前淌过长江最美丽的支流湘江，它们与书院的文化气息和精神氛围都息息相关。

湘江在舜帝时就出了大名。舜治水殉职于苍梧之野，他的夫人娥皇、女英哭着寻找他，终于力不能支，双双陨落在洞庭君山。娥皇、女英后人并称“湘妃”。也许正是湘妃的斑斑泪血和不死之魂，才使湘江变得异常美丽。

而后，屈原来了。

“哀南夷之莫吾知兮，旦余济乎江湘。”“济沅湘以南征兮，就重华而陈词。”屈原太孤独了，没有人理解他，但他总算在湘江找到了慰藉，“因芙蓉而为媒兮，惮褰裳而濡足”，“欲远集而无所止兮，聊浮游以逍遥”。在湘水的启示下，屈原上升到了至高的人生境界，他看到了足以托付自己漫漫求索身心的归宿点，他毫不犹豫地走了过去，走进滔滔湘波中。娥皇、女英接纳了他的忠魂。

不久，司马迁来了。贾谊也来了。

到唐代，湘江已是许多文人墨客的神往之地。韩愈曾经说过，从岳州至衡阳一段的湘江秀绝天下。韩愈此言不足为奇，因为这一段江流刚刚承载过李白的诗魂和杜甫的诗骨。宋朝诗人陆游叹服道:“挥毫当得江山助，不到潇湘岂有诗!”他说这句话之前两百年，以尚书出守潭州的朱洞始创岳麓书院，开“湖湘之先”。

写湘江最好的一首诗是五代末诗人谭用之的《秋宿湘江遇雨》:“湘江阴云锁梦魂，江边深夜舞刘琨。秋风万里芙蓉国，暮雨千家薜荔村。乡思不堪悲橘柚，旅游谁肯重王孙。渔人相见不相问，长笛一声归岛门。”谭用之生平已不详，据说才高而不遇。《全唐诗》中收其诗一卷，仅 40 首，首首皆佳。看得出谭用之是有抱负的，但生逢乱世，仕途困顿，孤身流落。一到湘江，便触发了他内心郁悒不平之气，他的诗思才在湘江边一个秋天的雨夜里，发挥到极致。换一句话说，他所有的追求、痛苦和感悟，在湘江夜雨的洗礼下，呈现出晶莹剔透的才情。谭用之写这首诗时，与智睿和他的同伴“割地建屋，以居士类”差不多同时，他们在同样的社会环境里，用不同的作品表现出自己对和平与自由的向往，对潇湘秀美风景的无限寄托与期望，表现出他们永恒的文化乡愁。

他们的作品都是不朽的。他们因之而不朽。

走出大门，我对自己说了声再见。是的，外面蜂拥而来的市尘即将把我淹没，那是我的生存之地，我必须在“非我”里应付诸多世俗的事情。这没有什么不好。一个能在“非我”中认识自我、守住自我的人，才是真正的“人”，而非俗物。没有神仙，在现代社会，做个隐士都是不太可能的，但我们完全可以做真正的“人”，那任何一个个体的心中，都必得拥有一方神圣的净土。

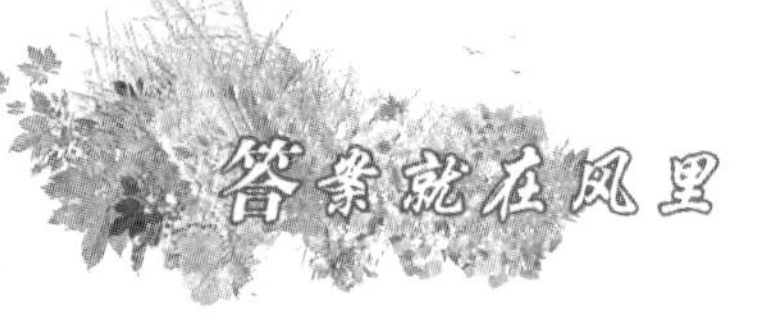

蝎子穿越森林

■郑晓红

现在，正是夏天，白天有灼热的日光，晚上有清风习习。这正是蝎子繁荣成长的季节，它们的长势跟山头上茂盛的草棵子一样，壮实，葱郁，每一个关节里都传出微弱的成长的呼声。白天，它们蜗居在森凉的地穴里，潮湿阴凉的地气润湿着它的盔甲，洞穴出口那里，有锐利的日光射进来，白亮得像一把刚开刃的刀子，它惧怕这把刀子，就像惧怕强大的人类。晚上，它们爬出洞穴，在玉白的月色底下乘凉，觅食，或者交配。它们用带毒刺的尾巴相互勾连，用它们强大有力的触肢招呼问候。它们紧挨着地畔、墙缝、树根、沙石逶迤而行，月亮就挂在天上。可是，它们从不抬头看月亮，就像它们本能地拒绝日光一样，似乎这样就能把自己跟人类隔离开来，人类应该在日光下潜行，蝎子应该在夜幕下潜行。然而，这个世界本就没有绝对的分界，更无什么潜规则，就像月亮的薄光一定要借着太阳光芒的反射一样，白天和黑夜就这样混沌着糅合了。

婆婆家在一个叫马崖坳的小山村里，这个小山村就像它的名字一样，周围是不高的一环一环的矮山，正中心的旋涡处零散地分布着人家，半山上有，山底下有，河边的平滩上有，翻过一个斜坡冒出的稍微宽敞些的沟卡里，也插针样地塞着一户人家。当站在山顶俯瞰的时候，你会觉得这个村落是上帝不小心撒落的一盘棋子，错落无致地分布着，那些人家要比最茂盛的草棵子显眼些，但却随时有可能被连环层叠的山洼洼吞没。这里的人家，因为没有便利的大路跟外界相连，所以他们很难有庄稼以外的收入，但是，他们有蝎子，一年中三月到九月这段时间里，野生的蝎子跟万物一起复苏，这村落里的人家也像是突然从冬眠中苏醒过来了，他们白天在地里劳作，晚上倾巢而出，夜晚的山洼被恍惚的人影和凝聚的灯光点亮了。他们在脖子上挂着一只深口的玻璃瓶子，一手提着矿灯，一手拿着筷子或者镊子，悄悄入侵蝎子的世界，眼里有贪婪的光亮。这光芒，既不来自太阳，也不来自月亮，这是生活的压迫给予他们的一种本能，要生活，要用蝎子换钱，一斤蝎子七十元人民币被山外来的收蝎人收走，再由那些人转手到外面，用一百五六十甚至二百出头的价格卖出。

这些山里人是知道这惊人的价格悬殊的，但他们从没打算改变现状，七十元人民币似乎就是自己既定的命运一般，至于那多出来的一倍，自己是没有福分得到的，因此，他们仍然欢天喜地去跟蝎贩子交换，从不抱怨。山里人的这一点不开化的忠厚，跟那些蝎子的秉性有些相似。夜幕下的山洼本该是蝎子的天下，但人类闯进来了，带着让它们畏惧的一束束强烈的光线，还有冰冷有力的镊子。每一个有月亮的夜晚，都会有成百上千的同胞失踪，有的蝎子甚至还眼睁睁地躲在土坷垃缝子里看着自己的亲人被人类夹走。但它们不会因为人类的来犯而改变自己的生活习惯，照样在夜晚出洞，照样焦灼地寻找可以交尾的伴侣，照样心怀叵测地接近一只忘我吟唱的灰蝗，照样在突然割裂夜幕的一束强光中茫然地定住身体，然后被紧紧地夹住尾巴丢进瓶壁光滑的玻璃瓶子里去。

蝎子从来都不明白人类为什么对自己充满可怕的敌意，当自己很偶然地闯进他们的视线时，无一例外地听到人类的惊叫，然后就是穷追不舍的袭击，直到置自己于死地。蝎子可能反思过这些问题，也许是因为自己长得过于可怕，九节鞭一样的长尾，末端上还弯回来一勾刺，强壮的触肢在前面挥舞着，似乎是与生俱来的挑衅。也可能是人类畏惧自己尾部的毒液，一针刺中，灼人的疼痛和红肿迅速地由一点蔓延开来，刺在手上，会紫肿一条手臂。可是，邪恶的外表不过是为了威吓敌人的方式，能输出毒液的钩针不过是在战斗时、觅食时要使用的武器，这一切，都是用来对付敌人的，而不是用来对付人类。蝎子从来不把人类当作对手，它知道自己应当谨慎地绕开这些大惊小怪的庞大物种，可是，能绕开吗？这个世界似乎被人类统领着。

一年暑假，我回娘家去，父母把我从前住的小房子收拾干净了让我住。晚上，我把身体裹在渗透着太阳味道的棉被里贪婪地呼吸，夏天的闷热突然间被什么驱散了。房间里是我熟悉的少女时代的印记：一张贴在床头的雪山女郎油画，一串已经失了色的浅红色风铃，一圈紫色碎花的床围，床头柜上的瓶子里，甚至还原样盛放着上初中时收集来的鹅卵石。我把脑袋深埋在有同样阳光味道的枕头里，心里充满喜悦。这时，我听见床底下传来清晰的壳哇声，细碎但清脆，一声连一声，似乎是一样脆硬的物体在触碰一件搁置起来的瓷盘。这声音就来自我身体下面的床底，那脆弱密集的抠挖几乎要接触到我的身体。我紧张地抓紧了灯绳，轻轻一拉，灯亮了，那壳哇的声响戛然而止。我屏住了呼吸，那制造声响的东西也屏住了呼吸。啪嗒，我又拉灭了灯，不出两分钟，声响如故。我在黑暗中拉开床头柜的抽屉，摸出里面的手电筒，然后轻悄地下了床，在床下安静地蹲了片刻确定了一下声响的来源，猛地打开手电筒。在一束强光的光圈里，一只成年的大蝎子慌张地定在半墙上，尾巴坚挺地竖立起来，它下面的地上放着一只蒙了很多灰尘的痰盂，那壳哇的声响便来自那里面。过了片刻，墙上的蝎子似乎已经适应了手电筒的强光，不再像刚才那样目瞪口呆地愣在那里，它很快沿着墙裙的窄台爬走了，消失在手电筒照不到的黑暗中。我小心地把那只痰盂拉出来，往里一照，里面竟然有一只稍小一点的蝎子，它身边，还有一只残缺的但看来是新鲜的蚂蚱的尸身，显然是刚才那只大蝎子投进来的。在痰盂底部，铺着一层跟尘土蛛网混在一起的昆虫的肢爪，看起来絮絮连连的，像一团被丢弃的破鱼网。裹了灰尘的痰盂四壁也布满了细碎的爪痕，显然是这只蝎子试图爬出牢笼付出的努力。看起来，这只蝎子已经被幽禁很长一段时间了，它一直靠那只大蝎子的喂食生存了下来。我举着手电筒发了半天呆，终于把痰盂归于原位，爬上床睡到了被窝里。不久，那声音又响起来，我却不再恐惧了，我一直在揣摩那两只蝎子的关系，应该是母子，还是夫妻？第二个晚上，当壳哇声如期响起的时候，我再次故伎重演，果然，那只大蝎子如期而至，我把它罩在光晕的中心，然后伸手过去慢慢将那只痰盂倾倒，里面的蝎子静默了一会儿，突然大悟了一般连滑带划拉地爬了出来。我看着张牙舞爪的解脱了桎梏的蝎子，却恐惧起来，灭了手电筒，一蹦子跳上床缩进被窝里去。

可能，人类永远无法跟蝎子亲密相处吧，即使救了那只蝎子，我依然对它心存恐惧。尽管我深深地被它们不屈不挠的爱打动，一个被禁锢，一个日日投食时时陪伴不离不弃，这样的情景在人类身上又能上演几出呢？对蝎子而言，不离不弃是一种本能，绝不更改。对人类而言呢？不离不弃只是一种语法时态，要随着时间的变化而变化。这样看来，蝎子显然要比人类高尚许多！可是，为什么对这样让我敬畏的蝎子我仍然心存疑惧？我不怀疑它们对伴侣的忠诚，但我却怀疑它们能否懂得我施加给它们的恩典，因此，我先是救了它们，然后惊慌地躲到安全的地方去。

如此看来，我似乎很善良？

是吗？不是！我的善良不是原生态的，它有庞大的背景。对那一直让我生畏的蝎子，只能是先有具体的情节来铺垫，这情节让人的心柔软敏感，于是我感动，在感动中生出悲悯之心，内心的善良也像涨潮一样涌上来。我会释放那只蝎子，在敬畏中，在被蝎子感动之后再制造一起感动，后来的感动是为自己，为自己大无畏的善良。而在一般状态下，我可能会被畏惧扼住思想，消除畏惧的唯一方式就是让畏惧的根源彻底消失，这，才是我，以及人类的本性。

母亲去世的那些日夜，我一直守护在她的身边。那个漆黑的夜晚，母亲原本艰难的呼吸突然平静了。房间里安静，院子里安静，整个世界都安静，安静得我心里发慌。母亲还在我身边躺着，但似乎已经不是可以让我感到温暖和安全的母亲了，她躺在那里，生命的液体正在干涸。我帮她翻身，她的皮肤滚烫，似乎要把自己完全蒸发掉。我猛然看见炕角里匆匆忙忙爬过一只大蝎子，我惊跳起来，用扫炕的刷子一把拂到炕底下去了，又着了魔障般的“咚”地跳下炕，使劲把那只大蝎子在鞋底蹂躏着。我能感觉到它坚硬的壳和带毒的尾在我鞋底有力但绝望地发出阴森的“壳哇”声，我浑身的皮肤在那一刻紧绷起来了，我的脚掌发软，额头冒汗，恐惧铺天盖地，像不会游泳的人溺了水。我倾尽我身体的重量在那只脚上，我踩！我搓！我蹂！我躏！在终于不再感知到它的力量了的那一刻，我的眼泪奔腾而出。我趔趄着爬上炕，木然地看着母亲，木然地看着地上不成形状的蝎子的尸体。母亲一点都不知道我的恐惧，她那样安静，安静得跟那只肢体凌乱的蝎子一样。房子中间隔着个大布帘子，帘子里面是母亲的棺材。这时，一声爆响，像瓶子炸碎了，像重物落地了，像炮仗燃放了……那声音是从帘子后面传出的，帘子后面只有母亲的棺材，是口空棺材。老辈人说，人该走了，板(棺材)响！我一时虚汗滚滚。母亲突然睁眼看我一下，很清晰地说道，“把东西拿来备着！”母亲说的东西是老衣！

母亲去世已经快三年了，这一幕却在不断的回想中越来越清晰。一个漆黑的夜晚，一只被我躏死的蝎子，一声突如其来的爆响，母亲清晰的语声……一切都安静了，世界，房子，蝎子，还有母亲。我常常泪如雨下地回想，我为什么要杀死那只蝎子？如果我没有杀死它，母亲会不会不是在那个夜里离去？可当时，我什么都没有想，大脑空白，一切都被恐惧支配，所有的动作都是在恐惧的背景下本能地完成的。

那么，恐惧就是恶之本源？就像一个小孩子，抓住了一只美丽的蝴蝶，他欢乐地到处给人炫耀，可是突然，蝴蝶柔软滑腻的长腹弯翘起来的一点一点触到了孩子手上，或者蝴蝶细丝样的腿爪凌乱的舞动抓痒了孩子的手心，孩子惊叫起来，被这样突然而且不大舒服的碰触吓着了，他猛地把蝴蝶投到地上，不管不顾地把脚踩了上去。成年人也是一样，他们杀死蝎子其实并不证明他的强大，相反，他是畏惧蝎子然后才下了杀手。

此刻正是夏天的深夜，那个叫马崖坳的小山村里正是凉风习习，蝎子纷纷出洞，有的是去给孩子觅食，有的在无法按捺的热情里积极地寻找伴侣，有的竖立着坚挺的毒尾猛地一甩刺中了猎物柔软的腹部，有的藏在阴暗的缝隙里竭力打开生殖厣让几十只大米粒一样的小蝎子分娩出来，有的正叠加在一起欢乐地交尾。而那里的村民，正逡巡在蝎子的栖息之地，他们强壮的腿脚跨越在蝎子的世界里，如同肆无忌惮的成长的森林。他们在蝎子的世界里大摇大摆地行走，蝎子在腿脚的森林里忘我狂欢。

动物漫笔

■青年河

1. 对虫子感恩

虫子，大地上的虫子，都从泥土来，它们爬，它们飞，它们跳，在地、在水、在树。在村子里，我们才是少数类。虫子在这个世界、在这个村子的角角落落：消息牛儿（蝉的幼虫）、瞎碰、蚂蚱、长虫、豆虫、蚂蚁、屎壳郎……

我要对虫子感恩，是因为那些好吃的：(1)消息牛儿，是我在贫瘠的年代里吃到的最好的东西。村里，大人孩子都捉消息牛儿，家家每天吃，从麦收一直吃到立秋。现在，消息牛儿已经成了城里人的俏货，乡下人都不舍得吃了。麦收过后的清晨，我经常看到在府前街口两侧，满是卖消息牛儿的，一个卖到一毛四五。(2)瞎碰，与消息牛儿一样的吃法。只是味道不及消息牛儿。壳的颜色有黄的，有黑的。黄的有花生米大小。黑的要小，我们不吃它，捉来喂鸡。捉瞎碰，要用酒瓶子，花生米那么大，一瓶子能装许多。我疑心瞎碰叫金龟子，没有根据。金龟子的名字是我从一本小画书上看来的。现在我想，那虫子怎么能吃呢。(3)蚂蚱，也不错。现在与消息牛儿一起成了城里人的下酒菜。尖头的我们叫蚂蚱，方头的我们叫飞蝗。秋收的时候，满地飞，捉了之后，就地抓一把柴火，点了，把蚂蚱扔进火里，一会儿就熟。我们吃，吃得一嘴灰，用衣袖擦擦嘴，那样子，神气极了。(4)还有蜜蜂。村子北边是一大片菜，开花，金黄金黄的。小蜜蜂嗡嗡飞来飞去。我们用火柴盒把蜜蜂关进去，然后慢慢开一个小口，蜜蜂一探头，把火柴盒一关，它的头就被卡了下来。这时，再把它尾巴上的毒针弄出来，就可以吸它尾巴里的蜜了。有一次，不小心被它蜇了嘴巴，肿得有些像猪嘴巴了。

其实，我们想到的只是真好吃。季节一过，它们不见了，我们也就忘记了，等来年它们再来的时候，我们继续吃。

2. 卑贱的命

我在乡下吃虫子时，还流着鼻涕。那时，与我一起吃虫子的有书堂、金钟、胜利。如今，他们都已娶妻生子，琐事、儿女、田里的农活早已使他们失去了吃虫子的兴趣与闲暇。

虫子，都是大地上的精灵，我们不是，但我们能够把这些精灵吃掉。它们的生命实在卑贱。若干年后，我们或许已经记不起它们的味道、颜色、样子。还有许多虫子，我不吃，但有人吃。一次去肥城陶阳煤矿表姐家，她给我这个农村孩子炸豆虫吃，我没有胆量吃，她一家倒是吃得津津有味。一个同事捉了一条长虫，竟被另一个同事讨去吃了。我很佩服他们的胆量与胃口，这些人啊，什么都敢吃。还有些虫子，他们肯定不吃，比如屎壳郎。这个家伙命真好。我们乡下的孩子都讨厌它，看到它在倒着滚屎蛋蛋儿，我们就老远地躲开。不幸的是，一辆牛车经过，它被碾死了。

那些卑贱的命。

3. 要下雨了

天闷闷的，阴沉，我们知道：快要下雨了。

我们为即将到来的雨而激动。我们想象着：微微的、瓢泼的，那些好雨……光着脚丫子，我们在兴奋地淋雨、蹚水。

那一刻，我们正焦急地坐在乡下简陋的教室里，听存祥爷爷拖着长长的音大声地给我们念课文《要下雨了》……燕子，燕子，你为什么飞得这么低呀……天知道这个课文竟有这么长，存祥爷爷念得慢极了，我们在焦急等待中有些恨他。

存祥爷爷说《要下雨了》其实是物候课。那时，我们当然不明白什么是物候课。我们只知道这课很有趣，因为这些小精灵与我们生活在一起，我们熟悉它们。我们很高兴，这些小东西竟然也像我们这样说话。存祥爷爷还讲：(1)燕子低飞是因为空气很潮湿，虫子的翅膀沾了小水珠，飞不高，燕子正好捉虫；(2)小鱼游到水面上是因为水里很闷，上来是为了透透气；(3)蚂蚁知道是要下雨了，正忙着往高处搬家。

不只是我们知道要下雨了，那么卑小的生命，为了活着，在大雨到来之前匆匆地忙碌着，捉虫、透气、搬家……现在仍然能记住的是：蚂蚁搬家要下雨，燕子低飞要下雨。

还有小的事物，比如一株草。它也是那么贫贱，但也有自己的命。或许，它们也是知道雨就要来了的。夏衍在这贫贱的命里看到了巨大的力。白居易在这贫贱的命里看到了“野火烧不尽，春风吹又生”。

小小的东西，贫贱的命。微小，比如草芥，也有自己的命。它们那么可爱。

4. 燕子、蚂蚁、鱼儿

燕子、蚂蚁、小鱼儿，总是那么可爱，小孩子们永远喜欢它们，就像最要好的朋友。小孩子对它们的伤害，是因为过分的爱。存祥爷爷拖着长长的音大声地给我们念课文《要下雨了》的时候，我们就想象着我们的好朋友在细雨中忙碌的样子了。

燕子，那些斜风细雨里划过的矫健身影，与田野里忙碌的农人们一起构成了一幅简单的乡村水墨画。我的小女儿正在唱：小燕子穿花衣，年年春天来这里……记得在小学有一篇课文是《燕子飞回来了》：勤劳的小燕子飞过高山、飞过大海，看到了去年那个淘气的小顺子也爱学习了。小燕子，在我们乡下是吉祥的鸟。家家都喜欢小燕子来自家屋檐下啄泥垒窝。大雨过后，往往有被雨淋死的燕子，羽毛被浸透了，打了绺，躺在泥里，那样子……

蚂蚁，在我们鲁北平原的乡下又叫米扬。米扬在我的故乡有三四种，一是黑的，个头要小；一种是黄的，个头大些，爬起来有些蹦的样子；在田野里还有一种叮人的，我们叫它沾米扬。有时，我们坐在田地的树荫下闲聊，不小心就会被这小东西爬到腿上，狠狠地叮一口。被它叮过以后，腿上会起一个小疙瘩，红红的。这小东西叮人的时候，整个身子都立起来，死命地叮……这小东西，真刁。啪，随着一巴掌过去，小东西掉在地上，死了。

还有鱼儿。那些小鱼儿，在河里游来游去，自在、悠闲。少雨的时候，河水几近枯了的时候，我们就去摸鱼。小的大的都要。小的和进棒子面或面粉里，做咸食吃，也可以熬鱼汤。那时，我从没摸到过稍大一点的鱼。摸鱼，是我们孩子高兴的事情。为了摸鱼，乡下孩子没少挨父母的责骂。摸鱼的时候，我们在河岸边挖一个小坑，放进水去，跟着小鱼就游了过来。在小坑里摸鱼很容易，我们把摸到的鱼丢进玻璃瓶子里，看它们游来游去。不几日，它们就都死去，瓶子里漂着几条死鱼，白白的鱼肚。

5. 蛇

蛇。

蛇带着神秘的气息。十二生肖中的蛇，在乡下，被称为小龙。母亲做饭，总去盛放着各类家什与棒子面的里屋挖棒子面，偶条一条蛇盘绕在瓮里，一动不动，睡着了的样子。扒破旧的老房子，往往有一条条的蛇，残忍的男人们把它们一条条地铲死。老太太们在边上叫骂着：你们这些王八羔子，会遭报应的。大姥爷给我讲过一个故事，不知真假：许多年前，大舅还是个孩子，在地里割草，看到一条蛇正向窝里钻。大舅好奇，用镰刀把蛇活活弄死，刨开那窝，里面蠕动着数十条小蛇，大舅索性用镰刀把那些小蛇也弄死了。晚上，大舅的腚眼子奇痒，痛苦万分。大姥姥问明白后，白天烧纸钱，方息。二十年前，我全家由老宅迁往现在所居的宅子。在泥未干的土炕的角上，一条蛇盘踞着。迷信的奶奶大喜，遂上香、烧纸、祈拜，祈求神灵保佑。

蛇，那么长，我们都叫它长虫。

小时候，我对它又好奇又害怕。在我们孩子的眼里，它是邪恶的化身。听到有人喊"长虫！"我们就急急地围过去看，但站得远远的。然后我们叫喊着："老黄来了，老黄来了。"长虫一直向前爬着。老黄是黄鼬，也就是黄鼠狼，据说长虫怕黄鼬。喊累了，我们开始小心翼翼地折磨它，最后把它弄死，以显示我们不害怕，我们是男子汉。在打麦场上，我们看到了一条蛇。它行动缓慢，显然将要产卵了。一群人围上去，三下五下地把它倒埋进地里，只露着尾巴。然后四周堆满麦秸。点火。蛇异常痛苦地甩着尾巴。

小时候经常梦到蛇。一条条，四处都是，地上爬着，墙上、窗户上挂着。我无处躲藏，置身于蛇的海洋。半夜醒来，奶奶说睡觉时不能把裤腰带放在枕头下，否则就会梦到蛇。那时我们的裤腰带是用结实的布条拧成的，极像一条长长的蛇。

一同事不怕蛇。将蛇攥在手里，蛇紧紧缠满他的手。他说，蛇是怕人的，永远怕人，它躲着人。人怕蛇，是心里有个无法解开的结。另一同事将蛇吃了。我看到那剩下的蛇肉，恶心与惊惧。

一条蛇吞下一个鸡蛋。那灵动的身子异常笨拙、扭曲。鸡蛋对我而言意义重大，就是9分钱，就是一本小人书，还是一顿美餐。在青年河边的水草丛里，传来青蛙恐怖、痛苦的叫，一条可憎的蛇即将把它吞进去。我站在岸边，水草齐腰，一动不动，精神恍恍惚惚，浑身凉透，幻想那可怜而恐惧万分的青蛙就是我。

6. 蝎子

我们都害怕它，比怕长虫还怕。

夏天，我们农村的孩子大多光着脚丫子肆无忌惮地到处疯跑。晚上，如果还光着脚丫子，总有大人恫吓着说：小心扛锄的，扛锄的专锄小孩子的脚丫子。

后来知道，扛锄的就是蝎子。只觉得一阵冷汗，幸亏当初没有被它锄了脚丫子。

扛锄的，土土的称呼。它迟迟不露面。只有在破旧阴暗的老屋里，才能找到它。乡下扒屋时，时常听到有人被蝎子蜇了。邻居西来哥被蝎子蜇了手，用麻线紧紧勒住手腕，不让蝎毒向胳膊上走。

见到扛锄的，是在数年之后。我已由无知少年变为浪荡青年。乡下闭塞，当城里人看厌了《西游记》时，我才开始津津有味地领略孙猴子的风采。《西游记》里有个蝎子精，实在厉害，神通广大的孙猴子也被它弄得抓耳挠腮。最后还是一只公鸡把它吃了。真正见过这东西只有一次。在老家，母亲用豆子做豆酱，酱缸就在北屋屋檐下，蒙上布，再盖一瓷盆子。拿开瓷盆子，看到一怪模样的小虫子。母亲说是蝎子。就这么小啊，厉害。我还是用剪子小心地把它剪断，弄到地面上，然后用鞋底狠狠地搓来搓去，搓得什么也看不见了。

7. 蛤蟆

蟾蜍，在我们乡下叫蛤蟆，癞蛤蟆。

癞蛤蟆大概也吃消息牛儿（我们这儿对蝉的幼虫的称呼），在我们摸消息牛儿时，经常在消息牛儿窝里摸到软乎乎的东西，多半就是癞蛤蟆。我们恶心得要命。摸到以后，小孩子们抓住它的双腿，解气地狠狠地摔下去，啪的一声，看着它痛苦地抽搐几下。这东西癞，让人恶心，但它是可以入药的。一个朋友曾托我给他去乡下弄几十只癞蛤蟆，说是做药引子。

我们也捉好蛤蟆。好蛤蟆，是乡下人对青蛙的称呼。

青蛙的儿子叫蝌蚪。小学时学过一个课文《小蝌蚪找妈妈》。我们乡下称小蝌蚪为蛤蟆鲇子。小蛤蟆鲇子，这名字有多逗人。小东西黑黑的，一个大脑袋瓜子，甩着一个尾巴，贼喜人。摸鱼摸不到时，就弄几个小蛤蟆鲇子充数，这小东西笨笨的，极容易捉到。把它丢进玻璃瓶子里，看这些小黑东西笨笨地甩着尾巴游来游去，也蛮有趣味。长大了，没了尾巴，我们就叫它蛤蟆。其实，在没有去尾巴前，显出蛤蟆样子的时候，我们就当它是蛤蟆了。没见过癞蛤蟆的儿子，是否也与好蛤蟆的一样可爱。

我们捉过很多次好蛤蟆，但从没有伤害过它们。捉了之后，用盆子把它罩在下面。第二天早晨起来，掀开盆子，发现它不见了，地上没有一丝痕迹。爷爷说，好蛤蟆会土遁。原来好蛤蟆竟有这么神通。现在我疑心那是爷爷用来骗我们小孩子的话。

现在城里人吃蛤蟆。蛤蟆肉很好吃，尤其是蛤蟆腿。但我们乡下人不吃。乡下人捉蛤蟆,多半是为生计所迫。大约是1990年左右,我们村里正流行捉蛤蟆,富财一晚上捉百十斤,卖到百十块钱。漆黑的夜里,他们去河里捉蛤蟆,肯定有做贼的感觉。不久前,有朋友在饭店请客,上了一盘蛤蟆腿,大家都吃得津津有味,谈笑风生。我没有动筷子。据说蛤蟆体内常常寄生有一种绦虫,在人体内发育成熟后会使人的软组织发炎、坏死,严重的还能导致瘫痪和失明等。

乡下的水井里,也常有好蛤蟆。两腿后蹬,眼睛向上鼓着。小学课文《坐井观天》里的蛤蟆夜郎自大。有寓言:蛤蟆与人比赛,结果吹破了大肚子。这么愚蠢的东西怎么是好蛤蟆呢。

小时望月,隐约见月宫中有蟾蜍、桂树、玉兔,都是听奶奶讲的。奶奶讲月亮上面有什么,我小儿无赖地就看着像什么。那个月宫里与嫦娥相伴着的,竟还有个癞蛤蟆,真是有些煞风景。

8. 老鸹

老鸹,是乡下人对乌鸦的别称。这名字忒难听,有些骂人的意味。当地有歇后语云:老鸹飞到猪腚上——看见人家黑看不见自己黑。这一是说它的黑,另外还说它只注意别的事物的不好,有些自大,有些翘尾巴。实际没有比它还黑的。

老鸹的叫声——呜哇、呜哇。难听。我们说小鸟在歌唱,这个小鸟决不是老鸹。乡下孩儿们也不把它当鸟。鸟,至少是美好的、灵巧的,会唧唧喳喳地叫的。这个黑东西是人人厌恶的。

老鸹,不吉之物。老鸹来了,呜哇几声,叫得人心惊肉跳的。鲁迅先生的《药》里,那只乌鸦,呜哇呜哇地叫着,多晦气。在我的印象里,从没真正见过老鸹,也没听到这黑鸟呜哇呜哇地叫。"呜哇,呜哇",老鸹来了,几个上了岁数的老人就又在嘀咕:带可能要走了吧,他已经几天不吃不喝了。带是那个快要死的老头子。为什么这黑鸟的叫总是这么灵验呢,真晦气。村子里有事的时候,它就像个幽灵,一直在村子周围难听地叫着。夜猫子的叫,我听过,我想,如果在漆黑的夜里,一个人听到它的叫,肯定要吓半死。夜猫子来了,要死人了,据说是夜猫子对腐肉特敏感,将死之人的身体有一股特殊的腐烂之气。

乌鸦,萧索、荒凉的意象。比如马致远的"枯藤老树昏鸦"。张继有句:"月落乌啼霜满天",寒山寺里,夜半月落,呜哇一声,也是不妙地紧。却不知为什么,这"月落乌啼霜满天"竟是历久不绝。空旷的夜里,呜哇一声实在

刺耳。

老鸹，也不只就是黑，也不只是就是会呜哇。比如：

①有寓言《狐狸与乌鸦》。乌鸦叼着肉，狐狸要乌鸦唱歌。乌鸦一呜哇，肉就从它的嘴里掉到了狐狸嘴里，真是天上掉肉啊。乌鸦遇到了狐狸，是乌鸦的不幸。但，乌鸦的聪明也有文章作证：《乌鸦找水喝》，水少，瓶子口太细，喝不到水，乌鸦就向瓶子里一块块地叼小石子。如果换了狐狸，肯定要举起石头把瓶子砸烂，水是出来了，但都流到土里了。

②义鸟，反哺。据说这也是说老鸹的。小老鸹长成后，要孝敬着喂自己的父母——老老鸹二十天。怎么也不相信这是说这黑家伙的。

如果说一个人的嘴说话晦气，往往也是说他乌鸦嘴。新散文有朋友名习习，女性，能喝酒，曾言与诗人沙戈一起对酌，在半斤以上，酒为烈性的，比如二锅头。不记得为什么称她乌鸦了，但她呼我乌鸦嘴。现在，一提到乌鸦，我就想起西北那个未曾谋面的习习，还有沙戈。沙戈，已经见了照片，真美，她绝对不是乌鸦。不过，这样的乌鸦也不坏。但如果换了老鸹叫叫，就不大好听了。还是学名好：乌鸦。

9. 蝎虎溜子

壁虎。

墙壁上的小虎。这是小女儿说的，有时，惊人之语就出自懵懂小儿之口。在纱窗上，一只小壁虎正小心翼翼地向前探着，歪着头，不时探着舌头。小女儿惊奇地指着让我看，我说是壁虎。小女儿说：小虎。

乡下，称壁虎为蝎虎溜子。蝎虎溜子，夏天尤其多，屋檐下，窗台上，破木头上，所有不干净的地方。这东西满身疙疙瘩瘩的，脏兮兮的样子实在令人恶心。据说，蝎虎溜子的尿有毒。有故事说，某妇人被告谋害亲夫，后查明其夫是误喝了有蝎虎溜子尿的汤中毒而死。小时候，我经常端着饭碗在屋檐下喝黏粥，不知这讨厌的脏东西是否向我的饭碗里撒过尿。想来，真恶心。那些疙疙瘩瘩里一定满是坏水。

小时学课文《小壁虎借尾巴》。课文里把这令人讨厌的东西写得那么讨人喜欢。这小东西，又脏又令人恶心的，竟也配这名字。它最后怎么能长出尾巴呢。它应该永远也长不出尾巴的，丑也得把它丑死。

在乡下的地里，还有一种小东西，比蝎虎溜子稍大，模样与蝎虎溜子一样，只是那东西肤色近似干土，身体也光滑。我短见陋识，吃不准，这究竟是不是蜥蜴。我们喊它漆门子。小孩子在地里挖野菜、拔猪草，经常看到这小东西在地里溜溜爬。闲下来，一看到这小东西溜溜过来，我们一哄而上，满地里追，争先恐后用脚去踩它。踩到之后，就紧紧地按住它的小脑瓜，用镰刀把它的尾巴剁下，然后我们看着丢了尾巴的漆门子又疼又恐惧地逃掉，或者干脆用镰刀把它的小脑瓜也弄下来。剩下的便是看那被剁下来的漆门子尾巴在地上飞快地抖着，小孩子称这个为漆门子刷锅。那被它的尾巴刷过的地方，光滑极了。蝎虎溜子的尾巴也会刷锅。小孩子讨厌它，一般看到它就狠狠地把它弄死，让它的尾巴自己刷自己的，我们看也不看。

一次，与书堂、金钟、胜利他们争先恐后撵一只漆门子，这小东西也许被撵急了，有些惊慌失措，竟然顺着我的脚面爬进了我的裤子里。书堂、金钟、胜利他们见了，幸灾乐祸地喊：小心咬了小鸡鸡。那小东西顺着我的腿溜溜地向上爬，又酥又痒的，吓得我在地里又惊又呼一阵乱跑，好长时间惊魂未定，也不知这小东西是怎么被我甩掉的。后来发现，我居然尿了裤子。

蝎虎溜子吃蚊子，这我们知道。夏夜里，与小女儿在窗前看电视，这脏兮兮的东西竟从纱窗的缝隙里爬了进来，女儿惊呼着：小虎。我匆匆忙忙地拿了钳子，恶狠狠地夹紧它的脖子，猛猛地把它摔向黑夜里，嘴里带着快意地说着：小王八羔子，死去吧。

10. 蚂蚱

蚂蚱。

乡下小孩子，又有几个不喜欢蚂蚱的呢。后来，我们知道了蚂蚱的大名叫蝗虫，这破名字，多埋汰。叫蚂蚱多好听，亲切，入耳，叫蚂蚱就像呼唤着自己的小玩伴儿。

我们那儿的乡下，蚂蚱有两种：方头的，我们叫它飞蝗，有点像女孩儿的名字，类似蝈蝈，即能叫的那个小蛐蛐，《济公传》里那个弄得人心惶惶的东西；尖头的我们叫少蚂尖，这个特色的名字挺符合它的外相。一俊一丑，俊的是飞蝗，丑的是少蚂尖。只是不知雌雄为谁。

小时，村里穷，蚂蚱就成了孩子们的美味。在玉米地里，草丛里，那么多，蹦来蹦去的。少蚂尖好捉，一般这家伙只是蹦，不用费多少力气就能捉到。捉飞蝗不难，小孩子也较喜欢捉飞蝗。看它一动不动地伏在地上，我们心里就咚咚地跳，小心翼翼地扑过去，在我们的手还没有扑到它之前，飞了。它飞，小孩子就追，满地跑。在我现在住的家门口的草丛里，女儿看到一只飞蝗，急急地喊我给她捉，真是小瞧了它，还没走近，这家伙竟一下子飞到了屋顶上，不见了。小时候捉蚂蚱，我们能捉老多老多，或者在地里点火烧着吃，

或者回家让母亲放进快熄火的灶膛里烧来吃。现在，在小城的饭店里，油炸蚂蚱也上了饭桌，可惜没吃过。二十年了，我也忘记烧蚂蚱的味道了。这油炸蚂蚱肯定没儿时的烧蚂蚱好吃。吃这东西，得有那氛围，关键还是要火烧。说透了，这蚂蚱是乡下穷孩子们的吃食，上不得大台面的。

吃蚂蚱吃得正香时，长增大爷就给我们小孩子讲起了蝗灾。早年蚂蚱成灾，眼看黑压压地一片飞过来，蚂蚱过处，沙沙沙，庄稼就只剩下光秃秃的一条秆。后来，村里的男女老少就全部出动，一起灭蚂蚱。我们有些怀疑，这小蚂蚱有这么厉害。老头子有些急了，以为这是我们小孩子对他拉呱能力的怀疑，就说，不信，你们都回家问问去。我们又说，那时的人真傻，那么好吃的东西，怎么不吃呢。老头子骂我们，你们这些小羔子，那个时候，吃得及么，蚂蚱把人吃了也不是瞎话啊。

偶尔翻《诗经》，在里面竟然发现了蚂蚱。在《诗经》里蚂蚱叫螽斯："螽斯羽，诜诜兮；宜尔子孙，振振兮！螽斯羽，薨薨兮；宜尔子孙，绳绳兮！螽斯羽，揖揖兮；宜尔子孙，蛰蛰兮！"注释说此诗是祝福人多子多孙的。用这蚂蚱祝福人多子多孙，古人也真能想。也是的，你想：那黑压压的一片，蚂蚱过处，庄稼只剩了光秃秃的一条秆……

11. 土蛰儿

土蛰儿，黑色的小精灵。这绝对是个讨人喜欢的家伙。它还有一个好听的名字：蛐蛐儿。土蛰儿，这是我们乡下人对小蟋蟀的昵称。叫一声土蛰儿，极像喊一声狗蛋、猫娃。

乡下人爱睡土炕。冬天烧大灶，把土炕烧得暖呼呼的。吃过了晚饭，点了煤油灯，我就趴在暖呼呼的土炕上翻小人书。这时，小土蛰儿叫了起来。土蛰儿！心里被它叫得痒痒的，急急地扔下手中的小人书，循着土蛰儿极具吸引力的叫声，做贼般地、轻手轻脚地爬下炕来。这小东西就在风箱下面。风箱下暖暖的，这小东西贼精贼精的，肯定会舒服死的。我端着煤油灯，缠着爷爷给我搬开风箱。那些小东西骤一见光，有些慌里慌张地，一阵乱蹦。每次我总能捉住几个。现在已经不记得捉住它们之后是怎样摆弄了，总之是后来它们就都死了。

秋夜，窗前月明。这小东西一声高过一声地叫着，脆响脆响的。蹑手蹑脚地出去听着。这极富磁性的声音忽焉在前，忽焉在后，或在左，或在右。走近，就没了声音，一片静静的。真是个小贼坯子。

我常常把土蛰儿与乖子搞混了。乖子，就是蝈蝈儿。蝈蝈儿的叫也吸引人，而且个头比土蛰儿大。现在，小城里专门有人卖蝈蝈儿。肩上扛着一木棍，木棍上挂一大堆拳头大小的小笼子，里面装满了蝈蝈儿。这些小东西在一起吱吱地乱叫着，特棒。

据说，土蛰儿特好斗。可惜我没亲眼见过这小勇士的争斗。小时看的小人书里有济公斗蟋蟀，它一蹦蹦的，就把人蹦得家破人亡，但是赖济公一扇他的破扇子就有办法指使它。蒲老头子还写过《促织》，里面的小东西也是把穷老百姓蹦得家破人亡了。蒲老头子是淄川人，与我们这儿紧邻。他的促织的发音有些类似于我们这儿的土蛰儿。

《诗经·蟋蟀》："蟋蟀在堂，岁聿其莫。今我不乐，日月其除。无已大康，职思其居。好乐无荒，良士瞿瞿。蟋蟀在堂，岁聿其逝。今我不乐，日月其迈。无已大康，职思其外。好乐无荒，良士蹶蹶。蟋蟀在堂，役车其休。今我不乐，日月其慆。无以大康，职思其忧。好乐无荒，良士休休。"诗人年纪大了，用蟋蟀来述怀，深忧远思。想来，诗人少时，是个浪荡子，也爱玩土蛰儿之类的小东西，荒废了大好光阴，实在是后悔得厉害。

我这可爱的小精灵怎么除了玩儿就是斗，突然就想到了成语"玩物丧志"。玩儿，得会玩儿，记得一老先生说，不会玩儿的叫玩物丧志，会玩儿的能玩出学问呢。我们小孩子哪里理会这么高深的理论，还是只那一个字儿要紧：玩儿。

小时无赖，倒是没下口吃这小东西，不知是否可口，也没听说谁吃过。鲁迅说民间有药方，用一公一母两个土蛰儿来做药引子的，但要原配的。原来这小东西可以入药，入药的东西，想来就不太好吃了。

呜呼，我的小精灵们。我的时日已经给我自己玩儿去了近半，但这些小精灵依旧那么逗人、可爱。想着它们，竟又忆起儿时无赖，不觉玩性又起。唉，就这德行了。

12. 小老鼠上灯台

小老鼠，上灯台，偷油吃，下不来，让老奶奶抱下来。这是小时候在乡下奶奶教我的儿歌，也算是我们乡下孩子最初的动物启蒙课。

这个小老鼠，大约是我们懵懵无知的乡下孩子们认识动物的开始。在孩子们眼中，这个可爱的小东西不单纯地指向某个物类，它只是一个象征性的符号。这个上灯台偷油吃的小老鼠，是我们认识动物的开始，我们已经开始认识大自然中与我们共处的每一位邻居了。

在唱这个儿歌的时候，我们能想象出小老鼠可爱的样子：贼头贼脑的小老鼠看到了灯台上的灯油，小心地爬上灯台去偷吃。吃完了，回过身子，拍拍屁股，抹了抹嘴，一副心满意得的样子。最后向下一看，坏了，下不去了……

这儿歌实在是一个绝好的动漫题材。后来，我们在动漫里看到了这个可爱的小偷油贼。当然，它已经不再偷油，而是在与它的敌人——一只蠢猫进行着滑稽的、英勇的斗争了。这个可爱的小东西虽然害怕猫，但每次都把那个蠢猫捉弄得不成样子。现在在幼儿园上学的小女儿是这样唱的：小老鼠，上灯台，偷油吃，下不来，喵～喵～喵～猫来了，叽哩咕噜滚下来。真有意思。

当然最著名的动漫是《米老鼠与唐老鸭》，米老鼠已经成为全世界儿童喜爱的卡通形象。

后来读《散文》，竟在里面找到了散文家的动漫。作者是人邻，题目是《村庄·小老鼠》："见孩子用大罐头瓶盛一只小老鼠，也许是女儿，小得让人心疼。小老鼠软软的，灰色的嫩毛棉花绒一样，似乎人的一口气就能吹没了。"

儿歌、动漫把世界化作了儿童的样子还给孩子们。大多时候，童心与成人的世界秩序是相反的，但它却是大自然最初的样子。

有童心者，不欺物，故物也不欺，故与大自然相谐。我们不再唱儿歌的时候，不一定就是说我们已经长大了，或许是说我们失去了很多。

有谁知道上帝把我们看作什么，或者就如我们成人痛恨的小老鼠，或者竟不如。因为在上帝缔造的万物面前，我们已经失去了作为一位心地宽厚的长兄的风度。

《诗经》有言："相鼠有皮，人而无仪！人而无仪，不死何为？相鼠有齿，人而无止！人而无止，不死何俟？相鼠有体，人而无礼，人而无礼！胡不遄死？"

无仪、无止、无礼说成是我们人破坏了自然法则，不也可么？

13. 刺猬

奶奶在时，家里常常供三仙，初了龙仙蛇之外，还有狐仙、柴仙，即狐狸、刺猬。

狐狸，在我们这儿叫皮大猴子。一同事说柴仙是豺仙，即豺狼的豺，不曾见过豺。可奶奶一向称刺猬为豺仙。

懵懂的孩子，不知为何把这些东西称之为仙，只是觉得有些神秘。

记得在老家院子的南墙根里，爷爷用两整块土坯斜撑着搭起一个小屋子，是为神仙屋子。里面供着神仙。南墙里几乎常年见不到太阳。奶奶是个老迷信，时常给她的神仙们上香、烧纸钱。

蛇与狐狸都有些仙气，神话里有依凭，比如《白蛇传》，南方还有雷峰塔，与蛇有关；蒲老头子的《聊斋志异》几乎就是专为狐狸做的正史。只是不知刺猬这个小东西是何时成仙得道的。也许是一个地方有一个地方的神仙。

刺猬常活动的地方，多是柴堆。孩子们看到这家伙，就喊：老黄来了，老黄来了。老黄是黄鼬，传言刺猬害怕黄鼬，所以孩子们就用老黄来吓唬它。现在想来，刺猬更为害怕的其实是人。至于是否害怕黄鼬，我们小孩子哪里知道。

在我们鲁北平原一带，刺猬是灵异之物，但我们孩子大多讨厌这个满身是刺的家伙。在其他地方就不一定了。记得在青岛读书时，荣城的同学刘文平曾与我说，在秋天里，他们小孩子经常上山捉刺猬烧了吃，好吃着呢，那个香。他在咂吧着嘴，我则在一边倒胃。

老家后院堆满了柴草。冬天夜里，在前院吃罢晚饭，我与爷爷去后院睡觉，经常听到婴儿似的哭。爷爷说是刺猬。

小时候在连环画里也看到了这家伙，那么令人讨厌的家伙竟有几分可爱了。这家伙鬼得很，身子一团，即令其他动物无从下口。那一身的刺儿，是可以用来刺东西吃的，比如在地上滚，就一身小枣儿。蛮古怪精灵的。

14. 皮大猴子

再说狐狸。

皮大猴子，有些贬的意思，很像是骂狐狸，是给它取的外号。

这东西确实有些神秘。乡下真正见过它的人很少。

听父亲说，他小时候，吃了晚饭经常到村北去看火，一会儿就是一溜火光，很好看。那就是皮大猴子在野地里疯跑。我们孩子们也见过几次，我们都叫这火光鬼火。鬼火很好看，也刺激，看得小孩子们张口瞪眼的，但小孩子们谁也不敢单独去野地里寻鬼火的。

这东西特会逗人，就是与人戏耍着玩。一天夜里，皮大猴子进了保银爷爷的院子。保银爷爷害怕它偷鸡，就端了毛枪出来。这家伙发现了情况，就顺着墙哧溜爬了出去，保银爷爷在后面就追。这家伙看到有人追来，它就跑，还不时回头看。人停下来，它也停下来，在那里看着你。打枪也打不中，拿它一点办法也没有。

与皮大猴子相关的是狡猾、爱情，还有神秘。这时，应称它狐狸了。我从没有见过真正的野狐狸。乡下的姨夫养过狐狸，每年卖狐的皮，结果弄得家里臭臭的，最后卖不了赔了一些钱。但圈养的狐狸已经失去了很多野性，算不得真正的狐狸了。真正的狐狸应该是野性的。

过去的寓言里只知道狐狸的狡猾与虚伪，比如《狐狸与乌鸦》、《狐狸吃葡萄》。而在蒲老头子的《聊斋志异》里，我看到了爱情、友谊、侠义，狐狸是美丽的、善良的，是义狐。大侠金庸也有本书《飞狐外传》，里面的飞狐是侠义的，飞狐是喻人的手段的。

回到乡下，与父亲说起皮大猴子，父亲还是说以前看到的一溜火光。其实他也有些年头看不到这鬼火了。

15. 蚕蛹化蝶

养蚕的人都是妇女，比如麦秋嫂子、金洞奶奶，她们的开朗是村上出名的，常常与我这个小东西开玩笑。现在她们都六十多了，家庭也都经历了一些变故，不知可还记得她们日渐苍老的手曾经养过美丽的蚕。

那时，我对蚕的印象少得可怜，也不记得养蚕的苦累与繁复。只记得我家整个院子里一直弥漫着一种怪怪的、叫做蚕的味道，后来知道，其实是来苏水的味道。蚕开熟的时候，爬得四处都是，夏天的早晨，在蚊帐里，竟看到有蚕茧挂着，原来是晚间蚕爬到蚊帐上就熟了，吐丝抽茧。我把那些茧小心地从蚊帐上取下来，用剪子剪开，里面便是蚕蛹了。我们乡下是不会让蚕蛹化蝶的，队上拿到公社里能卖许多钱的。

村上小学里放了学，男孩子们就都来我家，两人一组，抬着匾去村后的坑塘里洗刷。孩子们光了屁股把匾拖到水里，爬到匾上，匾在水上漂着。对于我们这些从没有见过船的北方孩子而言，这匾实在是大有妙处，我们都有了坐船的感觉。

然而，我们等待的是化蝶，看它们翩翩于菜花中的样子。

在乡下，我们称蝶为蛾(音 wó)儿，一双脏脏的手都伸向那漂亮的蛾儿，可惜，它每一次都能轻巧地飞开，隐入菜花丛里。记忆中常见的有三种蛾儿，一种是古铜色的，较大，乡下孩子们不太喜欢那浓烈的颜色；一种是白色的，夹以黑色小斑点，常嬉戏于燕子尾(音 yǐ)、凫茈苗的粉红花朵之间，实在漂亮；还有一种紫红的，身体要小得多，飞得也快，爱落在那小花上，比如青青菜的花，苦菜的黄花上也有，但是少见。

当然，还有蛾子。我们称之为蛾子，不是蛾儿。蛾子，就是那土灰色的。夏天的晚上，我们在院子里吃晚饭、乘凉，不时就有蛾子飞来，围在外窗台的灯下扑棱着，大的、小的。这时，鸡们就跳上窗台，来吃蛾子，这竟成了鸡们整个夏日夜晚的功课。父亲说，这些蛾子下仔孵化出来的就是棉铃虫什么的。如果我们看到蛾子，我们也会想法子捕到它，然后狠狠地把它弄死。这蛾子，还有一个丑陋的名字:不愣蛇。

漂亮的蛾儿也是下仔孵虫的。那虫子,吃菜叶。

我们几个小孩子被一片菜花吸引,黄黄的小花,繁星似的,在微风里频频点头。那是水萝卜菀子的花,开花之后就打种子了。绿绿的叶子上竟有一个一个的小洞,发现有黄色的带斑点的肥肥的虫子在蠕动,看着它们的蠕动,我们感到恶心。

就是这些可恶的东西最终要化作那翩翩的蝶么。

蝶,多好听的名字,与花朵有关,与快乐有关,与美丽有关,与爱情有关。蝶,与花朵相伴而来;蝶,也是大地上的花朵,我这样想。“一双彩蝶传情爱,今日又向花丛飞过来”,这个关于蝶的经典的黄梅戏《梁山伯与祝英台》,我听得不厌其烦。

其实,说到化蝶,我更愿意想象,是蚕蛹化蝶的,比如梁祝。只有蚕儿,才配得上那漂亮的身影,那是大地上最忠贞的情侣。如果可能的话,我愿意与我心仪的女子,双双化蝶,翩翩于菜花丛里。我美丽的痴想,浪漫得就像那快乐的蝴蝶在翩翩舞着。

时光和厮守

■朝　潮

水银一样的时光

时光，你手里没有教鞭。我相信它是存在的。几年来我一直坚信它的存在，也听到它在空中舞出的音响。我梦见过那种声音，像大江奔流。我没有更好的比喻了。隋文帝想象力好，他把长江比喻成一条衣带。我没有那种气魄，只会让自己淹没其中。很多人是我的老师，他们的手指像粉笔一样在我面前指点，手指落下来时，我开始下坠。隋文帝也是我的老师。

现在，我坐在一把叫做故乡的椅子上，坐在一堆想象中间。人的坐姿，起源于鸟的停栖和依靠；而想象，偏偏就是羽毛做的，比全棉内衣还贴身。太阳、雨水和季节是不可靠的，它们出尔反尔，像教课书。在你的课本里，只有想象，用来自由滑翔，或者暖身。坐在一堆想象中间，是不存在季节的。我想告诉你，我很久没有跟人见面了，也见不得人，每天看到的是自己。镜子里，总会发现不一样的自己，阴郁，淡泊，沾沾自喜，默默发呆。每天不一样。每天，你隆重地把我叫醒，然后静等我的答卷。今天是雨天，小雨，空气的湿度高于热带雨林的标准，气温不偏不倚坐在一个整数上，一天没有动静。气温并不严谨，似乎随时会支撑不住。水银是热爱下坠的事物，是一种毒性的重金属，它可以在一具契丹女祭司的木乃伊里藏匿至今，在千年之后的阳光下炫耀自己的光亮。威尔·默里写过一个小说，叫《水银人》，我的脑子里记不住内容，只剩下一种化学元素，一种涂在玻璃上可以照见自己的物质。我每天都在照映自己，照映到自己下坠的每一天。你手上没有教鞭，可我如何会照映到自己身上被抽打过的伤痕？现在是冬天，冬天的伤疤很难愈合。冬天像水银那样下落得很快。很多东西在下落，比如树上的柑橘，叶片，鸟粪。在德国柏林的大街上，落叶原则上是不清扫的，它们在风中像水银一样流动，在阳光下起着光泽；阳光也磨亮了树枝上麻雀的古老语法，像传说。我向往的传说，还有阿姆斯特丹的水屋，在一条运河上，有着水上倒映的传统建筑，以及风车。我还去过传说中的凤凰小城，在踏进小城的那一刻，我流下了这些年的所有眼泪，它们比沱江流淌得更快，更热。夜里，我就坐在城墙上，长时间看着一个个灵动飞翘的屋檐，等待它们如凤凰一样飞起来。

在你面前，我不敢说历史，我只能说过去和现在，它们正以祖先发明的计时方式，迅速下落。某人曾问我：你会爱我一生一世吗？我没有正面解答这个问题。我只是想：我的一生已经过去二十多年了（那时）。没有一个人可以爱上一生一世，或者被爱一生一世。爱很像水银，在家的框架内升降，瞬间坠落。

你还在听吗？现在是午夜了，我的眼睛越来越清醒，它一到半夜就这样，就发光。你总是用千分表之类的东西测量着我的光洁度，用鲜红的“×”打记在我的答案上。这对于我是不公平的。我喜欢毛坯的想象和无序的切刀刻度。我从来不使用游标卡尺和千分表。很多夜里我总是忘掉了你的存在，游离在你的身影之外，我坐在想象咆啸的壶口瀑布之下，在诗歌下，大汗淋漓，痛不欲生。诗歌缠绕着我的长发，一扯一扯，那么悠久的疼痛。常常以为自己没有穿衣服，在发光——别人传导给我的光亮，像水银一样周身发亮；然后就想起“水银人”。我的手，我的手啊，我的身上最落后最迟钝的部位，它可以够到我身上的任何部位，它包揽或参与了身体的所有事务，就是捧不住背上滚落下来的一滴水银，一滴汉语的光亮。你还记得那盏台灯吗？一位跟我同事过两三个月的人，从苏州带给我的，快七年了，再没有联系。我只记得他长着一脸的青春痘，喜欢跟我谈女人。有一次他走进我的办公室，眼眶就红了，等其他人走了，他的眼泪才滚落下来。他擦着眼泪说：我是不是很没出息？现在我想不起来他那天为何要流泪，可能是工作上的事，也可能是爱或不爱的事。他在我面前的印象，只有两三个月，一闪而过。这盏台灯一直在。我跟你说过它的，一种水果刀使用方式的台灯。一打开，它就亮了；一合上，它就灭了。在夜里，它就是一把刀，在我的履历中一刀刀刻着。我记得他那年从苏州回来，在我所在的火车站下车，就是为了送我一把刀。这把刀每晚都亮着，把光线压得很低，向下。它和黎明的关系很亲密。

现在离黎明还远，可我看到你有点困了，你有点耐不住性子了。你看，电脑屏幕上有一只苍蝇。一只冬天的苍蝇。它已经老得飞不动了，它爱上了它一生中陈旧的味道，在屏幕的汉字上一格格爬行。我一滚屏，汉字就在它眼前乱舞。我看清了，它停在它的粮食上，一小点陈年的带着血腥的肮脏，那是一只苍蝇的原始生活路线，也在那里生长和死亡。沉沦在深夜里的苍蝇，和我相像，趴在原始的汉字中间，在屏幕的微薄光亮下咳嗽，在遍访无人入睡的今夜，一格格爬行。在汉字铺张的舞台上，一只苍蝇悲情出演，是舞台，也是墓地。那么安静的剧场。撒旦的笑容在它头顶盘旋。它在遍访，在怀想，在忧伤，无人为之忏悔。一只苍蝇，被困在今夜的罪孽，千肠百结。时光，你还在吗？你再睁开眼睛看看这只屏幕上的昆虫，它就在那堆汉字中间。也许，将来，它会停留成千万年的化石，像吞下水银的契丹女人那样，被后人找到；也许，一切都是灰飞烟灭；也许，留下一卷悼词，由某个亲密的同类坐在一堆词语里，默默哭泣。

和一条鱼的厮守

鱼每天不知所然地在我四周游弋。我醒来时，它还没有睡觉；即便它静止在那里，也是一种严重的警惕神态。已然惯常。鱼禅意地醒着，从来就没有睡眠，双目始终是突突地表现在那里，像寺庙里的金刚大员。古籍上说，鱼是佛家的化身。

水，常常是突然间流动起来，带动鱼身闪烁着的快活。鱼深深吸一口气，吐出一口气泡。气泡比我吐出来的烟雾要团结。我抽烟的时候，鱼就会深切地关注到我。它怀疑我的一天比他的气泡还要短暂和无助。在水中，鱼的周身是稀释过的一笔墨，剔尽冗繁，干练，清儒。大概是被水修炼出来的。鱼不喜欢呼吸水面以外的混浊东西；水面外的气象是无常的，是疯疯癫癫的，那里所有的生命会沾染了些许，或多或少。

鱼从来不做梦，它自己就是一个梦。它从来不会梦见我，就像我从来不会梦见它一样。我梦见的都是陌生人，或者是我死去的亲人。我醒着时，只有鱼划过的一道道墨痕，像君子兰叶片的单一方向。我常常这样面对它——那条叫做朝潮的鱼。它简单得出奇，不用洗澡，每时每刻都泡在水里；它不用说话，无论书面还是口头，尽管它不知道这是一件麻烦的事；它不用理发，不用去思索发质发型和洗发水啫喱水摩丝的关系，不用担心像李贽一样，用狱中侍者的剃刀划向自己的脖子。李贽断气前还在侍者的手心里写字，称“不痛”。鱼的身子如果被一把刀子划过之后，它肯定会疼痛，会跳跃，它甚至会重新跳入水中，在它一生的田径场上继续奔跑。在一把刀子面前，鱼从来就没有想过死亡和绝望，哪怕是一次手术。刀割不破任何一粒水，鱼才会生活在水里。

我生活过的城市，时时都在动手术，永远没有一个早晨是痊愈着醒来的。人也一样，缘由人一生下来就是有病的，有罪的，他们需要被宽容，至少耶稣和释迦摩尼在这个问题上的认识是一致的。我一睁开眼睛就是罪恶，这番那般，经纬成网，连睡梦都深受余悸。鱼相对是纯净的。当人转世成鱼的时候，就忘记了前世今生。鱼肯定也有大脑，但是它想都不用想就能完成它一生唯一的表情，以及惟一的作为。它只是摆尾。那么单纯。它什么都不用想，不用做，所以，我要替它思想。头颅是最可怕的地方，它们个个有密码，一个头颅想要畅游到另一个头颅里去，是不大可能的。它们之间只能试图联络一下波段，而从来不会畅通在一起。能够与我畅通的，只是那鱼，因为它从不思考。“美满”“幸福”之类用在一个人的身上，太过衰老，它们像鱼的下腹一样苍白；在人的眼里，它们是唯一的也是无法抵达的路径。

和鱼在一起，日子始终是潮湿的，就像烟雾的方式。那是本能和宿命，就如同鱼离开了水。我时常看到那条叫做朝潮的鱼，它自由的样子，自我的样子。很多人看到我的时候，只是看到了与我形影不离的那条鱼。他们觉得它依然那么年轻，那么质感，连我血脉相连的亲人也被那条鱼无意地欺骗了。只有我知道，我虚无地老着，我只是那鱼的一个长长的梦。鱼每天要喝许多水，它喝一口，就看我一眼，看我干枯的样子。鱼同情我每天重复着三十余年来同样的事情；同情我二十年前众多的五彩梦，正在一个个地发黄着，旧着；同情我将十年前鲜亮的精神面容消磨成现在的样子。它眼睁睁看着我，看着我被自己制造的烟雾所包围，所咳嗽。

我生活在那鱼的影子里，梦里。我相信在我睡着的时候，它一直在我周围游窜；或者索性把我叫醒，让我在黑暗里陪伴着它的清醒，和它混在一起。我没有办法从中选择出自己。我在我的梦里游走，鱼在我的梦外游走。我越来越离不开它了。

阿尧先生

阿尧先生出生于民国初期，是当地大户人家的长子，下有六个弟弟，七个妹妹。据说他家早先那道门是双开的，朱红的油漆，门上镶有铜制的门环和门钉，门下方碰撞门槛的地方包裹着精致的白铁皮。两扇门打开的声音一平一仄，声势沉重，浑厚，结实，显示着它内部拥有一个宽大有力的门肺。

我认识阿尧先生，是在一九七零年代后期。那时我垂髫年幼，他已半头霜花。阿尧先生留给我最生动的记号，是他冬天里的样子，坐在一把老式藤椅上晒太阳，鼻尖悬挂着一滴清透的鼻涕。我会长时间看着他，看着他鼻尖上那滴液体，担心它掉下来，或者它到底会不会掉下来，有时甚至怀疑它已经被冻住了。阿尧先生好像不喜欢说话，他长时间默然坐在那里，眯着眼；偶尔抬眼的时候，眼神里冒出的那种瞬间的敏锐力度，与他的年龄极不相称，也值得怀疑。他只管专注坐在那里，一心一意晒太阳，邻居从他家门前经过，跟他打招呼，他大多只是哼一声，眼皮都不太情愿抬一下。他最显著的声音来自肺部和气管，突发性的，随之而来的是将一口清痰啐在地上。

我没有见过阿尧先生年轻时的模样，他也没有那时的照片，二十世纪三四十年代,照相机还不普及。他家族里的男子,个个有着一副俊朗的外表,这一点肯定也体现在他身上。他的学名叫傅圣尧,当时人都喊他大少爷,一九四九年后,改口称他阿尧先生。这种称呼在乡下极少使用,可能戏谑和尊重各占一半。

阿尧先生高中毕业后,父亲安排他殊守家业,安排他的二弟和三弟去上海念大学。假期里,他见到了从上海回来的二弟和三弟,他们带回来厚厚的书籍,以及两个颀长的英俊身影。他从不去碰弟弟们的书籍,只是用目光远远地丈量它们的厚度。他会长时间站在朱红的大门口,发呆,手里无序地叩动着一个门环。他的父亲看不惯他那副神态。父子如冤家,经常发生冲突。

一九三零年代后期,朱红的大门内外发生着许多变化,喜庆的,哀伤的。他结婚的花炮声才消退,枪炮声就越来越近了,像灶膛里哔哔剥剥的柴草的燃烧,紧接着,日本鬼子就进了村。在躲避日本鬼子的日子里,他遇到了一位中学同学,两人常常长时间聚在一起。后来,他和同学偷偷参加了一个组织,叫"抗日民众运动干部训练班"。一个秘密的地下组织,也秘密出版一份报纸,叫《挺进报》。他的家人全不知道他在忙什么,只是觉得他跟以前不一样了,经常看到他回家时脸上带着激奋,像喝了酒,身上散发出来一种亢奋的"酒"气。但他什么也不说,长期封着瓶盖。那个抗日干部训练班,后来被日本鬼子发现了,死了很多人,幸存下来的几个人也都隐瞒掉了这段历史。那位同学也死了。

阿尧先生脸上的色彩又回到了过去的样子。父子之间的关系紧绷绷的,直到某一天的断裂。父亲一怒之下将他赶出了家门。他和年轻的妻子住进了一扇简陋的单门,过着吱吱嘎嘎的日子。每天早上那扇门声一响,他就醒了。那种声音,像一种年久失修的喘息。

我认识他的时候,他就住在那扇柴门里。我总看到他冬天把手袖在衣服里,坐在那扇单门的里面,晒太阳。那么瘦弱。他坐下去以后,就懒得再站起来,懒得说话,懒得。人瘦,他的喉节显得格外的突出,尖锐地顶在脖子上。那是我的另一个担心,担心它在上下滑动时会突然地戳出来。他咳嗽的声音很响,好像肺部一直堵着一些不清不白的东西。

他父亲有严重的肺结核,而且无一例外地传承给了他的七个儿子。他父亲的咳嗽响起时,像浪涛一样奔腾,没有一种药物驾驭得了。当时医学界还没有链霉素和卡介苗;发明"链霉素"的瓦克斯曼,要到一九五二年才步入诺贝尔奖的获奖名单。一九四零年代前后,他的家族呼吸系统出现了问题,家里的男人像树那样一棵一棵地倒下去。二弟三弟倒下了,接着四弟五弟也倒下了,以及他们的父亲。朱门的油漆开始剥落下来,一个富裕的家族一步步走向败落。

他也长期病着，脸色像弟弟们生前那样的苍白和消瘦。日子也是如此。解放后，他的病得到了彻底的治疗。他成了贫农。他下田干农活，上山砍柴火。他的脸色一直没有好转，还是当年的书生样。村里没有人知道他参加过一个地下组织，他也从来不说。一直到他在杭州工作的大儿子入党前的政审，要查三代的历史问题，他才说出来。但那时附近没有人可以证明这段历史。不但证实不了，连他大儿子的入党问题也就此悬挂起来。这以后，再有人问起此事，他什么也不说了。

他的日子总是被门的喘息叫醒。一个陈年的浊重的声音，不明不白的声音。一九八一年盛夏他去世的前夕，他大口大口地喘息，拉着他大儿子的手迫切地想说话，似乎有什么重要的事情要交待。但他什么也说不出来了。他身体里提供呼吸的那扇门，已经沉重得推不开了。那年，我在上小学，并不懂事。我参加了他的葬礼，流了一次眼泪。眼泪在见到他那一刻蜂拥而出。那时他还没有入殓。一副瘦长的身子。我特意看了看他的鼻尖。那里什么都没了，很干净，只剩下那个明显顶出来的喉结，好像堵着一件不清不白的东西。

我记忆中的他，一点不像个农民，尤其是他的目光，那么清隽，敏锐。他的脸色始终是苍白的，似乎他的肺结核从来就没有好过。一直如此。我去他家的次数并不多。我哥去得很勤，哥常常围着他那把老旧的藤椅转来转去，哧哧咔咔地笑。我哥成了他老年时唯一的开心果，也只有那时才会看到他的笑容。他常常夸我哥那双乌溜溜的大眼睛，

我哥，是他的长孙。

民间推理报告

■杨献平

1

第一个人看到了，尖叫，引来第二个人，随后是更多的人……夏天村庄的早晨，有点凉，但风是温热的。众人围观了好久，还没人想起报案。人群还没散开，议论风生水起，各式各样的怀疑和猜测犹如满地飞行的麻雀，蔓延了整个村庄。有人说：肯定是她的仇人干的！有人说，肯定是哪个流窜到这里的惯犯……还有人压低了声音说：是不是她那个不争气女儿惹来的祸？

第一个看到的人是邻居，早早起床下地，走到她门前，眼前的场景确实惊人：她全身赤裸，白皙胸脯上垂着两只口袋一样的乳房，沾满沙土，有颗粒较大的，嵌入肉中，隐隐有鲜血溢出。口腔内灌满沙子，脖颈上有一道明显的勒痕，溢血已成紫黑色。眼睛大睁，瞳仁向上，满脸惊恐、痛苦和怒怨。

她的家人来了，女儿从百里之外的市区赶回，儿子从就近的村庄来到。哭号声犹如裂帛，在草木茂盛的夏日山野跌宕。中午，搭起了灵棚，帮忙的人你来我往，尘土飞扬。白色的孝衣在炽烈的阳光下显得更加惨白；长短不一、高低不同的哭声沿着河沟的卵石，在阔大的村庄之间，持续不断却有气无力。

远处的村庄在高处和低处看着，人们的嘴巴在继续议论和猜测。我听到后，震惊得合不拢嘴。在乡村，如此惨烈的谋杀案极其罕见，至少不会降临在一个普通妇女身上；谋杀的手段也极其残酷，沙子塞满死者口腔，铁丝勒其咽喉，使其窒息而亡。

我陆续收集到以下一些较为确切的信息：1. 死者生前离异多年，与前夫同村，但不同居；2. 死者生前有过几个情人；3. 死者女儿在某舞厅为小姐，与外地一个老板儿子关系密切，因而，与其他小姐存有怨隙；4. 死者生前性情乖张，感性，易怒；5. 死前一天傍晚，她还拿了镢头，到地里刨了一些土豆回来，路上遇到几个熟悉的村人，有说有笑，并无其他异常情绪。

同地相居几十年，我竟然不知有这样一个人，或许我在路上见到过，但不知其具体面目。后经证实，死者与其前夫离异约二十年，一直没改嫁，住在离村三里外的一座山洼中。田地与前夫按人口分开养种，经济独立，虽偶有争吵，但泾渭分明，井水不犯河水。死者早年与前夫分居后，时常有一个男人，深夜来到，黎明离开；几年后，又有一个男人如此。到四十岁那年，与先夫正式办理了离婚手续，他们的儿子也于近年结婚成家，与父亲一起住在村里；一个女儿大约二十多岁，先是在市区一家饭店打工，后传到舞厅做了小姐。

前年冬天的某个时候，她女儿带着几个打扮时髦、样子凶恶的男人女人开车拜访，先是炒菜的香味，从烟囱冒出来；后来是喝酒行令的嘶喊；傍晚时候，是剧烈争吵……入夜之后，才是一道渐去渐远的车辙。此后，有几个夏天或秋天的傍晚，有一辆豪华轿车从远处驶来，在她门口停靠，至凌晨方才离开。有人猜测说，是她女儿在舞厅认识的一位老板，或者是与她女儿关系密切的那个男子的父亲。

2

她入葬那天，我站在几百米之外的马路上，看她女儿为她举办的颇为盛大的丧礼。陈列在河谷平地的灵棚上绘着各式各样的冥界图案，吹鼓手额头汗水晶莹，卖力吹奏《百鸟朝凤》、《凤求凰》等乐曲；还有不知从哪里请来的歌舞团，姑娘们穿着超短裙，以肥厚的臀部和胸部，在简易木台上疯狂扭动。

我觉得不可思议的是，她的子女们为什么不究查母亲的死因，草草收殓就要入土为安呢？我就此询问了很多人，有的说：还查啥呢？人都死了，埋了就安心了；有的说，谁敢查啊，不要命了！这些回答让我觉得一种虚妄和恐惧。

她消失了，从一个人，到一座新的坟丘，仅仅三天时间。我想到，这样一个人，一个惨烈的谋杀，怎么就如同萤火虫一样，跌落就不见了呢？即使落进泥浆中，也不是没有重新明亮的可能。此后好多天，我一直在等一个消息，关于已经入土的她，以及她之外的蛛丝马迹。但是，一切都风平浪静，村庄依旧，所有的人们照样白天穿衣，夜晚睡眠，扛镢头下地，提镰刀割草。议论尽管还在继续，但力度、神秘感和积极性严重衰退。我没参与进去，只是根据他们的议论和猜测，长时间独自冥想。

疑点之一，是她为什么与丈夫分居二十年之久，而没改嫁呢？合理的解释大致如此：她不愿意离开自己的孩子们。母亲以爱护孩子为终生使命，这也无可厚非。疑点之二，她女儿到底是不是小姐？如果是，这在周围数十里的乡村中，绝对是第一个。如果她女儿只是和某个老板的公子谈恋爱，那么，所有的悬疑都不存在。疑点之三，她丈夫与其分居二十余年，期间虽有争吵，但未曾有过过激之举，前夫行此极端的可能性不大。疑点之四，她女儿带来的那些人到底是些什么人，来自何方，所来何为？疑点之五，那个多次傍晚开

车来到、黎明离开的人到底是谁？

谋杀者的动机是什么？按照乡人的议论和猜测：1. 其女儿在舞厅结识黑道之人，而这个黑道人在她们那座舞厅绝对不会只与她一个人有亲密关系。大致是其受宠，而使别的女孩子失宠，导致了互不相容、甚至刻骨铭心的仇恨。对方以钱财买通杀手，夜潜村庄，杀人逃遁。2. 那个多次开车来其家中的男人可能腰缠万贯，其妻得知丈夫与她有染，出于嫉恨或者其他原因，雇请杀手将其谋杀。3. 可能是流窜的惯犯至此，强暴之后杀人灭口。

3

大约一个月后，这件事就像路过的一阵风，在村庄内外，打了几个旋儿之后，便杳无踪影了。唯一能看到的变化是，庄稼节节成熟，果实挂满山野。河水枯了又淌了，人走了又来了。我想，最大的受害者仍旧是她，最大的欣慰者当然是谋杀的凶手及其指使者。她女儿会不会心安？她的前夫会不会因此而觉得憋屈？她的儿子会不会在清明时节，念及生母，觉得屈辱和不甘？

这都只是我一个人的猜测，与当事人无关。我想：报案是最妥善也最符合法律甚至公义的方法，而她的孩子和前夫，谁也没有这样做，乡邻也没有。我在觉得不可思议的同时，也觉得笼罩在乡村之上的一种巨大的恐惧。这样惨烈的恶事和横祸，乡人唯恐躲之不及。祖祖辈辈，爹娘亲人，老婆孩子，世世代代在此繁衍生存，倘若凶手躲避了制裁，返回寻仇，报案者必定遭殃。还有一个致命的问题是：事不关己，受害者的亲属都不报案，他人有什么理由挺身而出呢？

我也没有，只是对议论的人说，该去报案的，为什么不报案？他们用以上的理由回答了我。我也用他们的理由阻止了自己。再有些时日，我告别了暂时回到的村庄，回到了原来的地方。忙碌之后，偶尔想起这桩案件，总觉得其中大有文章。我忽然想到：死者的女儿为什么要去做小姐，以身体换取奢侈浮华的生活呢？

在村庄，偷情、通奸之事虽然屡见不鲜，但从没有一个女人公然出卖色相，用来养家糊口的。她女儿首开先河，其中必定有深刻的动因——可以用恋爱失败后，心灰意冷，自甘堕落或者被人强暴、求告无门、破罐子破摔等等理由作为辩护词。但一个更大的问题是：从古到今，那么多以出卖色相为生的女子，难道都是贪图富贵、受人欺骗、自甘堕落的缘故么？

究竟是什么促使她女儿深陷于此，不能自拔，且惹祸上身呢？这里面肯定牵扯了利益——最大的动力源和罪恶漩涡。一个女人被一个男人宠了，另一个不甘失去者贪恋的肯定不是这个男人本身(肉体),而是他所具有的物质乃至精神诱惑力。由此,仇恨诞生了,她女儿因为被宠,所以被保护,而她母亲,则理所当然地成为了对方敲山震虎、杀鸡骇猴的替罪羊。

设若这个推理成立,是其女儿在风月场上争风吃醋,而使祸迁于己,死于非命,那么,那个几次傍晚来到、与其姘居的男人也应当是无辜的,他的出现不过是一个偶然——但又出现一个问题:那个男人到底是谁,开车来到,必定是远处之人,他们如何认识,且如何又有如此亲密的关系呢?反之,如果这桩案件是这个男人或者其发妻所为,以上所有猜测都应当是乌有的。

4

从现场看:大门开着,死者袒胸露乳,坐于门槛一边的石条上,摇着的蒲扇落在一米开外的院地里,如从风中飘下一般……就此进行情景联想:乡村的夏夜是闷热的,很多人乘凉到午夜风凉时,再关门睡觉。夜里,吃过晚饭,独自坐在院子,手摇蒲扇,看着浓密的黑夜想心事,或者轻声哼歌。渐趋安静之时,小路上忽然有走路的沙沙声传来。

乡里多有遇黑才归的人,起初,她没在意,直到那人离开小路,踏进院子,她才警觉,问那人是谁,那人不吭声,步步逼近,她欲站起时,那人箭步蹿近,用铁丝勒住其喉咙,她喊不出,挣扎反抗时,将手中的蒲扇甩出一米多远,又迎面扑地,那人趁势踏住她后背,使劲勒其脖子。她挣扎时,沙子揉进口腔及其袒露的胸脯。

她的死是猝然的,毫无防备,凶手轻而易举就完成了杀人动作,逃之夭夭。如此分析,凶手应当是惯犯。

但凶手如何来,又如何去,受谁雇用和指使?我忽然想,她的亲属们不报案,草草将其收殓、埋葬,其中一定有恐惧或者难言之隐——设若这一推理成立,那么,她女儿的嫌疑最大,乡人关于她女儿在舞厅做小姐的种种传闻应当属实。

而她女儿究竟是怎样一个人?我从来没有见过,全凭想象和推测:容貌可能不错,用“妩媚”、“娇艳”、“风骚”、“清纯”、“倾城倾国”、“沉鱼落雁”等词汇想来也不为过。另外,她肯定有其他女孩子所不具备的过人之处,这种“过人之处”可能是无形的,内在的,甚至是无所不及,于男人来说是沉醉其中,欲罢不能的。第三,她可能是一个工于心计的女孩子,色相只是表象,用以征服男人只可能奏一时之效,绝非长久之计。她清楚她想要的,为此,她必须用尽心机和招数,最大限度获取最大的利益。

村人忌讳暴死，况且她的死是令人感到耻辱的：袒胸露乳，满嘴沙子，脖子上深深的勒痕……作为女儿，我不知道她会不会内疚——很多像她一样的乡村女孩子，生在乡村，嫁在乡村，土里来土里去，不也是很好吗？想到这里，我总是觉得遗憾、难过……但也常常推翻自己的怜悯或者同情，猜测她……或许不仅仅是为了实际的利益，而是贪图一种青春抑或活着的方式。

5

她死了，而且是谋杀，唯有这一点，是不争的事实。这一桩案件，最终以受害者的永远闭嘴及其亲属的隐讳，成为一桩悬案。因为没有报案，公安部门无从查起——最好的结果应是：凶手再次犯案，自行坦白，算是为她找回了公道。而转眼之间，几年过去了，一直没有这方面的消息，她的死随着坟茔杂草一轮又一轮的枯荣，成为乡村当中一道若隐若现的记忆影像。

现在，她单独居住的房屋还在，且住进了另外的人——她的儿子或前夫，炊烟按时冒出，沿着一边的山坡，攀援至山顶，被风吹散。每年夏天，有一些外地放蜂人，把蜂箱放在距离她房屋不远的地方，成群的蜜蜂飞过，落在山坡上的洋槐花或者荆花之上，采足了蜂蜜，再沿路返回。

有一段时间，我再次想起这桩案件，忽然特别想知道她前夫、儿子，尤其是女儿到底长得什么模样，现在又是怎样的境况。有几次询问了几个与她同村的人，都说：(她女儿)人长得确实不错，就是滥了一些。这都怪她娘，和前夫不好好过日子，单独住，招了好几个野男人，上梁不正下梁歪……有啥样的娘就有啥样的闺女等等。

至于她的前夫，我至今也不知究竟是哪一个，还有儿子，也不清楚。他们一家人，于我来说，就像她的死一样，始终是一个谜。其实，这些都不是最重要的，关键的问题是：到底是怎样的一种仇恨致使她毫无防范被人杀害？凶手到底是谁？现在何方？什么时候可以自行招供？一个人，哪怕臭名昭著、作恶多端、十恶不赦，法律是最公正有效的解决手段，量刑治罪，死者明白，生者明白，这才是符合自然规律甚至人性和道德的。

此外，在乡村，我听到几个人说起一些令人恐惧的事情，有一年夏天，一些身份不明的人出现在山高林密的乡村，饿极了，到果园里偷摘果实充饥。村人看到了，他们也不怕，瞪着眼睛，样貌凶恶地进行恐吓。我猜想，那些人一定是流窜的罪犯：越狱的、潜藏的……但也不排除那些无家可归的流浪者和落难者。与之相应的一个现象是：即使看到了，也没有报案，以前没电话，现在家家有电话，但还是没有人报案。

我还听说另外一件骇人的事情：某一年夏天，清晨，一家人起床后，蓦然看到下方田地之间，有一片发白的东西，走进一看，是一位早已死亡了的青年妇女，全身赤裸，脖子上有明显的铁丝勒痕——所幸，这个案件早已告破：死者是市区的一个出租车司机，被几个人挟持之后，走到这里，正值午夜，便实施抢劫和轮奸，完毕，将受害人勒死，抛尸，驾车逃跑。到另外一地，车辆没油了，便弃车而逃。刚到邻省不久，便被警方捕获归案。

还有一些，他们说给我听……我觉得害怕，在乡村，有一种人身危难无处不在的感觉。夜里，插好门之外，还要用一些东西顶住——黑暗笼罩，风吹万物的夜里，外面再大的响动，乡村的夜晚是安静的，尤其是那些地处偏远，山峦交错，奇峰对峙的偏僻之地，树叶在黑暗当中集体舞蹈，夜虫从泥土的缝隙挤出歌声，婴儿的哭声和妇女们的梦呓最动人的，屋里人最多开灯，胆战心惊地大喊几声，却不敢开门去看个究竟……

又一年过去了，这桩案件依旧风平浪静，岩石般沉寂，村人们更少提及了。我觉得悲哀，决定以非科学、非权威、民间的、个人和推理的方式，把它记录下来，也算是对受害人的一种祭奠。

云朵下的秦岭

■师永涛

师永涛，男，1983年生于陕西凤县，媒体从业人员，业余写作。著有散文集《回望的目光》，山东大学出版社出版。

一个人的衰亡史

现在，我们回头想想一个人的一生。在村庄里，每一天的生活都平淡无奇，甚至在我的记忆里，这么多年来，好像只过了一年一样。春耕秋收，夏忙冬不闲，婚丧嫁娶，生子育女，刮风下雨，冰雹干旱，在重复的劳碌里，一个人慢慢变老，并最终入土为安。

纵然是简单的生活，也还是有诸般的愁苦。比如孩子日渐成人却还需要更多时间才能够学会做一个庄稼人，比如进城时的茫然无助和回来之后一段时间内的黯然心伤，比如计划外的应酬超过了一年中的预算，以及最让人担心的害病。有时候，在傍晚，我拉着架子车，嘴里噙着一根马莲从河滩回家的时候，总是被落日填满内心的忧伤，因为，又一个明天正在路上越走越近。

在外出读书的很长时间里，我几乎忘记了一个庄稼人最基本的关于播种收割的节气，但是，没有人关注到这一点，按照亲戚们的想法，我将来会在城里生活，不会行走在山路上时，就起了无常的念想。我不接受这样的事实。和村庄里出去的大多数年轻人一样，我在城市中时常遭遇庄稼人的尴尬，那一脸的村相逼得我走投无路，我这样远离了土地的人，最终和自己的血缘有了距离。

村庄里大多数人家是这样的。除了少数人家土地在较为平坦的地方外，他们尚经营着河滩地和山地，这些为数不少的土地，零星散落在村庄的各个角落。不读书的年轻后生，在十七岁后，就要考虑如何管理这些土地，他必须学会庄户人家必备的经济预算和风险预算能力。在这之后的几十年间，他的皮肤将沾染上永远也拍不干净的黄土，他的衣角会从崭新变成灰白，最终破损，他的农具会从尖利变得圆滑。他得受着这些。

平地一般用来种粮食和经济作物，比如小麦、油菜、苹果、玉米、黄豆；河滩地用来种菜、药材、洋芋、红薯；山地则只有种花椒了。要根据年景和农贸市场这几年的时价决定今年种什么，地不能闲着，地也没有闲的时候。当一个人学会自己做决定的时候，他已经二十出头了，他遭遇过丰收，也遭遇过颗粒无收，现在，他已经学会平淡地接受这些结果，他可以结婚娶媳妇了。

庄稼人很少有恋爱，能出力气吃苦的后生方圆内的人看在眼里，哪一家有勤快俊俏的好姑娘，那就是老天爷“使下”（意为天生的，命定的）的，他们最终会结合并生养，这是命也是天理。如果命运没有波折，结婚是一个庄户人家一生最辉煌的时刻，他的生命里因为有另一个人来填充而变得不一样。不管年馑还是遭罪，这个人都是他的人。

孩子出生后，事情逐渐多了，要考虑孩子的教养问题，这段漫长的时间几乎要持续三十年之久。媳妇或许心里会产生这样那样的想法，操心的大多数开始转移到孩子身上，和老辈人的心理距离渐渐拉大。对夫妻来说，这段时间是磨合、熟悉和接受的过程，老人则慢慢学会平淡、寂寞。一个庄稼人一辈子遇见的事情就在这三十年里了，夫妻吵架、邻里矛盾、分家分产。这三十年的时间不能够用文字表达，一个庄户人在这三十年中几乎度过了一生，他或许会抽烟、酗酒、赌博、唱戏、哭泣、生病、得意、进城、打架、看电视、喝水、走路、下地、放羊、过年。

孩子成人了，剩下的事情就简单了：死亡。庄稼人后三十年时间面对的哲学命题就是这个，或许，我用一本书才能够探讨这个话题。从恐惧、抗争到接受，如果说“三十年河东，三十年河西”，那这三十年完全是一个心理过程。在这三十年里，一个庄户人要做的除了劳动和回忆，还要把一些事情口口相传下去。在思考哲学时，我荒谬地认为，一个庄稼人后三十年其实在内心培养一种宗教情怀，这种情怀更多来源于对自然和人生的体悟，是经验的结果，或许其间有忏悔、救赎，但更多是一种渴望天人合一的生命延续过程。

我时常想，一个人的内心藏着多少的黑暗，让他可以把这么多的事情和痕迹掩埋。我在村庄里游走的时候，喜欢把盐、心事和高粱放在高处晾晒，然后很虚假地挥手。现在，雨中的鸟瘦若黄尘，时间不停地冲刷一个人似梦非梦的感觉，爱尔兰诗人叶芝说：“当我老了……”这句话很陌生也很亲切。

近处的忧伤

一个人独处，总是会无缘无故陷入一种莫名的忧伤。这种忧伤淡淡地笼罩着你，而你被时间胁迫，静静流淌，又突然被自己惊醒，做了个梦似的。但是，有如此真实的梦吗？明明刚才你还在的。

有时候，我把羊赶在河滩上游很远的地方，远离那些和我一起放羊的人，找一块草滩躺下来，啥也不想。一个人要是想点心事，时间会过得很快，但要

什么都不想，时间也停滞了。比如被我压伤的这片草，它们伏在地上，因为被太重的力压迫，原本柔滑完美的叶身破碎支离并渗透出茸茸的汁液。它们再站起来需要很长一段时间，而那时我早已失去耐心，随羊群走远了。但当我下一次再经过这片草滩时，它们又完好如初，就如同没有经历过灾难一样。一个人的内心，就没有这么迅速的止疼功能。

说是不想，其实心里也还装着事情。走出秦岭大山的日子遥遥无期。在电视上看到的山外人的生活到底是什么样子的，如果一个地方没有山，全部是路，那一个人该能够看得多远啊。但是秦岭巨大的阴影告诉我，出去并没有那么容易。比如我，二十多年后才明白，自己的血液离那座山有多么亲近。

我还是得老老实实放我的羊。从事农业劳动其实是一件很无聊的事情，你不需要有任何创造力，你所做的只有一个字：等。等羊长大了卖掉，等种在地里的麦子扬花抽穗收割，等一个孩子一年一年从一级又一级的学堂里熬出来。没办法么，你就是个靠天吃饭的农民，你不等老天给你指使个好年景，你还能干些啥事情。

所以，我和村庄里的孩子一样，从小学会的一件事情就是忧愁。你必须忧愁，忧愁了才会对家里的事情上心，父母为了一些不必要的事情伤心的时候，你才会长眼色把猪喂了，把院子里晾晒的玉米收进口袋里码好。

放羊的人所做的事情就是让那些吃饱的羊安安全全回到家中。你是一个人，你站在那里，别人就不敢来偷你的羊，野物就不敢来驱散他们，你的羊看着你心里才安稳，才敢放心地吃草。不要小看了一个人，他立在天地间，就是万物之灵。

我通常躺在草滩上看天空。所有单调而宏大的事物都具有非常的魅力，比如天空、沙漠和大海，在那些纯粹的东西后面是包容。一个可以包容下世界的物体，在那里面，你连你自己都看得见。湛蓝，看不透的湛蓝，看不到边的湛蓝，一种很硬朗的蓝。所有图片和影像都再现不了天空，因为阳光是活的，天空的蓝也是一种活泼泼的蓝，仿佛有无数的生命在里面朝生暮死。有时候会有一些石灰色的云团，有闪亮的白边，它们会突然迷失了自己一样停在半空，又过了好半会儿才飘到天边。

天空是看不厌、看不烦也看不够的。一个人若是长时间不动声色地看天空，会把世界都遗忘，什么荣华富贵、困苦艰难都小得和蚂蚁一样，从草滩上站起来，像重生。

当黄昏逐渐来临的时候，炊烟从路上蔓延到河滩，吆上羊，把手里的石头扔到河里，打出一连串的水漂。要回家吃饭了。从河滩出来一上路，远远就看见自家的房顶。那条小路怎么拐也拐不出自家的门。老祖父依在房檐下，沉默地拧着手里的玉米棒子，炕眼里的火苗跳跃几下又归于平静。黄昏来了，夜晚也要来了，明天和今天之间，不过隔了一场死死的睡眠。

云朵下的山冈

在秦岭拔上而抟摇的峭壁上，有无数的洞窟，白色的岩石向前伸出纷乱的胡须，风来的时候，它们奋尽了全身的力气，一齐呐喊，有骨骼断裂的痛感。那些阴森的洞窟里，埋着无数因为各种原因而夭折的婴儿的尸身，他们弱小的身子禁不起山风奔跑的速度，于是在每个有月亮的夜晚，他们会和着安河的青蛙，拼命叫喊，把整个村庄都叫得荒凉。

秦岭连绵纵横，把我的世界分成沟壑和岭岗。我经常在山冈上因为劳作的疲乏而休息时，会很沮丧很伤感，秦岭的颜色深邃而无动于衷，让我感到自己的命运和生活的渺小。我曾经尝试逃出它的影子，但以多次失败而告终。

我的亲戚有一些山地在秦岭的山腰上，于是他们不得不抽出必要的时间去打理和经营它们。种山地是很麻烦的一件事情，首先是交通极其不方便，这一决定性的因素直接导致你要把那些长着锋利麦芒的麦点子用背架捆好，一次一次背下山，这是一项枯燥乏味的工作，没有任何趣味性可言，直到那些成片倒下的麦子成为麦茬儿。另外一个麻烦就是吃饭，家里人手稠的，可以有一两个人挑一担稀面片、馍馍之类的热和东西来喂饱大家；人手稀的人家就只能够啃干馍喝凉水，那柔撕巴紧的干馍嚼得你牙根发酸，牙苔生疼，无名的火就从喉咙蹿了上来，烧得人火辣辣的。但没有办法，抢收就像是打仗，没有结束，就不能有丝毫松懈，不能泄了底气。

劳作疲乏时，大家就会互相招呼休息喝水。没有人说话，人们各自想各自的心事，麦镰的锋刃在阳光下倏的闪过一丝光的阴影，把汗水照得晶亮。山风掀开衣襟，全身有鼓荡的痛快。野棉花这个时候就会鼓着膨胀的胸脯在风中招摇，植物汁液的味道浓厚而弥漫，你嘴里噙一根猫蔫草慢慢躺下去，有被推倒于万劫不复之地的快感，这种快感类似精神分裂，是一种身体和自然和谐的过程。泥土把贞操献给你，你把自己的身体献给大地。

阳光下的山冈并没有想象中那样明亮，云朵静止在山冈的上面，像一团凝固的羊油，温润洁白，只有胸脯才有这样的光泽。时间流动的速度竟然是如此绵软，蚂蚁们可以趁这个时间在岩石根部巩固自己的帝国，而你却只能被时空胁迫，呆呆地出神。抬起头，巨大的碧蓝没有任何角度可寻。一个人在苍天之下狭小不已，敬畏的心情从脚跟抽丝般填满胸腔。

没有阴影的山冈

我曾经无数次走过秦岭的山道，捡拾起遗失在记忆深处的箭矢，看它的锋利是否仍在。那些沿着古栈道迁徙来的风，翻起苍老的浮云。植物们在黑暗里向着光亮拼命生长，阳光大片大片落下来。我坐在废弃的粮仓里，听干瘪的粮食在耳朵后面的山冈上滚动如雷。

没有人的时候，山冈是疲惫的。当你气喘吁吁爬上一个山头时，你都注定是个失败者。你太慢了，那些山冈，它们从底部开始，在野棉花和猪笼草的内部，有一种比血液还迅速的东西在生长，它们在和生命赛跑。当你在半山坡驻足时，你会发现除了稀稀拉拉的野草外，没有一棵高大的生命能够比得上岩石奔跑的速度。这些底部风化成白色粉末的黑岩石，有一张被时光雕刻和镂空的面具，残忍而美丽。如果再以四十五度角环视周围，有一种巨大的眩晕，大地在那一刻倾斜，巨大立体的空间瞬间擎起歌的悲壮，让你泪流满面——你太渺小了。

关于秦岭山脉，我同乡的许多作家一直寻求合适的表达，但他们显然捉襟见肘，不是把它写成“鹰飞高原”的青藏高原，就是写成“面朝黄土背朝天”的黄土高原。我尊敬的同乡作家红柯显然更有魄力，他在《黄河之水天上来》一文中，把秦岭写作欧亚大陆的龙骨和支架的一部分，他说，从天山、阿尔泰山开始，这条龙骨“向东入甘肃即为祁连，入陕西即为秦岭，入河南安徽即为桐柏山，入大海为日本列岛。”

红柯年轻时曾仗剑去国，游历西域十年，十年后再回来，对时空自然有不同的感受。这十年里，他染上了胡人的血液，而秦岭十年如一。山冈和高原的不同在于，高原更多是一种孕育，是母体，是隐秘的大象；而山冈，更多是河流拐弯的地方，是家园的底座和粮食，是显形的图腾。

一九九六年，我和父亲坐在一棵伐倒的青冈木上歇息。我们伐倒那些树木，用绳子捆好，然后像拉纤一样，从山冈上拉下来，等傍晚有人送架子车来，拉回家，烧火、卖钱或点木耳。我自小身体羸弱，没有干过多少活。我死命拉着那些木头，它们潮湿沉重，被砍伐的部分，露出洁白的骨头，狠狠咬住岩石，寸步不离。我的挣扎渐渐成了遍身的汗水。我仰面躺下，绝望地号叫。由于用力，眼眶有一种挤爆的疼痛。我仰看着潮起山和三角崖，它们青色的面遮住阳光，缓缓压迫下来，在巨大的逼视下，树木全部伏首肃穆。

夜三章

■李天斌

李天斌，男，70年代出生，贵州关岭人。2005年5月开始散文创作，有作品在相关报刊杂志发表。

夜的节奏

突然想起夜晚和它的街道。

关于节奏，向快或者向慢，这只是一种感觉。平常，我似乎总感觉有一种节奏，一直在暗中诠释我们生命的某种特质，就像文字背后的思想和张力，总是从最深的刻度上慰贴我们的感情。但我确实没有想过夜晚和街道。然而此时，它们却已在我的视线里晃动，灯光闪烁，车子的喇叭声嘶力竭，水果摊上的水果泛着白色与蓝色交织的光芒，烧烤摊上的羊肉串冒着“刺刺”的响声，一个个新摘的玉米棒，在一堆炭火上不断爆响，烧煳的模样竟也有几分可爱。人头攒动，走过的脚步，或快，或慢，不同的步调传递着不同的节奏，让人联想到一条窥视某个秘密的路径。

比如此刻，手机时间提示：23：13。霓虹灯灯光提示：街道已进入夜的深处。我的脚步提示：我正企图穿过街道，回到家里去。在站定的一瞬，突然就觉得，这个时刻，或许也是暗示某种秘密的道具，指引着我的叙述和抒情。抬头，法国靓莎，香港梦妮丝，在水一方，似水年华。耀眼的匾额上，披着秀发、露着肚脐的女人在做服装广告。店里的墙壁上，裙子、乳罩、玲珑剔透的皮包。隔壁的平价药店，挂着大幅的性用品广告，用来做广告的女人似乎在夸张地尖叫。似水柔情酒吧里正唱着似水柔情的《两只蝴蝶》，爱的春天不会有天黑，我和你缠缠绵绵翩翩飞，飞越这红尘永相随，追逐你一生。一切似乎都与女人有关，与爱情有关。在夜晚的时针上，女人与爱情似乎是一个蛊惑的名词——于是我终于确认：故事的确是从夜晚和街道开始的。

向左拐，一步，二步，三步，穿过来往的人流，然后停下来，在十字路口站定。我其实并不知道为什么要选择这里。我总爱站在这个位置，一边想着莫明其妙的事，一边等着像甲虫一样蠕动的三轮车缓缓从身边滑过。因为加班很晚，在这个位置站定时，我甚至会为街道的寂静与幽深产生过偶尔的恐惧。在这里，就曾发生过许多奇怪的事。比如有打麻将夜归的女人遭遇民工的强奸；酗酒的少年飞车撞向墙壁，然后脑浆涂在墙壁上绽开成朵朵血色的梅花；从事综治工作的干部遭到小偷的抢劫和殴打，公文包里创建“平安工程”的经验交流材料像秋天的落叶散落在街道上；一个女人，提着钉锤站在情未了歌舞厅门口守候花心男人随时准备大打出手，等等。夜的节奏光怪陆离，充满梦幻。只有当三轮车缓缓滑过来，我才会踏实和平静下来。小城很小，为数不多的三轮车驾驶员几乎都面熟，有几个还是我的老乡，因为不甘生活的平淡而混进了城里。他们似乎没有按时间作息的习惯。时间对他们来说，就是金钱，包括在夜晚走动的每一秒。他们喜欢三个车轮在时间上不停地跑着的姿势。尽管发生过三轮车驾驶员在夜里遭到抢劫并被杀成重伤的案件，但他们依然执著地喜欢在夜里跑动着车轮。而我，在夜晚的街道上，想着三轮车的同时，也就想起了自己的希望。我知道自己是安静而又急迫的。此时，我想起了一扇大门在夜里的寄托和承载。在夜的时针上，我不止一次想过一扇门在夜里的姿势。一扇门，静静地立在夜的某个角落，站成某种隐喻性的界碑。我一次次渴望着要推开它，那是我灵魂的栖息地，那里面有我熟睡的妻子和女儿。

我就是在这个时候再次看见了那个老女人。短短的头发，瘦瘦的身子，像被时间抽干水分的植物。她的牙齿，甚至有了脱落的征兆，牙齿与牙齿之间已经有了明显的缝隙——时间在这里已然打下了某种记号。她努力地微笑着，在把啤酒、卤鸡蛋、卤猪脚、卤豆腐端送到客人桌上时，她总在努力地微笑着——在时间的另一端，她只能用微笑弥补年龄的缺陷！这让我很是惊奇。我从来没有看到过这么老的服务员。我习惯的常识是，青春与漂亮是服务员最基本的条件。我想，这个老女人也一定知道这个常识。所以她总是努力微笑着，尽量让客人感受一点青春的气息。

我突然就有些沉重。拿出手机，时间提示：23:31。这个时间，乡村早已归于安静了。而这城市的街道上，却还浮着一层层的声音，一点点穿透那些钢筋与水泥的构建。城市的街道似乎特别钟情于夜晚。一个染着黄头发的少年，驾着一辆摩托车飞驰而过，在他的背后，载着另外一个同样染着黄头发的少年和两个长裙少女。他们一路尖叫着，这让我想起做性用品广告的那个女人的姿势。他们飞驰而去，在城市的心脏里穿梭成一尾鱼。我要回到家里去。我的女儿，已经有好几天没看见我了。每一次，当我穿过夜的街道，推开那扇门，她已经熟睡了。第二天早晨，当我再次从那扇门出来，她却还没从梦中醒来。

我其实并不想在夜晚穿过街道的。真的，在十字路口驻足的那一瞬，我就涌起了这样的感觉。夜晚的街道，很吵，也很静；很长，也很短；很远，也很近;很实,也很虚。如同向快或者向慢的节奏,当它们在夜的时针之上滚动,总给人缥缈和悬浮的感觉。有那么一刻,我甚至对着五彩缤纷的灯箱、悬挂在街道上空的横幅广告、挂在墙壁上的大型喷绘广告发呆。让你的肌肤洁白不是梦,让女人更像女人,三十分钟还你男人雄风。除了广告,还是广告。花花绿绿的广告,与女人、男人和性有关的广告,正恪尽职守地在那里展览着,等待着。在霓虹的光芒里,它们是安静的,也是神秘的。穿过街道,一步,二步,三步,当我发觉自己总是处于广告的包围时,突然觉得从未有过的疲倦。我隐约看见,在霓虹深处,有一双幽蓝的眼睛,正静静看着我,让我突然想起了阴谋还有陷阱一类的词汇。在夜晚,在那些穿过的节奏里,我也酝酿过阴谋和陷阱吗?我不得不承认,在夜的遮掩下,我确实有过一些不洁的念头。比如当我跟妻子做爱时,就曾经在偶尔的一瞬幻想过另一个女人的身影(尽管我不曾有过越轨的行为);比如当我安排下属不停地在键盘上敲打着永无休止的公文时,就曾经用优美甚至激动的语言为他们设计过只要干好工作就能提拔与升迁一类的谎言,等等。穿过夜晚的街道,一些诡异的色彩总是与我不期而遇,总是让我无法安静。而此刻,这夜晚,这街道,也潜藏着一种阴谋和陷阱么?

我不得而知。此时,手机时间提示:24:00。我只有一个念头,我要回到家里去。有一扇门,正在夜的深处等着我。我埋着头,在人行道上缓缓地走着。我不知道那辆绿色的三轮车是什么时候滑过身边的。只是看见那张有些面熟的脸,正隔着一块窄窄的玻璃,朝我的方向转过来。在确认我没有上车的念头后,他突然加大油门,"轰"的一声飞驰而去……我想在他回过头的那瞬,一定怀着某种期待,而在他毅然飞驰而去的一刻,也许骂了我舍不得花2元钱坐车的小气。我忍不住就乐了起来。他们总是比我实在,不像我,直到现在,还想着服装店、小吃摊、尖叫的女人、做服务员的老女人、广告牌,还有那两只飞越红尘,一起枯萎也无悔的蝴蝶。

夜的刻度

除了嗡嗡的电流声,就只有一只来自夜晚的蝉,不停变换角落吟唱。围墙外面,有稀稀疏疏的呼哨声不时飘起,又落下,像沉闷的心事,在断线的风筝上没有任何依凭。没有月亮。在城市里面居住,我似乎从未发现过月亮的存在——当我的目光越过黑色键盘,往往只看见密密麻麻的铝合金和铁杆。城市的窗子装不进月亮。那层薄薄的白,永远让人怀疑是白炽灯的反光。

闭上双眼。停止十指在键盘上的游走。忽儿想起李太白月光与霜的比

喻和一个影影绰绰的故乡，忽又想起在狱中写下“西陆蝉声唱，南冠客思深”的骆宾王，最后还想起了“江畔何人初见月，江月何年初照人”的诗句和春江明月下的一叶扁舟，等等。与月亮有关，总是一些古诗词，一幅古典的意境。在没有月亮的晚上，只有次第飞过的萤火虫，一盏盏忽明忽暗的灯火，在我空洞的眼眸里若隐若现。

站起来，深呼吸，再深呼吸，伸一个懒腰，再伸一个懒腰，我想放松一下。手机响起。从腰间掏出手机，来电显示：08537223152。一串再熟悉不过的号码，单位的号码。不止一次，在夜里，当我正想在黑色键盘上游走时，这串号码，总会突然出现在手机的屏幕上。我已记不清有过许多夜晚来访的词语，被这串号码挡在了门外。我不想按下绿键，但不得不按。尽管我知道手指一按下去，便意味着又要开始加班，又要熬夜。但我还得要按下去，我从来没有拒绝干好本职工作的习惯。

还好，今晚不加班。领导只是向我询问一个朋友的电话号码。坐下，九朵开放的水仙花在长满青苔的洋瓷盆里有些无精打采，一簇吊兰在一个廉价的花钵里显得有些落寞，掉下来的两片枝叶，显得懒懒的，甚至有些瞌睡袭来的味道——我想我应该收回目光，赶紧回到属于自己的黑色键盘上来——

> 淙淙流水；喧腾；古老的催眠。
> 河淹没了汽车公墓，闪烁
> 在那些面具后面。

这是北岛翻译的特朗斯特罗默的一首伟大小诗《写于1966年解冻》的片断。前些日子，在阅读北岛《时间的玫瑰》时，我就记住了这首小诗，并随手敲在了电脑上。当时只不过是随便的一次记录，此时，在夜的黑一层层逐渐铺展时，这些诗句，突然成为某种奇怪的意象，与水仙花和吊兰紧紧联系在了一起，像时间与生活的面具，似乎遮蔽着某种包容与虚构一个不可解的秘密，在夜的凝重里似乎完成了某种指归。

时间的玫瑰。诗人的宿命。几乎是在一瞬之间，我突然就想起了这个命题。人、岁月、生活、思想，抒情的张力，一种独特的话语方式，温柔的解构和疯狂颠覆的矛盾，生命的热度与多舛命运的矛盾，往往在成全一个诗人的同时也毁了一个诗人。诗人宿命的底色，注定是苍凉的。洛尔加：橄榄树林的一阵悲风；曼德尔施塔姆：昨天的太阳被黑色担架抬走；里尔克：我认出风暴而激动如大海；特拉克尔：陨星最后的金色；策兰：是石头开花的时候了；帕斯捷尔纳克：热情，那灰发证人站在门口；特朗斯特罗默：黑暗怎样焊住灵魂的银河;艾基:田野一似闪向天空的光芒;狄兰·托马斯:通过绿色导火索催开花朵的力量……此时,我确实记起了北岛和他的《时间的玫瑰》,记起了他对诗人的解读。我开始失望。其实,对于诗人,或者是诗人之外的一切,比如哲理,比如精神,比如象征或者隐喻,我们任何聪明、智慧或者深刻的解读,往往只是一种徒劳。在包容与虚构的面具之上,我们注定永远无法穿越和抵达一些秘密。比起装不进月亮的窗子,我显得似乎还要脆弱。

我走了出来。来到窄窄的阳台上。正在开发的新城区已有了点点灯光,在夜的黑里星罗棋布,热烈地勾勒着一个呼之欲出的城市的影子。不断响起的喇叭声,不断越过的白白的车灯,似乎在提醒人们记住夜的某种秩序。是的,现在还只是序幕,真正的夜的高潮还没开始;真正的夜的热闹,还要从一曲音乐、一段舞步甚至一个烧烤羊肉串和马铃薯烙锅的小吃摊出发。

我不敢想象。曾经无数次,为了某种所谓的应酬,我在这种夜的本质里一次次行尸走肉,我的思想,我的情感,连同我流淌出来又咽下去的眼泪,还有我丰满而又干瘪的笑,像一些矛盾的蛀虫,一点点啃噬我的虚空与无奈。

抬起头来,没有月亮。在城市的天空里,我似乎从未发现过月亮的存在。或者说,城市的月亮,我一直都是持拒绝的态度。我心中的月亮——那些过往的时光,或许都成了荒芜的记忆。多年来,我总怕隔着时间的帷幔回望曾经的足迹。当小学教师,当中学教师,进教育局,到宣传部,再到组织部,疾病无休止的折磨,长长的借调日子,还有一个不曾放弃和未曾突破的文学之梦,所有的经历,就像悬浮的风与尘埃,一直让我不敢为之驻足,停留——

举首忽惊明月冷。
月里依稀,
认得山河影。

不止一次,读王国维这首词,我总固执地把“山河影”解为斑驳的往事和记忆。我总不管它牵强与否,一轮冷月,毕竟对等着生命的承载。所以许多年来,当我在城市的行走越来越疲惫时,总在不自觉地拒绝一轮明月的存在。我始终记得张爱玲说的:隔着三十年的辛苦路往回看,再好的月色也难免有点凄凉——时间之上,苍茫的月色注定覆盖着悲欢离合的轮回与劫数。在悲凉的底色里,月色的本质注定是孤独的,流浪的。

而我注定是疲惫的。在夜晚的刻度上,我游走的思想,需要在这种状态下才能保持张力——像一个诗人,在时间与生活的背后,绽开成一朵玫瑰。

醒着，也睡着

双手托着两腮，眼睛半睁半闭，头紧贴着沙发，蜷缩着，把自己埋进夜的深处，沉静而且固执。许久以来，我已经习惯了这个姿势。这似乎成了一种习惯。习惯是不是一种表达或者解读的方式。就像少年时代，我总爱躺在夕阳照耀的山野里想象一头牛与一个家的情态一样，我不知道自己的目光是否有过穿越村庄和远山的企图与执著。我只是静静地躺着，思想是随风舞蹈的一朵蒲公英，随意而且散慢。就像此刻，当逐渐抵达夜的深处，我一片茫然。我不知道自己是想起了什么或者遗忘了什么。在夜的深处，我明显触摸到了某种急促或者缓慢的节奏，或许是声音，或许是光和影，或许是颜色，也有可能仅仅是一种幻觉。但它们却真实存在着，像物质的形态，在既定的空间里逐渐泛滥——时间开始呈现出虚构的特点，一寸寸地结构起过去、现在和将来。我不能自拔，在虚构的物质之下，我开始想起或者遗忘。

有那么一刻，我甚至双手捂住额头。我想感觉自己是否在发烧。自从确认自己在远离村庄的路上渐行渐远时，我便开始神经质地面对眼前的这座城市。城市是一个虚拟的容器，每一个刻度，都在丈量着一种距离。我不敢靠近。我知道自己泥土的秉性是拒绝那个刻度的。但我不得不靠近。城市是远方，是诱惑，很大程度上一直弥补和丰富着我苍白的泥的品性。尽管感觉到一种近乎虚构的存在，我还是忍不住涌起一次次的冲动。我知道这种冲动的种子早在少年时代就已经潜伏在了体内——当我躺在夕阳照耀的山野里想象一头牛与一个家的情态时，就已在偶尔的一瞬想象过城市的轮廓。我不敢断定那就是对村庄最初的背叛和对城市最早的感情，但却敢断定这是一粒种子，在发芽甚至开花的过程里，一种突破和穿透的力量，注定将要破坏某种固定的结构。但我是矛盾的，也是不幸的。悬浮在城市的容器里，我茫然，及至有几分窒息。

直到现在，我仍然保持着在村庄行走的模样，包括说话的态度和方式。尽管在我流利的口语表达里包装着许多与泥土有着不同本质的词汇，尽管那些词汇的质地，符合钢筋、水泥的曲线和规则，但它们的姿势，绝对是虔诚的，厚道的。我甚至一度不修边幅，努力把自己打扮成村庄的颜色。也有那么一些时候，我曾怀疑自己的矫情与做作。在村庄与城市的边缘，我不断徘徊，走走停停，始终犹豫着，困惑着，在两难的境地里无限尴尬。

于是，我便想起或者遗忘。想起是一种开始，遗忘也是一种开始。从想起到遗忘，在这一过程中，我像一个虚构的实体，在时间的流动里，逐渐抵达一些方向。但我却不知道方向的具体位置，只是感觉到了黑的颜色，白的颜色，黑白相间，像一种抽象的暗示或者预言，最终模糊了我一直想要抵达的概念。城市，村庄，一幢高楼，一堆柴垛，甚至是被岁月遗弃了的躲进墙角的一盏煤油灯，一些模糊的记忆或者现实的存在，让我企图抓住什么，又想要喊出什么。

我其实是很想睁开双眼的。想让一双眼睛始终在夜的深处亮着，醒着。我越来越发觉，夜晚是最具包容性的物质。在夜的形态之下，一切现实的，或者虚构的，包括精神范畴之内的，都显得渺小和不堪一击。在夜的覆盖之下，想起或者遗忘的事物，总能撞击我们灵魂最真实的部分。所以我是很想睁开双眼的，在一缕亮光的照耀下，沿着自己想要抵达的那些概念，我或许真的能接近思想和语言的某种本质。但我不能这样。我只能固守自己的习惯。在夜的深处，我只能蜷缩成一只蝉，在夏的心脏里仔细谛听那些来自遥远和忧郁的歌唱。

其实，我知道自己面对城市涌起的所有虚浮的感觉，一直缘于一串徘徊的脚步。我甚至怀疑当初走进城市的选择是不是一种错误。特别是当我回到村里，这种怀疑更会得到充分的肯定——当我回到村里，那些道路、河流，甚至是一声布谷或者是斑鸠的吟唱，一切就会在体内复活着熟悉和亲切的气息。我才明白我泥土秉性的与生俱来。我知道自己的每一寸毛发、骨骼、肌肉等，都能在村庄里找到与之适应的阳光、空气和水。这使我想起了我在城市的命运。城东、城西、城南、城北，曾经八年多的时间，我不断流动的居所几乎遍布了这座城市的每一个角落。我甚至因为房东不遵守合同提前撵我搬家而跟他狠狠地打过一架。于是我发誓一定要在城里修建属于自己的房子。但当属于自己的房子真的出现在眼前，当明亮的瓷砖、地板构成的那些线条突兀在眼前，我却突然觉得从未有过的陌生与疏离。在目光与目光相遇的那瞬，我就断定，我跟这房子其实隔着一段长长的距离——那是穿透物质与精神的一种阻隔。一幢属于自己的房子，并不能从根本上改变自己在城市流浪的本质。我孤独。只有回到村里时，一幢白石黑瓦的老屋，才会让我真正地安静下来。然而我又真的能安静下来吗？我曾经的伙伴、兄弟姐妹、父老乡亲，当他们看见我时，并没有像我想象中的亲热和激动。他们说话似乎都带了口吃，他们紧张而且拘束，他们跟我始终保持着不远也不近的一条防线。在他们看来，一个村庄的背叛者，一定是瞧不起他们泥土般的生活的。他们自尊而又自卑。我失望。他们不知道我对于村庄的感情，不知道我泥土的秉性与一座城市的强烈反差，不知道我朴实无华的品格与他们同出一辙。我犹豫，我困惑。从城市到村庄，从村庄到城市，我徘徊的脚步，始终处在游离和边缘的状态。

我，是在窥视一条秘密的通道或者出口吗？在夜的深处，时间、距离似乎都成了一种虚构的假设。在有关城市与村庄的语言之上，我开始懊悔。其实我完全没有必要想起他们的。我完全可以想一想与城市和村庄无关的话题，甚至可以想一想写作。尽管写作是痛苦的，尽管写作的过程，同样连接着我的忧郁与脆弱，但我仍然可以想想这些。我完全可以不去接触那些话题。一直以来，那些话题的沉重，就像夜的重量一样，总是压得我喘不过气来。在夜的深处，我像一只蜷缩的蜗牛，根本无法负载任何一份哪怕是最轻的行囊！但我旋即又清晰地知道，我这只蜷缩的蜗牛，还要努力伸直身体，在城市的甬道里爬行。少年时代种下的种子，已然在城市的心脏里发芽、开花。尽管我越来越发觉种子奔突的过程，其实也是一种毁灭和破坏的过程；尽管我发觉前方的甬道越来越窄，但我已经没有了退路。我只能向前，向前……远方一片漆黑，在夜的深处，我想起的，是不是一种遗忘的开始？

双手托着两腮，眼睛半睁半闭，头紧贴着沙发，蜷缩着，我依然蜷缩着。在夜的深处，有屋檐水落在水泥地板上的滴答声，响亮而且急促。一只蝉，在雨后的某个角落开始了悠长的吟唱，低沉而且缓慢。我似乎明白了什么。我突然想起了一些词：比如节奏、步调，比如宿命、底色等等。我不知道她们之间是一种怎样的构建，也不知道她们能否完成对生活的解构。我只是感到，在夜的深处，我的思维，正舞蹈成莫名的节拍和指向，在虚构的面具之上，醒着，也睡着。

幽光

以水浸透一张纸的方式

—张利文

如果足够安静和细心，我们会发现，光是一点一点进入黑暗，逐渐加强，逐渐扩大，阴阳交接处，边界隐约而暧昧。我们的文字也是这样，一点一点地伸入我们的内心，洇润，荡漾，小心而固执，划开混沌，穿透迷障。有时，会有利器碰到硬物的锐响，有时，会有针尖扎进皮肤的锐痛。更多时候，什么都没有，缓慢，匀速，湿润，“以水浸透一张纸的方式”（也果语）。

《药与罪》的写作者从两个起点出发选取两条路径，同时抵达隐秘和幽深。前者纠缠于童年记忆，后者执着于当下经验。前者以繁复至于驳杂的多线条多场景叙述深入人心的腹地，后者以时间为轴使不安和焦虑向日常辐射从而凸显现代人的精神困境。

春天的一个下午，一条街道，一个背景模糊的店铺，一场结局不明的事故，一些面目不清的人物，一番旁顾左右的谈话。真相在哪里？有没有真相？也果的《细节》在都市的一个剖面聚焦然后推进，最终看见的，仅仅只是“这时候的人不多，道路看起来很畅通。”似乎是虚无并且徒劳，可是我们看见了那束光和光进入的方式。

蓝燕飞像是魔法师：苍蝇瞬间变成了人。蓝燕飞更像是诘难者：死亡如何称量？这个死和那个死，这种死和那种死，孰轻孰重？看起来，苍蝇死得缓慢和安静，矿工死得突兀和惊悚，两个死却都能刀刻斧凿一般留在杜拉斯和蓝燕飞的心上。

对他人的解读常常源于对他人的仰望，并期望在解读中寻找到照亮自己内心的那束光。江南雪儿的女性系列关注爱情，那些不寻常的女性，波伏娃和杜拉斯，有着怎样不寻常的爱情？她更关注绝望，那些不寻常的女性，波伏娃和杜拉斯，如何制造绝望如何品味绝望如何挽留绝望？

于静梅同样关注女性。相较于波伏娃和杜拉斯，“倾家而出”的这位女性过于卑微以至常常被人忽略。然而，爱情是一样的，绝望也是一样的。于静梅并不教给她哪种爱情才是好的（对丈夫的和对店老板的），也不指给她怎样才能避免绝望。她自己在选择，没有人能左右她。没有谁真正知道，哪种是错的哪种是对的。于静梅也不知道。

周惟内心的光，有两束，一是文字，一是音乐。这样的写作者是幸福的，这样的生命是幸福的，虽然漂泊总是他们的宿命。我很羡慕能听到“黄昏的竖琴”的周惟，那种神奇的天启般的音乐会怎样震撼一个人的心魂？

“幽光”专辑的文字正是这样给我们展现文字的“幽光”是怎样浸润并照亮写作者的内心。

药　与　罪

■张利文

1

沿时间河流逆向而上，我总在一个地方停留与观望——恐惧，仿佛黑色森林，覆盖了我孱弱而稚嫩的心脏。我确信，在那个地方，命运在我的身体里种下了一些东西，看似漫不经心，实则蓄谋已久。黑色的种子坚硬如石，晶亮如魅，穿行在我日益增长的血管里，在皮肤底下生根、发芽，继而开花——忧郁、孤僻、怯弱，成为我个性的三角：稳定，而且尖锐。

母亲还记得那个下午，父亲还记得那个下午。时隔多年，我们可以很随意地谈起那个下午——仿佛那个下午并非我们亲历。这就是时间的好处：死亡也失去了重量。

就像小姑父的死。印象中，他是我父辈中的第一个亡者。没有亲见他的死，我却以我笨拙的笔数次虚构他的死。我一而再、再而三地写到小姑父的死，这真是让我吃惊。我越来越相信我的虚构有着最大程度的真实——甚至，他就是按照我的设计，分秒不差、精确地死亡。

但是，显然。很少有人再会说起小姑父的死。小姑不会了。她早已再嫁。光洁的脸庞已经皱褶丛生，黑亮亮的垂到屁股上的长辫子已被时光咬断，只留些灰白的茬子，日渐荒芜。表弟也不会了，他不再玩泥巴，不再在小姑改嫁之后，一个人恨天恨地地干着田里土里总也干不完的农活。表弟已经娶妻生子，远离了小姑父，也远离了小姑。表弟更多的心思用在怎样为一家三口在欲望疯长的都市里讨得像个样子的生活。

只有说到药，比如钾胺磷、杀虫酶、杀虫霜、敌敌畏，且在这些药制造了新的死亡之后，我们也许会说起小姑父的死。或者，说起那个下午，母亲记得、父亲记得、我也记得的那个下午。

2

比如今天，死亡的消息从故乡抵达我们。

王木清把敌敌畏拌在蛋炒饭里，毒死了他儿子。王木清是我们村里的杀

猪匠，我记得他的样子，他腰里常年别着一把明晃晃的杀猪刀，在村子里走来走去。每到年关的时候，他成为每家每户最受欢迎的人。他的步子也常停在我家，我躺在床上，猪的嚎叫已经刺刀一般穿透我的梦境，生生把黑夜叫醒。也有的时候，我早早就起了，躲在门后边，看他把明晃晃的杀猪刀风一样捅进猪的身体。我记得他的儿子，王国强。据母亲讲，他和我同年同月出生，比我大三天。

又是蛋炒饭。小姑父也是吃的蛋炒饭。区别在于，小姑父拌在蛋炒饭里的是钾胺磷，王木清拌在蛋炒饭里的是敌敌畏。区别还在于，小姑父自己吃完了蛋炒饭，王木清把蛋炒饭端给了儿子。蛋炒饭的色泽和香味掩盖了农药的气味，蛋炒饭成为杀手（自杀，或者他杀）最好的伪装。多少药，一瓶盖还是两瓶盖，能致人于死地？多少药，一瓶盖还是两瓶盖，能成功隐藏自己的气味？这是让人费些思量的问题。小姑父不能告诉我，王国强不能告诉我，王木清也断然不会回答这个问题。

在我记得的那个下午之前，死亡已如群飞的蝙蝠，优雅而冷漠，高傲且神秘，黑色的翅膀铺天盖地，覆盖了整个村庄。随之而来的，是刺鼻的农药的气味，村庄的空气让人窒息。鱼也死了，一大片一大片，浮肿的鱼儿把煞白的肚皮铺满邻居家的池塘，邻居李婶婶跪在池塘边呼天抢地，诅咒声惊飞了树上所有的知了。世界热闹而死寂。简三毛只喝了一瓶盖，我们赶到的时候，满屋子农药的气味掀翻了我们的胃，我和国强都吐了。简三毛也吐了，吐的是白色的泡沫，和红色的血。一个月之后，简三毛的婆婆，周四娭，喝了两瓶盖，也吐着白色的泡沫，和红色的血。

3

母亲在那个下午之前对于即将到来的死亡没有任何准备。母亲从简三毛家回来时，还和父亲说起简三毛和周四娭的事。母亲说，她们怎么都喝农药呢？肠子都会痛断的。父亲说，她们家闹上了农药鬼，农药鬼缠上她们家了。看着吧，还要死人的。

我的身体止不住地发抖。简三毛那么漂亮，简三毛那么喜欢我和国强，简三毛常常把白皙修长的手放在我和国强的头上，简三毛总是抓着一把一把的葵花籽塞到我和国强的口袋里。简三毛喝农药的前一天，我和国强看见周四娭一手拿着菜刀，一手拿块木板，满村子地转悠。菜刀一下一下地剁在木板上，咒骂一串一串地往村庄上空弹射。简三毛大概那时就起了喝农药的心思。可是，她还是等待了一个晚上，她等待什么呢？如果真如父亲所说，是农药鬼缠上了，那么，她也许就是在等农药鬼了。现在，周四娭也喝了农药。没有人拿菜刀剁木板，满村子地咒骂她，她怎么会也喝了农药？我确信，真是农药鬼，进了我们的村子。

天黑的时候，我待在家里，坐在母亲身边，一动不动。我不敢再和国强出去玩游戏，甚至不敢去黑洞洞的房间里给父亲拿鞋。父亲洗完脚，等着他的鞋，却看见我直往母亲身后躲。父亲瞪了我一眼，我壮着胆子，飞快地跑进房间里，摸到两只鞋，又飞快地跑出房间。父亲说，没用的崽，屁大点儿事都干不了。两只鞋，一只父亲的，一只母亲的。

父亲不幸言中了。几天后，简三毛的丈夫也死了。喝的同一种农药。我没敢再去看。国强去了。国强回来告诉我，喝了大半瓶杀虫酶，鼻孔里也流着红色的血，脸都黑了，肿得像个脸盆。他晚上喝的，第二天下午才被别人发现。国强说的时候，脸扭曲着，白得吓人。我和国强，逃跑似的回了家。我蒙上被子，大汗淋漓。

我现在很难想象，国强喝了王木清端给他的蛋炒饭之后，鼻孔里是否也会流出红色的血，脸黑着，肿得像个脸盆?

国强被埋进土里半个月之后，县上公安开棺验尸，才发现中毒而死。王木清看着公安掀开棺材，抬出国强发臭了的身体，并当场划开国强的肚子。王木清"扑通"跪在了地上，把一切都交代了。

小姑父死的时候，很多人说，是小姑干的。县上的公安也去了。结论是，不是小姑干的。小姑父中毒的时间，正是小姑在稻田里插秧的时间。表弟也出来作证，小姑父叫他去打酱油，打完酱油回来，小姑父已经躺在了地上，满嘴都是白色的沫。

4

简三毛丈夫死了之后，村里已经草木皆兵。所有的人，主要是男人，把农药藏在了意想不到的地方。农药是不可缺少的，水稻要用，棉花要用，菜园子里也要用，男人们背着自己的女人，用的时候取出农药，不用的时候藏起农药。所有人都认为，农药鬼，不是一只，而是一群，闯进了我们的村庄，幽灵一般在村子里游来荡去，时刻寻找合适的目标。

父亲把农药藏在了阁楼上。那是一个隐秘的地方，除了父亲，谁也不会上去。那个下午，母亲找遍了家里的每一个角落。我预感到了，或者说，我已经看到了农药鬼，它们抓走了简三毛，周四娭，简三毛的丈夫，又瞄上了我的母亲。我寸步不离地跟着母亲。母亲进房间，我也进房间，母亲上厕所，我也上厕所。母亲冷着脸说，你和国强去玩吧。我不去。国强叫我我也不去。我已经闻到了死亡的气息。母亲真是细心，门背后，猪圈里，床底下，一处也不放过。母亲红肿着眼，下定了死的决心。母亲有时也会转过身，搂住我，眼泪婆娑，身子颤抖着，很久也不松开。

我想，小姑父叫表弟去打酱油时，是否也曾经像我母亲那样颤抖着搂紧他儿子的身体？他是否预知了身后的一切？比如小姑的改嫁，比如年仅六岁的表弟孤身一人的艰辛。我是看到了表弟的不易。他从来不和我说，他成绩比我好，考上了中专，没上，考上了高中，没上，他去了广州，在建筑工地上做小工，在饭店里做杂工，在皮鞋厂做皮鞋，在电子厂焊电路板。

父亲去了稻田，弟弟和妹妹在摇篮里伸着双手，哇哇大哭。母亲心硬如铁，只是埋着头寻找农药，钾胺磷，敌敌畏，杀虫霜，或者杀虫酶。我想，农药鬼是缠上了母亲，就像缠上了简三毛，周四婖，简三毛的丈夫，还有小姑父。我仿佛看到了农药鬼，就像现在，我看到窗外，一只黑色的鸟（也许是风筝），从布满乌云的天空坠下，落到三环路上。车辆驶过，我什么都看不见了。

我不知道国强是否在吃蛋炒饭之前，也看到了那只带着死亡气息的黑色的鸟？村里人都说国强是傻子，我不知道国强什么时候成了傻子。村里人说，国强是王木清抱养的，王木清把老婆娶进门，三年过去，肚子扁扁，五年过去，肚子扁扁。王木清就从他小舅子家里抱了国强。国强上头有两个哥哥，王木清的小舅子说，三个，你随便挑，哪个都行。王木清抱了两个月大的国强。国强死后，两个哥哥觉得可疑，两个哥哥都在县政府呢，叫了县公安，开棺验尸。

5

将近黄昏的时候，母亲找到了药，整整一瓶，没有打开过的，钾胺磷。我只是撒了一泡尿。盯了母亲整整一个下午，我实在憋不住了。母亲坐在床边，说，你去和国强玩吧，我睡一会儿就起来给你们做晚饭。我当然不会去找国强，但我实在想撒尿。我和表弟的悔恨是一样的。表弟成人之后，哭着和我说，如果我不去打酱油就好了，我不去，爹就不会喝农药。他却喝了农药，把农药拌在蛋炒饭里，不声不响地就死了。国强也是，吃着拌了农药的蛋炒饭，不声不响地就死了。

王木清被判了十八年。村里人说，他县上也有人，否则是死刑。按村里人的说法，国强真是傻子。王木清的老婆几年前得食道癌死了，王木清又找了村里的张寡妇。王木清和张寡妇每次进了房间，王国强就会紧跟着，破门而入。王国强对着王木清吼，你出去，我要和她睡。王木清没有办法，只好出来，张寡妇也出来。王木清打不过王国强，王木清和张寡妇就把房间让给王国强，任凭他在自己床上拉屎撒尿。王木清也试过给王国强娶个老婆，可是没有人愿意进王家的门。都说王国强发起狠来，摸出杀猪刀，嗖嗖嗖，对空乱砍。都说王国强是给他娘报仇呢。都说王木清的老婆放到棺材里时，身子还是热的。都说王木清实在熬不住了，老婆还没断气就让她进了棺材。

王木清终于下手了。他牵着农药鬼，把王国强送进了棺材。

小姑父却自己把自己送进了棺材。在我常常虚构的小姑父之死的故事里，背景总是模糊的。我不相信别人说的。他们说，小姑偷人，被小姑父捉了现形。我宁愿相信，小姑父仅仅只是被农药鬼死拉硬拽地去了阴间。这和王木清不一样，王木清是自己拉着农药鬼的手，一步一步走近王国强。

但是，死，是一样的。所有的死都是一样。就像简三毛，周四嫔，简三毛的丈夫，还有那些鱼。

6

如果母亲也在那个下午，跟着农药鬼走了，那么，母亲的死，也是一样的。我现在很难设想如果母亲真死了，我会不会变成傻子，像国强那样，把为母亲报仇作为活着的理由。或者，我会像表弟那样，忘记死，不动声色地活着。这样想的时候，我不寒而栗。

农药，制造死亡，也制造关于亡者的话题。这些话题给人巨大的想象和揣测的空间，在这个空间里，每个人都足以充分展示其编织和叙述的能力。亡者已去，所有的想象和揣测都成为真实。所有的恶，所有的罪，都在唾沫横飞中袒露无遗，最隐蔽的角落也被撕开。

母亲在接近死亡的一瞬间，农药鬼被我掐住了脖子。我撒完尿回到堂屋，闻到了熟悉的气息。那种气息弥漫整个屋子，从四周的墙壁往外散发，一波又一波，汹涌澎湃，我摇摇欲坠。我看到了通向阁楼的木梯。我冲上了阁楼。

母亲蹲在暗黑的阁楼，成群的老鼠在她脚边四处奔逃。母亲已经打开了瓶盖，瓶盖已经靠近了母亲的嘴唇。没有人教我应该怎样做，我只是扑倒在母亲身上。农药泼洒在我的身上，泼洒在阁楼的木板上。母亲仿佛已经死过去了，两只眼睛直直地看着我，就像看着一堵墙。我确信，我已经掐断了农药鬼的肚子，我用尽所有的力气，把它的脑袋抛下阁楼，似乎听见了头颅碎裂的声音。

我在农药的气息中昏眩过去。我的童年到此结束。

现在，我和母亲、父亲，在远离村庄、远离农药的都市里，随意而轻松地说着关于农药的话题，关于那些喝了农药的亡者的话题。我们也提到了那个下午。如果母亲死了，我相信和所有非正常的死亡一样，村里也将流传各种各样关于母亲之死的话题。就像小姑父，就像王国强，就像简三毛一家三口。

事实上，母亲说，她要喝农药，仅仅只是因为，父亲在那个下午，不肯做煤球，要去割稻子。母亲说，那天天上起了黑云，要下暴雨，先做煤球，还是先割稻子，她和父亲意见相左。

就那么简单。也许，所有的死都很简单。如果，所有的亡者都能重新说话。

细　节

■也　果

站在马路对面时，我没敢动，因为红灯亮了。这个高高在上，时而藏匿时而现身的家伙很警惕，如今正虎视眈眈地与我对峙。十字路口就是一张名副其实的大口，宽阔，健硕，永不疲倦地忙于吞咽。面对着亮起来的那道沉着威严的光束，我知道自己正在被拒绝。时间如同被切割的香肠一截一截地塞进了里面。从来没有谁真正去计数，这段难于摆脱的长度是否真的与交错着的另一个方向穿梭不已的行进一致。

暂且撇开更替着的红绿灯各自隐藏的意志，十字路口多像一处柔韧灵活的关节。等我站到了对面的街角，转过身来的时候突然有了这样的发现。这是一个春天的下午。我知道自己面对的不再是一个单纯的词语。我已经明显感觉到了她的入侵，正从路边敏感的树的末梢儿一点点地、执著地愈来愈接近着我的体温。是的，温度。宛如河水一样静静流淌着的温度。那是属于太阳的、空气的、身体的温度，温情而明媚。这个下午，到处弥漫着的是一种叫做春天的气息。

透过春天的橱窗会看到什么？玻璃的存在似乎就是为了显示自身的不存在，天生的纯净与透明，使得这种被称为玻璃的物质非常愉快地牵引着所有的视线款款前行。至于那些由远远近近的距离所形成的阻隔，早已被证明与视线无碍。

踞于十字路口拐角处的店面有着与众不同的显赫。美佳乐蛋糕大世界就像精心镌刻在生日蛋糕上的丰厚醒目的祝福。身着粉红色店服的女店员，年轻，白皙。她们举止得体，从不表现得过于随意，即使店里没有人。在室内柔和的日光灯、下午特定角度的光线以及若有若无的玻璃共同作用下，每一个路人从外面就可以看得见这些年轻的姑娘。

门被推开了，微笑像花儿一样绽放。粉红色的衣服，走来走去的粉红色的帽子。谁也不会回避娓娓的嗓音，殷勤而亲切，不经意间制造出一种类似于鲜奶、朱古力的黏稠芬芳的气氛，上面还别着精致的晶莹剔透的水果，樱桃、草莓，还有葡萄。粮食被巧妙地掩饰了，从而彻底地陷入松软香糯的包围之中，成为品茗佐餐随意添加的副食。洁净明亮的店面如同调和过后凝固的乳白色。有人在里面坐了下来，并从一旁报架取了份报纸，他愿意暂时待在这儿，在聚集着香味儿的文字中停留。出来的时候，还会多多少少带走一些。

我相信四处游动着的香气早已属于这个春天，并且毫不怀疑一定捷足先登地最先延伸到了毗邻的一家。

敞开着的门表明的是一种态度，这种自然流露的接纳与欢迎常常令人欣然不已。当然，不能回避的还有橱窗内的模特摆出的种种魅惑。时装店那些美丽的模特很容易使人产生由衷的好感。接下来，我得明确自己在这样一个下午出现在街上的理由了。每到换季就有类似的事情发生。我的衣服太暗淡，颜色也旧了，与对面的春天不相称。站在门口是没有多大意义的，我走了进去。这家店的门脸儿大，里面也开阔。我知道站了满满一屋子的衣服是在等着某个人，尽管从来不开口说话。我与它们挨得很近，看得见各自藏起来的表情。我相信自己对衣服的嗅觉应该一点儿也不次于对香味的品察。

我不知道自己的注意力是什么时候开始转移的。我显然已经忽略了进行中的寻找，所有的动作不知不觉都停了下来。我静静地站着，发现这个下午原来很安静。一旁正在进行的交谈正在努力地把声音压得很低。作这种努力的是不远处的那几个女人。我刚进来的时候，她们甚至没顾得上打招呼。

在午后进行的一场交谈会围绕什么展开？那些被压低了的声音，显然是不宜放大了音量说出来，可还是忍不住摆出来了。秘密的私房话、一般的耳语传过来的只是几个间歇的断裂的词，这就使得可能的事件变得模糊、不确切。由此增添的揣测使我试图将那些溜过来的言语串起来，像看得到的一粒粒断断续续的珠子那样。难于破解的是一张张背过去的表情，围拢着的阴影呈现出未知的神秘的光彩。她们正在谈论一件事，一件关心着的远处的事。是的，远处的。与现在，与我很难发生实质性的连接。那是关于别人的现实。

如果没有那两个人的出现，这状态大概会继续维持一段时间，至少一直到我若无其事地离开。所有的事实在没有被揭晓之前，都是一个谜。大多数时候，人们并不了解周围发生的事，所以相安无事，也乐于身处未知之中。我还没来得及走开，那两个人就出现了。他们从敞开着的门径直来到女人跟前，站住。他们是警察。在亮明了身份之后就进入了直接的实质性的调查。附近刚刚发生了一起交通事故。这是一个结局，一个不令人愉快的事实。面对这个已经产生并且难于更改的事实，他们接下去要做的是尽量还原整个事件。即将进行的过程是排除了结果重新开始的，详尽，铺展，力图通过这样的回溯，寻找着缘由，从而获得一种能够加以论证的依据。他们确信那个瞬间发生的事情一定被记下来了，记在了脑子里，成为被称为记忆的一部分。

做笔录的警察没有去问路边的电线杆。作为距离事发现场最近的目击证人，那根电线杆应当比其他任何人都更具有发言权。它占据的实在是一个有利的位置，比事后跑出来的女店员有着更理想的视角。这扇敞开的店门就像长在街面上的一只眼睛，深邃、透彻。这是十字路口的拐角，以这样的地势，应该看得见，而且详细。警察是作了推断后才决定迈进时装店的。他们相信现场的目击者常常能够提供更多的讯息。尽管有些情景于人们头脑中的再现带来的总是一致的回避。这儿是最近的了，除了街上早已走散了的路人。他们敢肯定，当时，这些女人一定看见了的。问题被一个个审慎地提了出来。然而，警察的突然介入显然让女人们缺乏必要的思想准备。

这个下午，警察走了进来。他们没有打断正在进行着的交谈，只是插入。语气始终是平和的，甚至随意，与春天的性情非常贴近。他们希望在问询中能够一点点地清晰着本来的面目。只是，警察的出现让女人很拘谨，缄默而被动，带着明显的排斥和疏远，谈话的兴致一下子中断了。启发式的问答进展缓慢，好像是一个并没有经过充分准备的节目。其中的一个女人表示她们并没有看到什么。我们离那儿是有距离的。说话间努了努嘴，示意着真的是并非简短的距离。她们有些沉不住气。警察的出现，关键是手中不停歇的笔。他在记录着每一句说出来的话，还不时地抬起头来。明明是没有影子抓不住的音儿，此刻却被一双锐利的手擒着了。一个一个现了形，可这是真的吗？渐渐的，怀疑让一切又纷纷变得不那么确定起来。

只知道那是个女孩儿，穿着校服的。骑着自行车该是放学回家。那司机还算有良心，出了事儿女孩儿就被送进医院了。具体的？再具体些的，没了，真的没了，其实也没看见，一忽儿就发生的事儿，又不是在眼皮底下。是的，我们出去了，可出去的时候，女孩儿已经倒在地上了。到处都是血。真可怜，唉。女人们表示只知道这些，如果她们的及早出现能够阻止这起事件的发生，她们是愿意早早地坐在那里等的。

局面一点点地被刺穿，就像一只滚动着的慢慢撒气的自行车轮胎。没有谁愿意在一件事上持久地纠缠。已经发生了的事如果没看见就会不知道。对于不知道的事，与是否存在的所谓事实之间的距离有时并不是很明确。无法拒绝的是真相。

这条街叫启阳路。当这个春天的下午一些人出现在启阳路的时候，就一同被这个时候的太阳非常熨贴地照着。春天的界线是如此的明确。你会觉得春天很明媚，空气里带着香味儿，你会发现玻璃橱窗，那一处处透明的玻璃房就像糕点一样。路那边有一棵开花的树，哦，花儿正和停下来的蝴蝶一起呼吸。行人在人行道上不紧不慢地走，运动着的车辆以各自不同的速度追逐。一切都在行进当中。时间是一个个的点。几点了？没人注意时针与分针的移动，只能听见那根最细最长的针走动起来发出的声音，它一刻也不肯停下来。

那个瞬间发生的事，一忽儿，一眨眼的工夫，停留在某一点上。属于意外。这样的遭遇发生了，双方的势力那么的悬殊。所有的控制着的行进中体现出来的节奏，戛然而止。

自行车倒在地上，仰面朝天的车圈乏味地转了几圈后，便开始对这种倒转过来的现实不满。但那的确还是两个圆，依旧饱满，只是改变了方向。那个庞然大物静静地站住了，四只脚安稳地着地。地面总是给人一种踏实的感觉。所有的能够在地面上行走着的事物都这样认同。除了蝴蝶——一只快乐的飞翔着的蝴蝶的意见除外。突然降临的碰撞无法躲闪，抵着的是磐石一般的硬物，不可避免的撞击，迅即弹了出去。身体在面对笨重坚硬的对象面前呈现出本来的纤细与柔软。疼痛一下子被盖住了，那如同利齿一样的撕裂。高亢刺耳的刹车也掩住了发自心底的尖叫。

与春天无关的惊惧被轻轻捂住，可还是保留下了口字的形状。咫尺之外，人们的目光正被什么吸着，粘着，深深地咬紧。短暂的围观。朝向医院的加速度。被眼睛捕捉到的痛像虱子一样长在了身上。血，碰撞，沉默，叹息，紧张，离得远远的还有隐隐约约的庆幸。透明的玻璃窗泛着透明的光泽。谁也看不见的风，摆好了架式不知道又往哪儿去。

从店里走出来，觉得有些热，温度好像不知什么时候突然升高了。我看见了离得最近的那根电线杆，高高的，有些孤独。一对少年结伴从门前走过。就在这儿，看，还有血。手指的地方，走近了，看见藏起来的深红，是被称为殷红的红，点点滴滴，嵌入硬硬的台阶。那不是水，有光也没有反射。这时候的人不多，道路看起来很畅通。

狮 子 桥

■蓝燕飞

一条自铺里老街延伸出来的青石径，沿着河流蜿蜒而上，在约五百米处收住了脚步。它踌躇着，去意彷徨。如果继续前行，将是毫无目的的漫游。隔岸的青山坳里，隐约可见黑瓦黄墙，炊烟袅娜，那是所有路径命定的归宿。于是它掉头转向，横跨流水。流水潺潺，既清且亮。水底的流沙、青虾、卵石一抬头，就看见了凌空而起的石桥。石桥和天上的云朵一样有些年头了，桥墩披满青苔，它们层层叠叠，侵入时间的内部。那一对狮子隔桥相望，遥相呼应，眺望等待，在岁月风雨里渐渐模糊了容颜，永远渡不过命运的桥梁，它们无语凝噎，却不能执手相看。它们全部的作为只是为一座乡村随处可见的石桥冠上了狮子之名。

狮子桥是一个地名。它的定义不仅是一座桥，还涵盖了桥两端的人家。西边的芭蕉绿叶葱茏，芭蕉树下的房屋里，住着玉扶一家。河东的房舍偶尔地收留那些暂无居所的青年夫妻，他们在这里逗留一年半载，然后欢天喜地地搬进新居。

狮子桥的房子延续了铺里上街的格局。门前建有半封闭的凉亭，凉亭里的瘦长木凳在岁月的抚摩下，粗糙不平，它与提篮挑担、在这喘气歇脚的乡人保持着从内到外的和谐。风从河面拂来，清幽、绵长，荡涤走疲劳与倦怠，然后带着重新回到身上的精神走进铺里。

狮子桥独立于铺里之外，吸引着铺里一茬儿又一茬儿的孩子，但它弥久不衰的魅力决不仅是狮子、凉亭和风。我们对它强烈的兴趣完全源于桥边的房子，它们彼此分离，却有着千丝万缕的联系。此端、彼端、东边、西边，来来往往，组成一个纷繁的谜阵。

东岸的房屋萧条、冷清，风吹来吹去，唱着寂寞的歌谣。那些温存的、坚硬的、飞翔的风将一种独特的香味带给了铺里，它像鱼钩一样轻易地钩住了我们的鼻子，那是植物本质的清香和在加热翻炒的过程中散发的焦香，它们混杂交融在一起，所向披靡。它的强大和热烈让人长久地怀想，它就在那里，在风中，任何时候你都能够感受到，它们浓郁、悠远，从未消失过。

东边的房子的另外一个功能，是生产队的茶坊。因此它在某个季节展现出的姿容是活泼的、热闹的，盈满了生意。它们盛开在寂寥的本色和基调上，雕刻成一幅在记忆的版图上永不褪色的画卷。

清明前后、谷雨前，这里会聚了铺里的大姑娘、小媳妇。她们穿着鲜艳的衣裳，将空荡荡的凉亭映得姹紫嫣红。她们的面前堆放着刚采撷的新茶，油亮、青翠的枝叶饱满、舒展着，一芽一芽、一枚一枚、娇嫩欲滴。一双女人的手轻轻地捉住了它，然后放开，一捉一放，那些绿生灵已经重新归队。这就是拣茶。拣茶是最富有诗意的劳动，从容、美好……有一种说不清、道不明的意味，让我着迷。女人们的手在绿云间起落，越来越快，恍惚间白的手，绿的叶如花绽放。我长时间滞留在那里，做茶的工序在我六岁那年已然谙熟于心：拣好的茶晾至半干时反复揉搓，然后入锅翻炒，最后温火焙干。当然铺里的茶只是乡村常见的烟茶，它泡出的水微红，若有若无地散发着烟熏火烤的痕迹。这样的茶是断入不了茶君子的口的，懂茶之人可以在茶中品出禅意，而烟茶正像它的名字一样，浑身上下都是烟火气、尘世气。但它在做的过程中是多么的香啊，不仅把风染香了，甚至已经融进了墙壁和瓦缝。否则，我又怎么可能在另外的季节，隔着汹涌的时光之河，感受到它的气息呢。

东岸不仅弥漫着茶的芬芳，还有两棵枣树，它们不离不弃像兄弟一般地站在河滩上。既然房屋无人居住，按说这枣树应该是没有主人的。它完全可以属于你，属于我，属于任何人。怎么偏偏会属于西边的玉扶家呢？这毫无道理可言。那枣树长在河边，日日守着一脉瘦水，自是有些寂寞。虽然寂寞，该开花的时候依然开些疏疏朗朗的花朵，该结果的时候胡乱结些七零八落的果实，它们不幸成为铺里众多孩子的眼中钉，人人欲拔为快，不拔不快。围剿、追堵也不能阻止。从来没有一枚枣能够侥幸逃脱成熟于秋天。如火的七月、八月，我们佯装戏水，猛不丁就有一两个身手敏捷者蹿上树去，叶密果稀，他们只得摇动树枝，枝桠上下乱颤，嘎嘎作响，就有三两枚枣万分不情愿地掉落，我们一边搜寻着，一边望西看，果然，有人呀呀地叫着，是哑女。她手持竹竿追了出来。我们已经司空见惯，并不着忙，待她跨过狮子桥，我们才一哄而散。我们迅速撤进铺里，心怦怦地跳着，红扑扑的脸灿烂着笑容。我们又一次胜利了，青青的果实被我们嚼出了无限的香甜。这样的遭遇战一直贯穿着整个夏天。夏天是我们的同盟，午后的一阵狂风，几点暴雨，总让我们窃喜不已。我们似乎已经看见风停雨住后，那些散落在湿漉漉的草丛里的枣，我们大模大样地走到树下，可恶的哑巴又追将出来。这让我们又恼又恨，但一个哑巴你怎么可能和她讲道理呢？哑巴纠缠在我们的童年，她那时多大了？十七还是十八？为什么不嫁人呢？

她终于嫁给了一个病歪歪的老瘸腿。

那个覆盖着白霜的冬日，哑巴穿着红艳的衣裳，却没有一丝的喜庆，那条火苗一般跳动的围巾将她的脸映衬得雪一样的苍白。她的泪水隐忍而汹涌，她背向铺里，慢慢走远。

我抬头看天上的太阳，阳光正好，温暖徐徐而来。但我却感到了一种真切的寒冷，我抱住了自己的肩，心黯然着，不知道该说什么。

对哑巴的婚事铺里一直沉默。确实没什么可说的。一个哑巴、一个瘸腿，不是再般配不过吗？虽然岁数相差得大些，那都是命。在乡村，只要把命亮出来，那就只有闭嘴，谁能斗得过命呢？她如果命好，怎么会哑呢？怎么会没了娘呢？

其实在那一刻，我是想说的。我想对她说，虽然我们一直盼望着她嫁人，但从来没想过她要嫁给这样的人。嫁给这样的人，她只能更吃苦。但是谁又能够保证她今天不嫁，就会嫁得更好些呢？

"玉扶家的那本经呀怎么也念不清场。"铺里经常有人这样说。

玉扶是个鳏夫，讨了两个老婆，死了老婆一双。一个人连着死了两个老婆，总是让女人们有点畏惧的。好在玉扶天性开朗，哑女缝补浆洗、温茶热饭，生活倒也并没显出多少缺陷。如今哑女虽然嫁人了，但次女也慢慢地可以接上手，因此，狮子桥的唢呐依旧响得嘹亮。

玉扶是个唢呐好手，雨天、月下喜欢吹上几曲。他眯着眼，头上下左右地轻轻晃动，他的腮部像塞进了两个饭团，他的脸有时候像一块酱猪肝，颈间青筋鼓暴。我们就是喜欢看他的这个样子，只要唢呐一响，我们就跳起来，雨声与夜幕也无法阻挡。

我曾多少次穿过茫茫的雨幕？我、菊园、桂招、红连四个穿开裆裤的伙伴，围坐在凉亭。唢呐像一朵金黄的喇叭花，开在玉扶高高撅起的大嘴上，雨沿着凉亭帘子一样一串一串淌下来，青山在烟岚雨雾里朦胧而遥远，我的眼睛落在了芭蕉树上，我看见了滚动的珍珠，听到了极富韵律的声音。多年之后，我看到雨打芭蕉四个字，立即心领神会。

玉扶还在吹，他的脸渐渐沁出了汗。严格说，我们那时并不懂得欣赏和聆听，但有些东西我们已经能够感觉到，唢呐像人一样，有时高兴、欢喜，有时抽泣，抹着眼泪。

这些逝去的场景，这些遥远的人事在我的梦里反复重现。梦醒的刹那，我迷惘不已，不知今夕是何夕，此身寄何方。待我清醒，喧哗的雨声、激越的唢呐已无踪可觅，只有那余音在童年的天空萦绕。

玉扶在一次乡村葬礼中突然死去。那时我已离开铺里多年。他本来是去送别人的，用唢呐热热闹闹地送一程。现在送者与被送者一起上了路，我想象着玉扶在吹奏的过程中突然倒下，就像电影里的慢镜头，身体在倒下的同时，松开了自己的手，那支陪伴了他大半生的唢呐滚落在地，嘭的一声，发出了巨大的声响，为自己的主人唱完最后的绝唱，黄灿灿的喇叭花就此凋落。

那时玉扶五十出头。好在他的孩子都已陆续成人。他们仍旧住在狮子桥。狮子桥平静如斯，石桥与狮子一起沉默看着往来行人。

杜拉斯是一声绝唱

■江南雪儿

哦，玛格丽特·杜拉斯（Marguerite Duras，1914—1996），她是一匹桀骜的母狼。仰天一长啸，全世界的心脏为她震颤。她让读的人惊喜，让懂的人痴狂，是一朵奇葩，一声绝唱。

她很混乱。那是言语的混乱，爱欲的混乱，是言之过甚又言之过少的癫狂，是对占统治地位的叙事观念企图消除语言中异质的颠覆。

她唯美的笔触是柔软的舌苔，舔舐着人性的脆弱。她把意境搅成水样年华，徜徉于河流的第三条岸上，你无法抵达却有镜像。

她作品里折射的诗性光泽，是对文字的拯救、对写作的释放，她随心所欲摧毁一切，但又游刃有余轻舞于语言的锋刃上。那是凌乱的完整，是哲理的诗行。杜拉斯说过，一本打开的书是漫漫长夜。你于静夜打开她犹如打开一幅长卷，在这一长卷掩映下，她以唯美的格调为枯叶一般凋零的诗性，注入了一汪水性的光泽。

但是，杜拉斯很绝望，永远是个绝望的孩子——那个伫立于渡船上的小姑娘，那个沉溺于酒精浸泡的老女人。

才十五岁半，她就拥有了绝世美貌，安静地伫立于河岸上，那条河叫湄公河。这时，一个叫李云泰的中国男人向她走来，走着走着就走进了《情人》故事里。杜拉斯把故事封存了半个世纪，一个人蘸着酒品尝，不让世人过早分享这份醇香。他其实并不是她第一个情人。她生命里首席情人是她在多部作品里反复咏叹的“小哥哥”，他叫保尔，是她的亲哥哥。小哥哥集父爱兄爱异性爱于一身，陪她玩耍游戏并陪她睡觉。她说：“后来，有一次，事情发生了，他来到她床上。”大哥皮埃尔狠命揍他，但“他们还是在一起，还接着干”。她和他不可思议地相爱着。后来，她在作品里告诉我们，她通过小哥哥的死发现了永恒，她一开始就爱上了一种无望的爱，所以她永恒地绝望着。1991年，李云泰病逝，她热泪纵流。他是她生命里又一束亮色，她用一生守护着光源。她说她并没有想到他会死。于是，继《情人》后，她又创作了《北方的中国情人》。她在对他低语，绝望地挽留。

而最让我惊讶的是1980年夏，六十六岁的杜拉斯遭遇了又一场艳遇。

笃笃，有人敲门，一个叫扬·安德烈亚(Yann Andrea)的二十七岁大学生像一株圣诞树莅临。她喜欢上了他。早在中学时代他让她为《她说毁灭》签过名，她没在意他。成为大学生成为同性恋者成为哲学系教师的他眼睛里只有她。他不屈不挠地给她写信，而她未置可否。终于，在一个阳光灿烂的正午，他和太阳一道光临。她让他进屋，从此，再没离开。这个优雅而乖戾的男人臣服于不再美貌的她，甘愿做她的秘书、助手、司机、情人和勤杂工。1996 年 3 月 3 日杜拉斯谢世。随即，扬失踪。人们思念杜拉斯也思念扬，纷纷阅读他 1989 年在杜拉斯因酗酒昏迷期间撰写的第一本书《我的情人杜拉斯》。1999 年，扬重出江湖，完成了第二部作品《我，杜拉斯的情人》。这就是杜拉斯一生中最重要的三任男人，赋予她的是天籁、是谜。她穿而不透、爱而永失，因此，永恒绝望着。

而我注意到，她的绝望是个庞大体系，发端于童年、发轫于母亲的绝望，则是另一脉绝望根系。本世纪初，法国一位品学兼优的少女大学生，误听到殖民地去发财的谣传，与丈夫奔赴印度支那殖民地。丈夫因病早逝，女人坚守阵地，事先没有贿赂当局，用十年血汗钱购置的是寸草不生的盐碱地。但女人并不气馁顽强抗衡。她抵押房屋购置木料雇佣民工修堤筑坝，抵挡太平洋大潮。海潮来临，摧毁堤坝，女人在绝望中死去。这个女人就是杜拉斯在《抵挡太平洋的堤坝》中描绘的母亲形象。这位母亲就是杜拉斯的母亲。这个母亲不同于海明威《老人与海》里的桑提亚哥。海明威告诉我们：人就是这样地不可战胜；而杜拉斯告诉我们：人就是这样地一败涂地。这个女人，在她毁灭之前，生存的世界已被先期毁灭；在她绝望之先，物质生活已被绝望所掌控。

她的另一部作品《洛尔·瓦·斯泰因的迷狂》中被未婚夫抛弃的斯泰因也是个毁灭的形象。杜拉斯通过一系列女人形象警醒我们：女人是自己把自己这样毁灭的。这样的女人要么在受伤中成熟，要么在备受摧残中毁灭。她对早期作品《厚颜无耻的人》这样说过："这本书是从我这里掉下来的；恐惧和欲望，源自艰辛的童年恶意……"对于杜拉斯来说，所谓希望，就是踩破一个又一个泡影的徒劳；所谓爱情就是爱逐渐消弭的进程。

杜拉斯虽然一生艳遇不断，但幸福并不结伴同行。结婚、离婚；她加入法国共产党，又被共产党开除；她没有过多亲密朋友，尤其嫉妒并排斥比她盛名的西蒙娜·德·波伏娃；几乎在《情人》出炉之前，她并不被文坛看好。其实，这都不重要，重要的是她依然孤独并不可救药地绝望。因为孤独，所以绝望，因为绝望，所以写作。如果说，乔治·桑是边生活边写作，波伏娃是边思考边写作，那么，对于杜拉斯来说，写作就是和无法说出的事物进行对质，向意义固有的溃散特性提出质询。她无时无刻不在写作，生活就是写作，写作就是生活，虚构即是真实。你要感应杜拉斯就要呼吸她的作品，那是独特的味道，正如法国著名评论家米雷尔·卡勒·格鲁贝尔所言："承认或者隐而不说，是形成杜拉斯作品风格的魅力所在：意指的震颤波动。"而这样的威慑力来自灵魂的冲击波。所以，一部《情人》冲击了每一颗脆弱的心，由此，她进入文学大师阵营。

在孤独的写作通道上，杜拉斯我行我素先锋地实验着，她宁可让人不理解，也要在作品里浇注自己的气息。尊独特为上、视风格为尊，她的《乌发碧眼》男女主人公尽管绝望相爱却互不知姓名；她导演过一部《卡车》电影，放映两个小时却没有人物出场。很小的时候她对母亲说，她想写作，她要的就是这个。十八岁她来到巴黎，没有对巴黎迷恋，只迷上了文学。二十九岁以《厚颜无耻的人》步入文坛。后来每年有多部作品问世。人到暮年她写《情人》获得法国龚古尔文学奖。那两句话："他对她说：我更爱你现在备受摧残的面容。""他对她说，和过去一样，他依然爱她，他根本不可能不爱她，他说他爱她将一直爱到他死。"成为了爱情和绝望的不朽经典。

蓝调:忧伤的岁月

■周　惟

周惟,原名周建平,男,1979年出生于赣西北一个偏僻的小林场。1997年起开始从事业余创作,作品散见于《东莞文艺》、《创作评谭》、《长江周刊》等。

1. 口琴

最简单的乐器,我想莫过于口琴了。几十个长短不一的小簧片,饰以两块亮白的不锈金属,无论摆设在哪里也不会引人注意,更谈不上成为一处景致。至于它的吹奏方法,随盒附送的一张图纸便能交代得清清楚楚,简单得叫人怀疑它配称得上是一件“乐器”。而我最初被它深深打动的,也只是因为它的一个品牌的名称:天鹅!是的,当我揭开盒盖,一眼望见这两个镌刻在琴身的浅浅的字迹时,我立即在心里回音似的念了一遍。是谁给貌不惊人的口琴起了这么一个高贵美丽,仿佛总带着一道孤独受伤的眼神的名字呢?是一种弥补,还是一种暗示?我记起一首流传很广的诗的头几句:“夜里,我听见远处天鹅飞越桥梁的声音/我身体里的河水/呼应着她们。”而口琴背面的形状让我突然熟谙了这座“桥梁”,一座小小的音乐桥梁,穿越它,就是从沉思浅吟到拔剑出鞘,从大雪盘旋到冰棱垂坠,从汽笛悠长低回的召唤到甲板上拥挤的人群中一名小女孩的尖叫……

其实,有谁没有感受过口琴亲切的气息,又有谁真的将它当作孩子一样珍惜爱抚,口琴更多的时候是被遗忘在角落的。当你哪一年翻拣旧物时突然在柜子底层发现了它,你会惊异于它的平静与完好无损,小心地将它拿起来,放在唇边试探着吹了一下。像沉睡的眼睛突然睁开,像阴沉的午后落下第一滴雨,一个声音期待了许久似的在你的唇边、掌间绽开。它回旋,它沉醉,它不愿散去,它不因为岁月的磨洗变得喑哑晦涩,更不因为你的生疏变得嘈杂难听。它会让你怅然忆起一个穿过校园的红色身影的欣然回应,一个坐在屋顶上的孤独少年的悠远口哨……

至于静静吹上一段乐曲,我该怎么向你们描述口琴的声音呢?是旧时代一段艰难的楼梯?是风儿吹过秋天的树林?是夏夜里一堆微妙的篝火?还是一撮撮绒白蒲公英的漫天飞舞?都是,又都不是!说到底,它就是你自己。

口琴最令人称道的地方就在于它不仅需要你的“呼”，而且需要你的“吸”，生命就走在这一呼一吸之间，呼是白昼，吸是黑夜，呼在春天，吸已入秋，呼吸是生命中一切说不出的事物的总称，通过它，口琴能感受到你内心最隐秘的角落，你看见的，你想到的，你高兴的，你伤痛的，口琴因有你同样的气息而将它们说出，它是你另一颗心在体外震颤。曾有位朋友告诉我，吹口琴得到废飞机场去。是的，无需豪华的殿堂、漂亮的谱架，以及满座的听众，将口琴揣在裤袋，到风中去，到破旧的阳台上去，到静静的墓地去，当然，也包括到一座废弃的飞机场去……这就是平民的浪漫与幸福。

我知道在许多中老年人的青春岁月中都闪烁着一把廉价口琴的光芒，直至今日我们仍然可以想见像《山楂树》、《莫斯科郊外的晚上》这样的名曲当年是怎样在帐篷和小河上空彻夜不眠地飘荡。因此，如果看到某位老人的枕边放着一把旧口琴，可千万不要小视它，或许它曾在坎坷岁月中担任过一名不可替换的角色，它曾见识了幸福在生活中的艰难与坚强，它曾传达过人们所有的小心眼儿，包括情爱、理想……它一生没干大事业，也从不担心有人责备，就像每个人都会在生命深处念叨的某个女人一样，已经不年轻了，却又总不见老，永远是那样体贴温顺、轻声细语。

是的，每个人都会有这样一个“小女人”，当你劫波渡尽，推开家门，你会看到她微笑的面庞，听见她真实的呼吸与歌声，你会热泪盈眶，觉察到疲倦，愿意握住她，躺下休息……

2. 那一年的江轮

安顿下简单的行囊，步出舱门，暮色正越来越低地压在江面上，周围的一切变得幽暗起来，而佳丽广场那一带倒是开始擎起束束繁花似的霓虹，远远地望过来，含着忧伤和告别的意味。风很大，弄不清楚在哪个方向，偶尔迎面一扑，令人窒息，三三两两的旅客从身旁经过，捂着飞扬的头发和鼓荡的衣裳。江岸上的小贩眼睛都很亮，像两粒闪烁的星子，隔着一道深涧和我默默对视着，夜色渐入迷离，我恍惚觉出我们之间相距是那么切近又是那么遥远，仿佛早已熟识又仿佛渺若幻梦，他们中的几个正在同船上的人做着买卖，用长竿将篮子费劲地递过来。而倚着船舷的人们，更多的是和我一样，默不作声，看不出悲喜。

江面的光影缓缓荡开去，船启航了。再见了，武汉！希望我们彼此不要遗忘得太快！我最后望了一眼两岸灿烂的灯火，心底念道。返身回到凌乱肮脏的四等舱，一名瘦弱的女孩正蹲在我的床位前，出神地盯着那把红色的吉他。是你的吗？浓重的四川口音。我点了点头。能为我们弹几首曲子吗？从她的眼睛里，我看出她将我当成是四处卖唱的流浪汉了，但我依旧点点头，拿过吉他，在脑中搜寻着所有熟悉的歌曲，开始一首接一首地弹。门口聚集了一些人，遮挡了阴霾的天空，随着夜色的加深，舱内的灯火反而有了一种温暖和坚定的颜色。但人群终于陆陆续续地散了，四川女孩也回到自己的床位，跟同伴大声说笑着，有人端着一摞白色的方便盒从走廊穿过。我渐渐熟谙了一个真正的漂泊者的心态，自顾自地哼唱，声音就像这沉陷在黑夜里的行船，固执而孤独地在角落回旋。结束了最后一个和弦，我甩了甩胀痛的手指，四川女孩回过头来，微笑着，你唱得真好，真的……

不知睡了多久，突然清醒过来，舱内的一切都像在做同一个昏黄的梦，空气中弥散着各种古怪的味道，而另一头两个男人的低语，更为四周增添了半明半昧、飘忽不定的气息。我想起傍晚时那些挤挤挨挨上船的人们，如今都安静地躺在这艘大轮的每一瓣胃里，被悄悄消化改变着，其中也不知有多少人和我一样，在寂夜里睁大着双眼。出于某些抑郁很久的缘由，我逃开自己待的那座城市，逆长江而上，来到陌生的武汉，短短几日的盘桓，惊鸿一瞥后又不得不匆匆踏上归程。想到这些，我懊恼地翻转身，抬起头，窄小的窗玻璃上蒙着一层细密的水雾，我用手擦拭了几下，玻璃中映出一张颓废的面孔，杂乱的头发和很长的胡子，远处则一无所见，只有偶尔的几星灯火，暗示了江岸的存在。我静静地倾听和感受着船底翻涌的水声，直到它慢慢变小，而走廊广播里的歌声却无比清晰地渗透进意识的深处，这首歌真长啊，我迷迷糊糊地想，不知不觉又睡过去了。

清晨，在一片喧哗中醒来，门已被敞开，凉爽的江风正呼呼地往里灌，我努力回忆着刚才未做完的梦，沿着船舷，走上旧漆斑驳的甲板。宽阔平缓的江水，两岸石砌的长堤，简陋的屋舍，以及肥沃的原野，此刻都在碧青的天幕下静默着。我从手腕上捋下在黄鹤楼附近买的一串木质珠链，一抛，一道弧线划过，珠链掉入了江中，倏地消失了。不知它是会永远沉落在江底，还是会顺水漂流，遭遇上另一番命运？我无限怅惘地想。而就在这琢磨的当口，一轮朝日早已喷薄而出，如一枚温软祥和的红玉，又如一块刚出冶炉的赤铁，悬浮在江面上，天地万物因它瞬间变得辉煌生动起来。我惊愕了，武汉港上空灰蒙蒙的落日，一个人握着地图面对江汉路的繁华，旅店和琴行老板们捉摸不透的眼神，街头干脆利落的快餐，异地而处的几日一幕幕从眼前掠过，我终于明白，哪怕是置身其中，这座城市对于我来说也是那么的冷漠与遥远。我要回到那座带给我欢乐，也带给我痛苦，却真正属于我自己的城市，那儿阳光正在漫流，就算再度困于阴影，我也不会逃避。晨光熹微中，我伸开双臂，像是在拥抱，又像是在飞翔。

3. 萨特山下的油菜花

敞篷车在阳光灿烂远望无际的乡村大道上飞驰。录音机里正最大音量地播放着那首著名的美国民谣《萨特山》，年轻司机的心情显然还不错，脑袋随着节奏可爱地摇晃着。

怎么样？我忍不住问。

小伙子回过头，很快明白了我的意思，真过瘾！他笑道，听着听着我都恨不得停下车子跳上一段。

我微微笑了，一个声音迅速在心底应和着，那您肯定是头儿回听这首曲子！但没等说出来，我将目光转向了车窗外辽阔的田野。

在乡村，我想恐怕再难找到比大片大片的油菜花更为鲜艳和壮美的景色了。初春的艳阳下，成千上万的花朵安详地簇拥成一面黄灿灿的绒毯，铺晒在浅绿的秆丛上，纯净得不含一丝杂质，金色的光影沉积着又似乎漾动着，映得人满眼都是，有时冷不丁闯入视线，那种突然腾跃起的无法抗拒的光芒能令你体内产生片刻的窒息。我常常惊异于油菜花这温暖而圣洁的颜色，尽管它并不奇特，也不超脱，如果折一枝下来，更是单薄得可怜，仿佛那一个个走在山坡上、田埂旁的乡下女孩，摇曳着不起眼的美丽，但她们渐渐地走拢在一块了，仰着金黄的小脸儿，安静地望着你，除了搪塞似的描述为是大自然的杰作，我们还能再说些什么呢。

只是我仍然怀着感叹于心，在和煦的春风里，油菜花从不说话，更不叫嚣，守住乡村灰暗的大地，像前夜遭受过遗弃，无言地洗净脸面，将战栗与失望深深埋进心底。如今，在我长久的凝视中，那些金黄的花朵终于犹疑着开口了，我立时就像身处喧闹的课堂，无比惊诧地听着这来自春天内部的忧伤的倾诉。是的，油菜花太平凡了，又出乎意料地太美丽了，而同时拥有这两样特质只会给生命带来不幸和痛苦，油菜花就是这样一直被春天狠狠地伤害着。作为季节头上的第一顶黄金王冠，她几乎从未获取过丝毫的热爱与怜惜，哪怕仅仅被施予一个漂亮的名字，人们习惯了对她的疏远与陌生，更习惯了对她的漠视与践踏。我的心开始沉沉地坠着，为春天犯下的不可饶恕的错误。然而，始终面含微笑的油菜花又反过来劝慰我了。

在我大学临近毕业的时候，一位一直随我习琴的女孩送给我一盘《美国乡村民谣》的盒带，我漫不经意收下，搁了一段时间又漫不经意插进录音机。我已经淡忘了第一次面对《萨特山》的愕然，只记得从那以后，我便开始时常

地惦念着这首歌，阳光跑过湖面的吉他，微风吹进树林的口琴，赤脚走在大路的贝司，加上丹佛极富磁性的嗓音，这首歌能让我感觉到许多充满激情的事物正在缓慢而坚定地复苏。尽管并不知道歌词写的是什么，我却分明从旋律中嗅出了春天的气息，看到了山花烂漫的景象。有时一个人待在黄昏清凉的屋里，只要第一个音符响起，空间便立刻变得明亮和温暖，似乎四壁有许多光线在浮跃荡漾，我的内心也渐渐延展出一片迷人的牧场，一只野鹿踏着鲜明的节奏在迎风飞奔，它有着火红的角。

但或许是我天性沉郁，待我安静下来，进入诗人昌耀说的"地球这壁，一人无语独坐"禅定般空寂时，一切音乐的外在呈现便悄然潮退下去，情感的礁石裸露而出，在《萨特山》迂回旋升的诉说与呼唤背后，我听到了旧梦重温的忧伤和痛楚，更听到了对挣脱囚笼返朴归真的期待和向往。我的想象里有一名中年男子孤独受伤的眼神，他坐在一块突兀的山石上，回忆起某些因时光流逝而弥足珍贵的往事，厌弃自己在俗世裹挟下蒙尘的灵魂，他甚至想肆无忌惮叫喊与流泪，重又一次次爬上那座并不美丽却像母亲一样包容抚慰他的山头。

从《萨特山》中我听出了漫山遍野的油菜花的热情，而从油菜花的沉默里我看到了来自远方的《萨特山》的伤痛，对于一些描述出"油菜花是绿色的"、"炊烟就是煤气"的城市的孩子们来说，萨特山下的油菜花也许永远只能是一个模糊不清的梦境，在我们长久遭受拘禁和剥蚀的心灵，谈得上真正美丽的事物被搁置在脆弱的高处，无法触碰，更难以亲近，而我，尚且是幸运的。我还知道炊烟是怎样袅袅升起，油菜花是怎样扇动金黄的翼翅，而人们是怎样在歌声中苦苦寻找这一切……

阳光在车子转入狭窄崎岖的山路后迅速暗了下去，录音机也不知什么时候停了，我突然想起一句话，便将目光收了回来，说道，您真应该多听几遍《萨特山》，这歌里藏有一条愿望的河流，浸润着许多人遗失的影子。

小伙子又回过头来，奇怪地看了我一眼，这一回，他再没有立刻就明白了我的意思，只是车速却见得慢了下来。

4. 一个人的琴声

大约三年前，我还在梦想着成为一名出色的吉他手，像保罗·西蒙、约翰·丹佛，或者齐秦也行。那时我们的男生宿舍楼前有一条长长的过道，过道的尽头就是学校的大食堂，如果楼下来来往往端着饭盒的人们不是将所有的精力与兴致都集中在食欲上，偶尔抬头，便总能看见高高的四楼走廊里有

个正襟危坐、弹奏吉他的背影。这个背影就是我。时光在身边不紧不慢地穿梭,我面向墙壁心无旁骛,怀抱吉他犹如怀抱春天,右手花朵铿锵绽放,左手蜂蝶上下翻飞,分解、漫弹,击弦、勾弦、揉弦……直至最后的高把位琶音,我经常一坐就是十几个钟头,有时甚至深夜还在窗下扰人清梦。走廊的微风轻轻地荡漾,从这一头到那一头,又从那一头回转到这一头,我看见阳光玲珑的足尖蹑过琴弦,照亮幽暗的箱体,我听见雨点妙曼的倾泻覆盖空间,洗亮隐秘的内心,我相信自己已真切地捕捉到生命低诉如波澜一般展开又消逝的歌声:"你还能叫出我的名字吗?如果有一天我们在天堂相遇……"老男人埃里克·克莱普顿的蓝调令人哽咽心碎。而寝室的斜对面恰巧是卫生间,我第一批忠实的听众就诞生于此,他们一个个赴音乐会专场似的急不可耐地走进去,在高高的蹲位上挺直身子,透过半掩的窗户注视着我,瞅着瞅着,忽而双眼紧闭咬牙切齿,面目狰狞可怖,当然,幸亏我及时醒悟,这一幕倒与我的琴声没有什么关系。

然后是埋头写歌,在图书馆安静的角落里写,在阶梯教室迎风的窗口旁写,在一切旋律电光火石般闪现的时候写,逐渐,手头便积累了一小摞粗糙却透着新鲜气息的歌曲。这段日子,乡村歌手约翰尼·卡什以及他仅有的一把吉他伴奏的唱片《美国录音》经常浮上我的脑海,似乎在暗示我,你也可以的,为什么不试一试?于是大学毕业那一年,我一边精心为歌曲编配伴奏,一边暗中为录音的事情东奔西走……再然后,就不知不觉地小有名气了,到各色各样的舞台演出,接待突如其来的造访者,出入歌舞厅一类灯红酒绿的场所。光阴流转,吉他一把一把地更换,外表越换越华贵,音质越换越纯净,可这种乐器背后最初掠过的一张流浪者迅捷的面孔,浑身上下洋溢的恬静而沧桑、孤独而狂野的气息却悄悄地隐退了,留给我的只是日趋娴熟的技巧和一颗膨胀的虚荣心。

那年,我曾在临江的一个边远小城逗留了一段时日,在旅店阴暗、狭小的房间里,我一个人寂寞难耐、烦躁不堪,被子上躺着同样孤零零的吉他,我迟疑地抓起它,立时像面对一张痛哭失声的脸,第一声和弦就令我怅然若失,多少回缠绕在睡梦里醒过来赫然就在眼前以至熟视无睹淡忘遗失了却突然又仿佛蓄足了整整一辈子似的爱与恨呼地一下聚过来又呼地一下散开去,我停止不下弹拨的手指,更停止不下悲喜参半百感交集的心境,这一个瞬间我陡然重温了吉他曾带给我的慰藉和思索,热爱远比梦想更重要,正如心灵远比翅膀更重要。我明白了它,正如它洞察了我,我们祈愿能从此避开世俗的烟尘对我们的隔膜,相互拥抱与倾听,一起偎暖孤独长驻的岁月。在被琴声蓦地放大的房间里,我的生命支离破碎了、纠结冲突了、泾渭分明了……那一晚，我抱着吉他到隔壁同伴的房间，为她们弹唱了那首经典的老歌《外面的世界》："在很久很久以前，你离开我，去远空翱翔……"同伴们默默无语、黯然神伤；那几天，在江上来来往往，听惯了码头卖唱者嘶哑的嗓音和琴声，看惯了过客们无动于衷的面容；那一段漂泊的生活结束时，我怀着按捺不住的激情写下这样的诗句："饮尽黎明这杯火红的酒/请允许我面对着晨光坐下/抱着相依为命的吉他/击碎她美丽的嗓子……"

因为这一段经历，我谢绝了别人随时可以交给我的录音棚的钥匙，将所有写下的歌装进了袋子封存起来，平静地度过了大学最后的时光。毕业了，我背着吉他回到了家乡……如今，我还时常记起"披头士"乐队的那首老歌《昨天》："昨天，烦恼似乎还离我很远，而今天仿佛就在眼前……"我已告别了昔日的纯真年代，注定要承受更为决绝的孤独与伤痛，但只要琴声铮然响起，我的心就如化蝶之蛹，挣脱羁绊，飞越无边！

5. 答案在风中飘零

在新近挂上去的窗帘后面，我默默站了一会儿，一些陌生的歌声穿越了三月雨后清凉的空气，来到了我的房间。窗外是一片破败的废墟，平时偶尔闪过几个抄近路的身影，雨季一降临，道路泥泞不堪，就罕见人迹了。此刻会有谁停留在窗下？我思忖并继续聆听着那些优美悦耳的，时不时夹杂着一段口哨的歌声。歌声持续不断，似乎很久以前就响起了，也仿佛永远不会歇止，而暮色却已开始在房间空荡荡的四壁上一层层地涂抹。

我记起一件往事，细数一下，应该是在十四年前，那时我刚转入一所偏僻的中学，过上了寄居外乡的生活。一个周末的午后，我独自一人在空旷的杂草丛生的操场上游荡，不知怎么的平地里突然刮起了一阵旋风，风势很快变得强劲，在草坪上呼啸冲撞，卷起了漫天灰尘和许多杂物。我清晰地看见一只大红塑料袋就这样突地腾在半空，惊慌失措地在飞扬的尘土中扭动着身躯。我仰头呆呆地注视着它，想象着它很快会平安无事地掉回地面，或者旗帜般地挂在某棵树上，但谁知一阵扑腾过后，它却像挣脱了大地羁绊似的，竟义无反顾地飞向了高空，如断线的风筝，如渺茫的轻烟，在无边的天幕下飘飘摇摇，越来越小，凝成一点，直至在我的视野里彻底消失。而我，在亲眼目睹了这惊心动魄又复归风平浪静的一幕后，长久地沉浸在惊愕当中，然后我想到它不会再回来了，更想到不知它会掉落在哪条河流的堤岸、哪座深山的林梢、哪个村庄的屋顶，心里又平添了无尽的失落与迷惘。如今，十多年的岁月过去了，似乎还没有一只红色塑料袋在旋风中飞升得那样漫长，我之所以对这件小小的往事念念不忘，是因为在我整个少年时代刚起头的时候，我已经从中看到了生命过程的挣扎和归宿的无奈，认清了生活表面上总在给我们指点道路与风向，但最终，它还是会无情地将我们遗弃，在一个我们无法预知的时刻，在一处我们无从选择的角落。

从此，顺着命运这阴郁的手势，我开始了身体与灵魂的双重漂泊，从村镇到城市，从故国到异乡，从梦里到梦外。许多次，我站在人潮汹涌的大街，看那些有着一张张陌生面孔的人们和我擦肩而过，我会想，这之前他们在做什么？这之后他们还要做什么？有什么能确切地向我证明以前他们存在过，以后还将继续存在？而又是什么让我们从不同的时空赶来，为的是在此完成这一秒钟的对视、半秒钟的触碰？某一年在落日余晖下，那个沉默的用哀怨的眼神望向我的女人，她悲苦的缘由我将永远不会知晓吗？她又知道自己曾经触动过一个陌生人的心弦并从此留下了印记吗？某一年在雨后湿滑的街道中央，那个手捧着一条头巾无声饮泣的男子，他为之伤心欲绝的人懂得这一幕吗？他如今还会为一个人倾尽整个天空的泪水吗？某一年在风中追逐嬉闹的那白发苍苍的祖父和稚气未脱的孙子，他们各自去往了哪里？他们还能跨越天遥地远的距离相拥而坐，一起为往昔感动吗？更多次，我独处寂寞空洞的斗室，却仍然为时光席卷一切的力量感到心惊，我还能依稀看见许多旧事远远地掠过，但我已无法将它们拢到眼前，握在手中，我只是怀着陌生而悲哀的心情等待它们不定期地一次次伤感地来临，和一次次绝情地离去。我确信我所经历的一切已经被一道密语召回，锁在一只神秘的盒子里，但我无法知道钥匙挂在谁的腰间，尽管它"叮叮当当"的声音时刻在我的耳边回响。为什么光阴不能倒转，逝去的永不再重返？为什么肯定要来的却不能预见，能预见的却无法把握？为什么生命如此短暂，爱恨却如此绵长？困于狭小逼仄的空间，在仿佛凝固的时光中逃避，却依然逃不开人生来龙去脉的真相的拷问，当我终于耐不住想要挣扎呼喊时，命运伸出一根手指，挡住双唇，说："嘘！……"我想起有一次和朋友相约去水电站游玩，当我们千辛万苦来到高高的大坝顶上，想找个地方休息，却在一块石头上偶然发现一只红色的蚂蚁正奋力爬动，朋友笑着说："喏，我们专为看它而来！"突然之间，我明白了生命的秘密如此地不可言说……

窗外的歌声还在继续，我从沉思中回过神来，想到应该看看那位歌者，可当我将手伸出去时，歌声却戛然而止了。我掀开窗帘，四处张望，天地间暮色苍茫，楼下并没有人影。我努力回忆着，终于想起刚才那飘荡的歌声其实只是在不断地重复一句："……答案在风中飘零……"我相信这样的歌唱并没有停歇，它伴随着生命在时光中穿梭，如花开花谢，日升月落，永无尽期。

6. 黄昏的竖琴

那天傍晚，在桥头，有一幕景象令我迷醉、流连——

阴沉的天幕下，许多蜻蜓在桥栏外低低地飞，密密麻麻而悄无声息，只只都是圆眼修身薄翼，倏忽来去，轻巧无比，确实像极了一架架微型的滑翔机。我知道，这是风雨来临的前兆。但阴晴变化年年月月依旧，这么多的蜻蜓如情人赴约般准时汇聚在一起——这天性恍若神赐——却已经很少见了。我伫立在桥上，惊奇地观望，这群在晚风中盘旋的红褐色的小精灵，仍旧是那样饱满的头和胸、轻捷的尾和翅；也没什么缘由，好像就凭着这份异常地眼熟，我突然就相信，它们正是从我童年的天空赶来的那一群，这些我们儿时亲昵地称之为“金盖”的小生物，我曾经无数次躺在河滩上仰望过它们，偶尔捕住其中的一只，观察它圆润的据说很神奇的眼睛。但《草帽歌》忧伤的旋律在耳畔萦绕：“很久以前失落了，它飘向浓雾的山坳……”多年来，我们就像两个音讯渺茫的老朋友，在生存和心灵的浓雾中各自迷失了方向。如今，我们又意外地邂逅了，在一场风雨之前，在一次小小的“患难”来临之际。

抬头远望，乌云几乎遮盖了大半个天空，那些成团的云块就像我中学时代农村同学的黑棉絮，随意地抖开，中间和边角有睡梦中踹破扯碎的地方，四处透光，破旧而凌乱，但丝毫不羞赧，更不猥琐，这一点和曾经用它们覆盖身躯、驱寒取暖的那些人相似，他们虽然出身贫苦，但性情坚毅沉稳，他们将来也不一定出人头地，但那份与生俱来的坦荡和率真足以成就实在的人生。我是他们中的一分子，这是我常引以为骄傲的一点。而我整个中学时代，他们也是我仅有的玩伴；我最好的朋友，都有着相同的和善的面庞、黝黑的肤色和憨厚的笑声。乌云断断续续铺展到西天，竟也有了神座般灿烂的光芒，阳光给它镶上了一道道厚而明亮的金边。这一景象多少会令人联想起美国著名风景画家丘奇·弗雷德里克的油画《荒野的黄昏》，也印证了他作品中史诗般的宏伟和壮丽，虽然我眼前的天空展露出来的并不是画作中惊涛骇浪似的奔放苍劲。青天沉积如浩淼丰厚的秋水，云朵似野火遍地燃烧，广博与热烈在这里和谐交融，以最盛大的面貌呈现。紧接着，这美好的黄昏向我打开了它最神奇的画卷：金色的阳光从云边漏下来，成排的光线清晰可见，垂直穿破苍茫的万里暮空，直达远远的水面和山头，天地之间犹如立着一座巨大的黄金竖琴。

我偷偷回视身后，希望有人和我共同分享这绝美的一幕，但又唯恐人们一不小心“惊扰”了这如佛光般庄严肃穆的时刻。面对大自然鬼斧神工而昙花一现的撼人作品，我俯身桥栏，却仿佛飘然走上大风浮云最后的梯石，身处群峰之巅，仰面承接乾坤瞬间化开的一片澄澈清朗。我表面上装作平静从容，内心却贮满了如同获知千年奥秘后的激动与狂喜。是谁用魔术师一样无所不能的手，拉紧这金色的丝弦？是谁的身影在不可知的暗处端坐，静对这天地乐器？又需要怎样的技艺、感觉和心神，才敢将它演奏，邀它私语？我确信它的声音已经无处不在，如波特莱尔在诗中所说："每朵花吐出芬芳像香炉一样/声音和香气在黄昏的天空回荡。"低沉而悠扬、脆亮而轻盈的琴声响彻整个天空和大地，覆盖了尘世的每一个角落，当然，还有那必定随之而来的馥郁芬芳——是白百合、紫罗兰，还是红蔷薇？柔曼缥缈，在伟大的演奏者那白皙修长而寂寞空灵的指间起舞、散落。黄昏离去的背影充满了忧郁和伤感，这琴声从它的肩头掠过，在无法隐忍的泪水里飞翔。我的思绪随它走远，逐渐地，有一些难以言喻的哀伤洒落胸间。是的，在这明亮的时刻，我却偏偏想起了那些有着阴郁气质的人们——我在书中和他们结识。想起波特莱尔、卡夫卡和叶赛宁，他们曾经多么孤独敏感；想起贝多芬，想起梵·高，他们总是那样狂躁不安；甚至还想起那写下《预言》和《画梦录》的少年何其芳，他孱弱的身影仿佛永远在黄昏的小径上徘徊……但他们都是真正的歌者和琴手，一路行吟，渴望攫取光明的火种！夕阳隐没，天空暗淡，黄金竖琴转瞬即逝。我想，天堂的盛宴结束了，该是曲终人散的时候了，我怀想并仰慕的人们纷纷起身离去，衣袂飘动，神情安详。那天边留下的一抹红色云霞，是最后一盏未吹熄的灯烛！

我由衷感喟，人生旅途上有多少华美的风景，每一个微小的瞬间又是何等地珍贵，我们渺小而短暂的生命承受了多么厚重的福祉，如此说来，我们实在应该俯首感恩才是！

性情

现场的文字

/朱朝敏

我不大懂得文学理念，但长时间的文字阅读和写作，影响并积累了自己的偏好。我一直喜欢这样的文字：能在简洁晓畅的表述里，语言落根在广袤的泥土上，穿透个人生活地域的血脉，去发现，去观察，去思考，去呈现。这样的文字是由于周遭物事而牵扯了个人情绪，不是个人对他物隔绝后的自我沉浸、自我吟叹和哀怜。所以，沾染了沸腾的地域血脉，也自然挖掘出广阔的通道—— 眼光高远了，心怀广阔了，气势也就强了。

这样的文字自然是有力的，这种力度，是个人容身于众人中的力量吸纳和喷薄，先是以个人走进的，然后是走出个人的。于是，这样的文字很可能成为一种纽带—— 读者和作者，往昔和现时，个人和物事，记忆和现场。我个人以为，这是不简单的，在快餐文化、闲情文字流行的今天，物欲规避了文字的内里和当下性。大抵是，文字大都被时代打扮成时髦的外衣，成为标榜和工具。

“性情”栏目的文字是来自泥土和生活现场的文字。

龙章辉的《在七十年代的天空下》，是一种经历后的回头打量，特殊时代里的特殊生活，而这些“特殊”里凸显着人物特殊的命运，卑怯的、坚韧的，不可理喻的。语言节制，而叙述有力，不断掘出人性本质和时代的荒谬。勾长吉的《雪野无尘》，是很有味道的文字，大气、开阔，在诗意般的书写中，草原和江南散发出迷人的气息，他的文字能给予读者健康、温暖的感受，属于有光芒的文字。

肖成年的《有关叶骆驼的记忆》，文字有着沙漠和戈壁的质地，粗粝却厚实，呈现着浓烈的西北地域色彩，有着强劲的生命味道，是很让人感怀的。他的语言客观而冷静，使人想到沙漠上的桫椤植物。透透的《温暖的猎枪》词语极其朴素而坚韧，是对往事的回忆和亲情的张扬，给予人性的温暖而渗漏，文字客观、冷静,是对日常生活的梳理,也是穿透日常生活的认知,给读者留下较大的回味空间。透透的文字做到了物心合一,不夸饰,不矫情,属于心灵的自由书写。

古人说文,“其言粹然,其言凛然”。我理解的粹然,就是文字的内核,沉甸甸的,给人思考和共鸣;而凛然,就是文字写到一定分儿上的光亮——神圣的,属于神灵的。这是令人欢喜的。这个世界本不存在神灵,但好文字的光亮照亮人心时,神灵就会站立于人心——它比我们身边的空气、岩石和河流,比仇恨、忧郁和爱情……比我们所看见的一切都要无比真实。这是一个标高,是继续努力写下去的方向。

一梦天涯

■朱朝敏

说它像花，是因为它的花不亚于任何一种鲜花的模样，洁白、淡黄或者粉红，挂在枝桠间。花瓣上脉张着粗疏的纹理，很有劲地怒放。即使含苞的蕾，也是瞬间工夫，打开了花瓣。大朵的花和翠绿肥厚的叶子相得益彰，漫天漫地地铺张开来。花开天涯，温暖无归。然而它只是庄稼，称它“花”不是它的花期，而是它的果在阳光下的饱绽。一望无际的平原，连日的太阳暴晒，茎秆开始委顿、叶子开始枯残，它们让出水分给了棉果，慢慢的，绿得呈褐色的棉壳犹如大肚子的孕妇分娩了，洁白如云的棉絮便伸出了头。那些充分接受阳光照射的花絮绽放得一塌糊涂，就像被幸福击中的女人。那些与阳光失之交臂的瓣籽却明显地营养不良，紧皱着脸，黑斑沉沉，像在悲痛中老去的女人。

我的家乡是长江中下游的一个沙洲。千万年的泥沙沉积，尘埃落定，形成了一望无际、坦荡如砥的平原。方圆百里的沙质土壤，细腻绵软。再加上地处温带，四围江水环绕又使得沙岛阳光充沛，气候温和湿润。棉花生长在孤岛上真是适得其所。

它们从一粒籽开始，灰色的椭圆形身体，一颗一颗的被女人用厚实的土壤裹住。是早春二月，江风倒着春寒，孤岛上的女人捂着围巾在旷野里弯腰播下。一粒粒褐色的棉籽，带着沙岛上女人细腻、绵软的体温落到了泥土里。我小时候，跟着母亲打棉籽营养钵，或者播撒棉籽时，看见落在蓬松、黝黑泥土里的棉籽，一棵籽躺在泥土上就像一只鸟雀栖息在枝头，我捂着冻红的耳朵，会很好奇地询问——它们是在睡觉吗？好舒服啊。母亲很满意我的想法——你真行，它们睡好了马上就要和太阳一起成长了。事实是，在后来，当我能准确无误地认知物事时，对我而言最重要的并非“理解”，而是用相关的联想弥补和充实其寓意。

一长溜的田径里，女人弯腰，勾着背脊，右手不停地朝着田野播撒。脖子里鲜艳的围巾不小心挨着了土地，管不了这些，放下腰间挎着的装棉籽的盆或篓，女人解下围巾——嗨，扔给了男人。刚刚牵牛扶犁耕耘了土地的男人，很悠闲地在田埂上吸着旱烟，靠近着的几个正唾沫飞溅地粉白。鲜艳的围巾在空中飞来——他们慌忙出手接住，呵呵的笑声里有大声的训斥：“还舍得解下来？”

浩荡的春风掠过田野时，也就唤醒了种籽，嫩绿的苗在田野里迎风而笑，

春风里的棉苗长得真快呀，一眨眼就齐膝盖了，四五月天的太阳照得绿叶泛亮。薅草为了吸收营养，紧巴巴地附在棉苗的根部。女人弯着腰锄草，锄头在泥土里小心地磕来磕去，薅草被锄头带起散在土坷垃上，马上蔫了。俯着身子的女人，偶尔伸直了腰，"啊"地叹口气——不是惋惜，而是一种最简易的放松方式。啊——株株棉苗仰起脸庞，爱怜地看着她们，轻轻地晃动宽大的手掌，是一种心灵的回应，还是抚摩她们疲劳身体的一种安慰？它们兴许嗅着女人们的体香了，步步紧随，是女人手中摸大还不曾分离的小孩吧。汗从额上出来了，女人用肩胛碰碰脸颊，终于，大颗的汗滴密集了，还是来不及，有害虫和孩子抢食呢，腰终是弯着。渐渐的，在接近田野的视线里，起伏着一个个小黑点。

当棉花有了粗壮的秆，夏天也就来了。粗硕的根茎足以对付抢食营养的薅草，但害虫也来了，不分白天黑夜地伏在经脉上、毛茸茸的表皮上，甚至钻进幼嫩的棉果里。女人戴着斗笠和口罩，背着喷雾器，穿行在齐人高的棉田，炽热如火的骄阳已烤焦了棉叶的边，那些如手掌般厚大的棉叶投射出金色的光亮，喷洒农药的嗡嗡声在跳跃的光亮里穿梭，弄得人晕忽忽的。棉花丰收与否，取决于果子的良好孕育和健康生长。天气是炎热了——但挂果并要保证果子的饱实——夏天实在是孤岛最忙碌最劳累的季节。在喷雾器此起彼伏的嗡嗡声中，总有小孩倚在粗壮的棉秆下甜甜地睡去。我隔壁家的小波，跟着他母亲在棉花田里治虫，他母亲背着喷雾器朝棉花田深处走去，他玩累了竟然倚靠田头的棉秆睡着了。喷洒完农药，天色已经黑透，戴着口罩的母亲没有叫醒他，而是赶着回家煮饭。在小波母亲转回田间寻找儿子时，小波不见了。那年小波三岁，他睡醒了，发现棉花田的月色氤氲着一层雾气，田野是朦胧的，懵懂的他忘记回家的路，在田间哭泣、穿行，丢失了儿子的母亲一个人在偌大的、密集的棉花田间呼喊、寻找，他们母子彼此呼唤，但黑夜广袤的田野却展开了错过与寻找的游戏，直至天亮时，小波母亲才发现儿子哭哑了嗓子坐在田埂上。自此，小波不再开口讲话。

我总是记得的——夜晚，田头的路挂着盏盏亮如白银的灯，飞虫奋力扑向光亮却烧得哧哧地响。黑暗处的田野，天风浩荡，虫鸣蛙叫，拔节挂果的声音一阵接一阵。旺盛的日子，生命在沸腾。声音、颜色、气味，多么热气腾腾的画面。这是我偶然路过的印象，但喧闹里又隐藏了不可言说的寂寞和忧郁。

在我说着印象中的棉花时，抑郁被我淡化了。我印象的舞台上，孤岛上的女人遍布在热气腾腾的田野上，她们在棉田里大声歌唱。芬芳的庄稼气息蒸腾在江风里，四处弥漫、弥漫。一转眼，天黑了风来了，她们兴兴头头的火劲安静了，变成了人家屋顶上袅袅的炊烟。鸡吠狗跳中响着女人喊孩子回家吃饭尖利的嗓音。“小——，该回家吃饭了。”“小”就在女人一声比一声严厉的呼喊中飞快地溜回去，趁女人大声叫骂时，撒娇说：“喊什么喊，我早就回来了。再这样，我真的不回来了。”他们知道自己是女人心中永远的小。偶尔村头传来女人挨打后在地上撒泼的哭骂，男人操着经年的棉秆，狠狠抡向女人的胸，女人马上爆出惊天动地的哭叫，“你个遭天杀的，不得好死，你打死了我，我到阎王那里也不会放过你。”就势滚在地上，嘴里不停地咒骂着男人去死。

哭了骂了，苦了也累了。孤岛中的女人最受不了的是一潭死水似的生活。齐人高的棉田里常有相好的男女偷偷幽会，沟畦压平了，棉秆压弯了，有男人的烟头丢下，也有女人的发夹落下。管它呢，爱说不说，孤岛上的女人很气概，什么都不想了，什么也想得开，兴头尽了，也就过去了。村头有个漂亮寡妇，名字也好听，叫熊小小。她丈夫在她生下第三个儿子不久，在长江边淘金，和人家发生冲突，被别人家砍死了。小小拉扯三个儿子，全靠几亩棉花田的收成。熊小小的漂亮，是她整洁的打扮和温和的笑语。但她总被几个女人轮流骂着——据说，在她们的棉田里拣到了小小独特的包扣，或者镶嵌了玫瑰的发夹。难得的是，小小见谁都是笑脸，不卑不亢的。在打农药、捡棉花、拔棉秆等重活上，她从不落下任何人家。母亲和婆婆拉家常时，总是赞扬小小——真难为了她，看人家三个小子，个个干净模样。

棉田送走了聒噪的苦夏，迎来了如水的秋天。

那种极致能到哪里找寻？满眼的白。白。白。摧枯拉朽，不留余地。叶褪尽了，秆上挑着千万朵云彩似的白棉，犹如纯净的女孩心事，恰如柔软无期的梦，天涯无归。女人在腰里系一个大包袱，双手搓成一个小山轮流伸向绽开的白棉，泛着银样光泽的棉花被女人的手拈起，塞进包袱里，包袱被无数朵白棉充实而变得沉重。田野里大片棉花被收进屋子，只剩下光秃秃的棉秆——仔细瞧，棉秆上总有未被摘干净的棉花。在联产承包责任制不久，家户里的田地似乎不足以养活一大家人。总有女人去摘人家没有摘完的棉花，那是属于田野的棉花，谁摘下就归谁，家乡称为“捡远边花”。可约定俗成里，总有破坏镂刻着卑微记忆。六七岁的我跟着小姑“捡远边花”，我的小姑站在田野浩风里真是弱不禁风，她有着瘦弱的身子，黑色光秃秃的棉秆几乎埋没了她，细弱的腰间挎着已被野棉撑得厚实的包袱。初冬的田野里，棉花还没有收尽，偶尔几朵绽开的白棉点缀着田野的萧索，小姑被一个胖胖的男人拽住手，小姑的身子似乎马上就要倒下去了，男人大声嚷着：“交出来，交出来，统统倒出来。”小姑赔笑道，都这样的，别人拣剩的棉花……啪的一声脆响，男人一巴掌打在小姑的脸上，小姑用手捂着左脸，眼睛直直地望着胖男人。我一定流泪了，但屈辱和害怕之间，我肯定屈服了害怕。我呆住，看见侧过头的小姑脸上有泪水在四处纵横（她是害怕还是屈辱？隐隐的心痛在我不经意的回望里一次次强烈泛起，又一次次在增长的年岁里沉浸而稀释，小姑没有害怕也没有屈辱，而是轻蔑），站在田埂上的小姑的身体就要摔倒了，男人用胖手粗鲁地扯着小姑的包袱，小姑的身子左踉右跄。在小姑站稳后，她回过头，笑道："队长，您要，我马上解下来给您。"小姑牵着我的手，我分明感到她的手剧烈的战栗。那群人走远了，小姑放下我的手，大声喊道，看，好多棉花——

好多棉花——秋天的田野寂静安详，蔚蓝的天空像一口锅扣住白棉的尽头。这是温暖的尽头，女人把它们抢回延续到了自家。趁着秋阳，晒在屋前晒场的竹席上。因为竹席透气。老人说，要趁着秋老虎逼去地心气，才能像云一样飞上天，才能送人入梦。逼去了地心气的棉也才能碎成上好的丝絮，才能变成优质布料和被褥。还有什么比棉更柔软更温暖的？梦想、温暖、沸腾、纯净，四季轮回，起伏着女人对生活的依恋。孤岛女人最最恳切的愿望也寄托在厚实绵软的棉花被子里。我家乡有一个天经地义的习惯，年轻女子结婚时的嫁妆什么都可以缺乏，但总少不了几大床崭新的棉被，白白的，厚实的。我家后来搬进了县城，但我出嫁那天，母亲为我准备了足足六大床棉被。这是每一个孤岛母亲的重复内容——母亲抓住女儿的手说，再苦再累，只要挨着它们，就有好梦了。

风停了雨住了，太阳出来了，又是棉花生长的好日子。我卧在柔软的棉垫上，棉被盖住我冰凉的膝头，又是一夜好梦，棉叶歌唱，花期灿烂，絮棉随我的梦飘呀飘。这样的梦，天涯不归。

在七十年代的天空下

■龙章辉

斗　争　会

背景——父亲的光荣性

断黑时分，父亲又揿亮手电筒，走向门前那片刚笼上夜色的田野。

父亲是集中大队(后来改名为沙田村)第四生产队的植保员。眼下正是春夏之交，大地回暖，虫蛾开始肆虐。父亲的任务就是“要和广大的禾苗一起，与螟蛉虫、卷叶虫、稻飞虱等庄稼地里的阶级敌人作坚决的斗争，直到把它们全部消灭掉”。这是父亲写在植保手册扉页上的一句话。父亲是这样写的，也是这样做的，言行一致、表里如一。

父亲的斗争方式很简单——在田埂边插一根大木竿，木竿顶部悬一盏白炽灯，灯泡下面，用一只四角形的木架撑起一只盛了水和柴油的大木盆。夜幕降临时拉亮电灯，生性趋光的虫蛾就会从四面八方飞来。有的猛扑在灯泡上，很快就被炽热的灯泡烫死；有的绕着灯光不停地飞，直到精疲力竭，一头栽进木盆里，再也没能飞起来。对于虫蛾来说，这盆滴了柴油的水简直就是一汪死海，里面蛾尸累累、千翅竞折。这只是父亲与虫蛾斗争的方式之一。由于这种方式并不能将虫蛾全部消灭掉，尚有许多虫蛾躲在远离光源的地方，趁着夜色趴在禾叶上密密麻麻地产卵。几天后，一批批蛾蛹便破壳而出，在暖风里蠕动，大口大口地吞噬着肥嫩的禾叶，直到剩下光光的稻叉。再过几天，那些蛾蛹又相继长出翅膀，变成了新的虫蛾，嗡嗡嗡嗡地在田野的上空飞翔。所以，除了夜间的灯光战术外，父亲在白天还得摇着背式喷雾器，一丘田一丘田地开展大规模的农药歼灭战。一遍遍下来，虫蛾尸横遍野，父亲的手脚也烂了一层。禾苗们又迎着阳光茁壮成长了。

本来，这份光荣的植保工作是轮不到具有四类分子家庭出身的父亲来干的，但整个第四生产队只有父亲在县一中念过一年半书，植保工作又是个知识活，生产队在几经讨论后，最后还是确定了父亲。父亲早起晚归，也就格外卖力。

现场——斗争会

平日里，我也喜欢跟随父亲，兴奋而满足地看着那些虫蛾慨然赴死；或是借着灯光，从已经发卷的禾叶里剥出几条青嫩的卷叶虫，丢在地上，狠狠地踩，踩得它肉汁迸溅。我们每剥出一条害虫，心里就要痛快一阵，因为又消灭了一个阶级敌人，这是多么光荣的事情啊！毛主席他老人家要是知道了，别提有多高兴啦！那段时光，我觉得父亲和我是这片田畦上最最光荣的人。阳光普照，南风和煦，我们走在翠绿的田埂上，不禁有些飘飘然。直到有一天，我无意间目睹了生产队的一场斗争会，才彻底粉碎了内心里构筑的自豪感。

那天吃过早饭，父亲却意外地让我陪茂喜大爷去喇叭冲看牛。半路上想起弹弓落在家里，便折转身往回跑。路上听到仓库那边传来口号声，顿生好奇，就一溜烟跑过去。快到仓库时，在一块居高临下的红薯地里，欢快的脚步兀地滞住了——

越过一排排激情澎湃的脊背和一大片举起又放下的手臂，我看见我的头发花白的爷爷像河边的垂柳一样弯着腰，头快要勾到自己的膝盖了，身体亦仿佛狂风疾雨中的小舢船，不停地颠簸颤抖。

一个声音高叫着：勾着点！再勾着点！四类分子，呸！想跟贫下中农作对，就是飞蛾扑火，自取灭亡！

一大片声音狂叫着：打倒四类分子龙怀海！打倒四类分子……

我仔细辨认了一下，那领头振臂高喊的，竟然是我的二姑爷!!!

好像是，生活突然间就凸显出它的另一面。我感到有些无所适从、不能自抑，掉转身就往回跑——

那天的口号声在身后不绝于耳，如同一块块横空飞来的石头，将我的骄傲的内心砸成了一片废墟；又如一只只有力的大手，无情地将我的家庭出身从虚幻的光荣里揪出来，使我的四类分子子女的原形暴露无遗。那天我落荒而逃，一路狂奔，一整座天空在头顶穷追不舍。

历史问题——爷爷与飞蛾的辩证关系

夜里，蛙鸣开始在田野上起伏。

一盏盏扑蛾灯亮起来。肯定，就有一群群飞蛾抖着粉儿，从黑暗中奋不顾身地扑过去。明摆是死路，却不知道，真的是自取灭亡。我的耳边又响起白天的口号声，心里竟悲悯起来。

关于爷爷的历史问题，我在我的另一篇文字里是这样描述的："……民国三十年，我的爷爷龙怀海为了躲避抓兵，拖着一窝崽女从巫水流域一个名叫游家湾的缱绻之地逆流而上，辗转来到这里，租住在地主家，靠给地主种田、种畲养家糊口。其后的年月，又流徙过好几地。同样为了躲避抓兵，迫于无奈爷爷曾当过保长，参加过九路军。直到解放后，才正式在沙田村安家落户。无独有偶的是，老屋也在贫下中农愤怒的声讨中，丧魂落魄地归属了被划为四类分子的爷爷。沧桑、幽深的老屋仿佛一介落难的书生，与我那饱读诗书的爷爷找到了某种灵魂上的暗合……"，这里已然交待得清楚，如果爷爷不当保长或不参加九路军，就要被抓兵，如此，奶奶只好拖着一窝崽女讨米要饭去了。

我以为爷爷的问题是可以原谅的。一个慈祥、和蔼、饱读诗书的小老头儿，由于长期低头弯腰，有明显的驼背——我无意在此过多地描述他的可敬可亲之处，只是怎么也无法将他与飞蛾这样的害虫画上等号！可悲的现实是：

1. 当生产队长的二姑爷从来不尊爷爷为父亲，且经常神气地叉着腰站在门口喊：海姥姥，开会去！开会就是开斗争会。只要爷爷或家里其他人与贫下中农因为什么事稍稍论上半句，就会被开斗争会。

2. 上学填报家庭出身时，老师和同学总会用异样的目光看着我，目光里掺含鄙视。

3. 一天课间休息，我的同桌三伢子打了女同学梅梅一耳光，梅梅不但不恼，反而笑了。我觉得好玩，也上去打了一耳光，孰料梅梅竟哇地一声哭了。大家于是齐声哄：打人犯法！四类分子打人犯法！直到老师出面制止才平息。那晚，爷爷好像被民兵营长叫到大队部去了。

……

然而，如果爷爷是害虫，那父亲又是什么？事实上，父亲正在跟害虫作斗争呢！父亲的斗争范围是不是也要包括爷爷？就像二姑爷一样！我知道二姑爷每次斗完了爷爷后总是心满意足地得胜回家(他的胜利在于战胜了自己，提高了阶级觉悟，是家族里唯一与四类分子划清了界线，且立场坚定者)。我不知道爷爷是否懂得精神胜利法，否则每次挨完批斗后只要这样想："我总算被女婿斗了，现在的世界真不像样……"，于是便也会心满意足地得胜回家了。诚如斯，则乃爷爷之幸事也！

结论——以及它的佐证

在经历了几个昼夜的苦思冥想后，我终于妥协了：如果爷爷一定要算坏人，父亲却总该算好人了！我的父亲正在没日没夜地跟庄稼地里的阶级敌人作坚决的斗争呢！那么，作为他的儿子，我也该算好人了！我肯定也要算好

人了！好人是不应该受到歧视的！

这个结论至今我都没有变。特别是近日重读《阿Q正传》后，更加为它的合理性找到了有力的佐证。同时，为了便于80后的朋友理解本文和那段历史，有必要在此链接一下名词解释：

四类分子——系“文化大革命”中对“地主、富农、反革命、坏分子”的简称。是当时的主要“专政对象”。1978年底，中共中央作出了关于地主、富农分子摘帽问题和地富子女成分问题的决定。这一决定至少使2000万人结束了长期受歧视的生活。

岩鹰的眼神

一只岩鹰出现在沙田村，不亚于一架美帝国主义的飞机出现在沙田村。整个村庄如临大敌，人们纷纷丢下手里的活计，赶紧采取不同的方式去保卫家里那一窝鸡崽崽。路近的，拔脚就往家里赶；路远的，急得脚儿打颤，孰料越急竟越跑不动，只得扯开嗓子朝家门口大喊：“三伢子哎——四妹子哎——快将鸡崽崽捉进圈里去——岩鹰来了——”那正在屋檐下埋头堆泥巴过家家的三伢子四妹子们却镇定自若，抬头看看天，在哪儿呢？东边，南边，西边，北边……几颗小脑袋晃来晃去。还是四妹子眼尖，小手一翘：“在那呐——”果然，东南面有团黑影越来越近。妈也——真的来了！孩子们终于急了，颠着小小的屁股赶紧去捉鸡，谁知鸡崽崽们更不急，只顾咆咆地叫唤，目光定定地瞅着石缝缝里难舍难分。

天空是七十年代初的天空，大团大团的阳光和激情似乎并不能阻挡一只岩鹰的到来。一只岩鹰从东南面的山口闯进沙田村。起初只是一个小点点，慢慢地近了、大了，两扇灰黑的翅膀坚挺着，鼓凸的眼睛有如电光火石，炯炯地俯视大地上的山峦、田野、房屋、河流、草坪、鸡崽崽和小老鼠们。它那幽亮的眼神具有强大的穿透力，能洞察一切渺小与细微。一旦猎物锁定，就会挟惊雷闪电骤然俯冲，猝不及防地叼起猎物，在人们的顿足声里盈盈上升。反之，则贴着耸立四周的山峰悠然盘旋，而后振动双翅，朝南面的岩鹰界傲然飞去。天空的无垠造就了岩鹰的骄傲自负。一只岩鹰在盘旋着上升，像一块小小的黑夜，在阳光大捆大捆地抛洒而来的光线里自由地上升，群山绵延的峰峦也攀不到它的羽翼。面对汹涌而来的白天，这块小小的黑夜好像并不存在突围的激烈与战斗，只是悠闲地、蔑视一切地盘旋、上升。

与岩鹰一样对沙田村构成威胁的还有老鸹，即乌鸦。老鸹比岩鹰小，却比岩鹰黑。浓黑的墨点出现在空中，我们就知道是老鸹来了。“呱——呱——”的叫声一掠而来，又仓皇而去。老鸹不吃鸡，只叼鸭。与勇武的岩鹰相比，老鸹毫无震慑力，只令人讨厌。听见老鸹叫了，三岁小儿都能拿起扫帚守护在小鸭子身边，一旦老鸹来临就奋力扑打。一群老鸹就像是一堆黑夜的碎片，在光明的天地间被驱打得七零八落，抱头鼠窜。在沙田村，老鸹还被视为不祥的象征。出门若听到老鸹叫，定有不顺，便不能走了，只好窝在家里抽闷烟。

很小时候，岩鹰骄傲的眼神就仿佛给予我一种启示：只有高度，才能脱离卑贱；只有飞翔，才能翻越忧愁！于是，从小就身陷尘世之苦的我对岩鹰欣然神往。在沙田村，我是卑贱的，我们全家都是卑贱的！如同一棵草、一粒尘埃……背负着尘世的重轭苟延残喘。七十年代初的天空隆隆碾过一轮又一轮强大而高压的气流，使我弱小生命里的自由天性支离破碎。我的严重营养不良的脸庞像一片小小的菜叶，枯黄地反映出程度不轻的病虫害。因此，我渴望高度，渴望飞翔，渴望接近光荣与梦想。就像一只岩鹰一样，超越卑贱与忧愁。

岩鹰的狂傲与屡屡进犯激起了沙田村广大贫下中农的愤慨！他们把岩鹰比作美帝国主义，你不打，它就不倒！就像地上的灰尘，扫帚不扫，灰尘不会自己跑掉！阶级仇、民族恨在每个人的胸膛里燃烧！于是，他们开始行动了——

最先出动的是民兵。民兵埋伏在田坎脚，子弹带斜披在背上，半自动步枪一动不动地瞄着悠远的蓝天。呯——呯——呯——枪声响过，岩鹰却不见了踪影，蓝天惊恐地似乎又后退了一丈。而比民兵更早埋伏下来的孩子们此刻却欢呼雀跃，争先恐后地扑向那些散落在草丛里的发烫的子弹壳。人们不禁埋怨起民兵来，生产劳动不积极，卵枪法也冇有。民兵却不高兴了，步枪往肩上一挎：飞那么高，子弹够得着吗？再说又不是真的美帝国主义来了！说完就径直去了。

沉默里，有人说：放棕套吧。好办法！大家为之一振。

放棕套是捕捉岩鹰的一种方法。即用棕丝编成一只框，放进池塘里，框中再绑上一只死老鼠，盘旋的岩鹰发现后定会不顾一切地俯冲下来啄食；由于岩鹰的嘴巴、脚爪都长有弯勾，触进框里就会被棕丝缠绕住，再也无法飞起，只好乖乖就擒。这个办法果然灵验，没过几天就捕到了两只岩鹰。人们美美地品食着香甜如鸡肉的岩鹰肉，脸上洋溢着过年般的喜色。我曾去看过其中的一只，脱离了天空的广袤，庞大的翅膀软软地耷拉在地上，唯有那双巡视千里的眼睛依然那么幽亮，不沾一丝云翳，保持着桀骜不驯的神色，仿佛它根本就没有离开蓝天，它待在这里不过是漫长旅途上的一次小憩，养足精神后又会振翅而起，在广袤的天空里自由自在地盘旋翱翔。我抬起头，蓝天辽阔而深远，一些事情发生了，一些事情结束了，它仿佛不甚了然，轻易地便放下了许多。比如这只身陷绝境的岩鹰。

目睹自己寄托了万千情思的岩鹰惨遭蚕食，我的心有如刀割般难受。那天，昏头昏脑的我忘记了自己的卑贱，决意要为岩鹰去做点什么。

当晚，披着斑斓的星空，我偷偷来到放有棕套的那眼池塘，搬出白天就准备好的石头，朝着棕套的位置一块一块狠命地扔下去。估摸着棕套应该被砸烂、砸沉了，才得意洋洋地离去，回家便蒙头睡着了。

事情的结果出人意料。第二天一早，几个民兵冲进我家，不容分说地将我的满头白发的爷爷和我的父亲缚上麻绳，推推搡搡地押往仓库那边去了。很快，仓库那边就传来了排山倒海般的口号声。这突如其来的事件惊醒了正在酣睡的我，才知晓自己已闯下大祸。我为自己幼稚无知的行为给父辈带来了厄运而难过到了极点。我不知道该怎么办？茫然地站在露水微凉的田埂上，望着仓库的方向潸然泪下。

温　暖

近日整理父亲遗物时，从一本旧书里蓦地掉下一张泛黄的照片。

照片是黑白底，一个瘦小男孩倚着半开半闭的门框，目光迷离地眺望着莫名的远方。木门斑驳，掩映岁月的幽深。凭感觉就知道，照片上的小男孩是我。照片的地点是沙田村的老屋，时间是七十年代中期的样子。至于摄影师是谁，就无从知晓了。也许是那个戴着礼帽、挎着相机走村串户的郭师傅；也许是我的某位亲戚。老屋前方是一片翻卷着稻浪的田野，铺陈着那个年代的特征：单纯、高蹈、抒情。田野边缘，耸立的群山阻隔了视线，偶尔一只岩鹰贴着山腰盘旋几圈后，翻出一道美丽的弧线消失在山尖。从老屋出门左走一百米，双江河清澈迤逦，款款而行。从照片上看，我的眺望的目光是忧郁的，与明亮的田野、山峦、河流构成一个不和谐的存在。这个存在宿命而绵长，就像一个隐喻，暗藏在我不断抒写的生命章节里。

父亲一直保存着这张照片。我相信照片上忧郁的目光一直触痛着他，至死，他都不能放下对我的关爱与呵护，以至于厄运有机可乘，用车祸的方式从背后袭击了他，兀地将他从大地上扳倒，并且像拆卸机器零件一样，拆下他的一条血肉模糊的腿。在县医院抢救室里，当他从内脏大出血的巨痛中终于听到我的哭喊时，发出了一声轻微的叹息。这声叹息是父亲留给这个世界最后的声音，饱含着对死神的无奈和无力再呵护我的痛惜。

于是，在这个辗转的秋夜，我开始了对父亲和老屋绵绵的怀念。

在我年幼时，老屋就已显出老境。斑驳的木板壁，腐朽的楼板，稍不留神就会踩掉下来。父亲不得不一次次地换掉其中的某一块，使老屋变得新旧杂陈，滑稽而可笑。但老屋雕琢、讲究的痕迹，又依稀透出它逝去的光景。有着上百年历史的老屋解放前是本村一个地主的家园。民国三十年，我的爷爷龙怀海为了躲避抓兵，拖着一窝崽女从巫水流域一个名叫游家湾的缱绻之地逆流而上，辗转来到这里，租住在地主家，靠给地主种田、种畲养家糊口。其后的年月，又流徙过好几地。同样为了躲避抓兵，迫于无奈爷爷曾当过保长，参加过九路军。直到解放后，才正式在沙田村安家落户。无独有偶的是，老屋也在贫下中农愤怒的声讨中，丧魂落魄地归宿了被划为四类分子的爷爷。沧桑、幽深的老屋仿佛一介落难的书生，与我那饱读诗书的爷爷找到了某种灵魂上的暗合。每日清晨，沐毕的爷爷准会在他书香四溢的卧室里声若洪钟地诵读《诗经》里的句子，那些散发着草木清香的诗句在晨风里悠然撒落，奶奶遂披衣起床，生火做饭……

爷爷清晨读书的习惯伴随他度过了一段漫长的艰难岁月。直到有一天，我那扎着羊角辫、佩戴着红像章、满脸涨红着革命激情的堂姐带着一班与她同样满脸涨红的男女闯进了爷爷的书房，将爷爷那些视为珍宝的藏书付之一炬，爷爷的读书声才戛然而止。我现在已无从揣摩爷爷当时的心境，想来他心里必有某种难言的纠葛，以至于他倒背着双手眺望远处苍茫的群山时，目光里常常透出少有的迷惘。我不知道爷爷的这种神态是否感染了我，年幼的我也常常像他一样倒背着双手，目光迷惘地眺望远山。

动荡岁月结束后，爷爷凭着他惊人的记忆力，将早已裹入腹中的诗书一本一本地抄写出来示于后人。我曾读过其中几卷，毛边纸上的蝇头小楷遒劲有力，显露出爷爷极其坚定的生活信念和乐观的人生态度。这一点，是我与爷爷无法相比的。印象很深的是，每逢雨季，老屋的某个地方总要漏雨。这时，爷爷就会端出一只木盆，接住那扯不断的点点滴滴。一盆盆地接了，又一盆盆地倒了。爷爷的嘴里好像嘟哝过什么，我依稀记得，又恍惚记不得了。

老屋坐南朝北，遥对一面逶迤的山峦。这种与生俱来的阻挡繁殖着我旺盛的想象力。父亲告诉我，山那边是北方。北方，就是北京的方向。说这话时，父亲的脸上露出少有的庄重。我问父亲，北京有多远呢？父亲说要翻过很多座山，涉过很多条河。我那时已知道北京是祖国的心脏，伟大领袖毛主席就住在北京。当然，北京不会知道，伟大领袖毛主席也不会知道，在湘西南

崇山峻岭间一个叫沙田的小村子里，有一位少年曾无数次爬上老屋对面的山梁，眺望北方。一道道锯齿状的山梁将他的双眼锯得泪流满面——他仿佛看见了金光灿灿的天安门城楼就耸立在前方。请原谅，我之所以用了“金光灿灿”这个俗不可耐的词，是缘于父亲卧室里贴着的一张天安门城楼画像，城楼的前景是满脸洋溢着幸福的工农兵学商，背景则衬托出万道金光。多么幸福的氛围啊！我小小的心房里日夜酿着一个大大的梦想——有朝一日，也要带上我的父亲、母亲和妹妹们一起去北京，在天安门城楼前合影，让同样的幸福也喷涌到我们的脸上。

梦想是不需要理由和基础的。现在看来有点幼稚可笑的当年的梦想已然不可能实现，因为父亲已经作古，妹妹们已经嫁人，柴米油盐正日夜煎熬着她们脆薄的红颜，我在经历了婚变之后，守着风烛残年的母亲淡然度日，日日祈求健康、平安。唯一可以为这个梦想做一点注脚的是，2001 年 9 月，我出差到北京，华灯初上之时徜徉在天安门广场，想起了儿时的梦，便摸出手机给父亲挂了个电话，父亲在那头嘿嘿地笑了，电波贯通了丘壑和江流，儿子成了父亲眼里的风景，幸福在父亲的心中荡漾。

忧郁、羞涩、自卑，组装成我灰色的少年生活。这种灰色直接决定了我此生难以成为生活的强者。事实上，在许多次面对艰难的现实和事件时，出现在脑海里的第一个念头几乎都是逃离，我不得不承认自己是一个典型的弱者。我的这种处事的懦弱曾引起过父亲的不安。我想，这大概就是他为什么对我放心不下的原因了。虽然我一直认为，弱者自有弱者的福分，强者也有强者的孤独。但这种非我所愿的生活姿态缠绕着我，使我异常苦闷。一度，我曾将这种因果关系归咎于家庭出身。由于有了四类分子的家庭出身，使得我儿时的自由天性严重受限，不能随心所欲表达自己的所思所感，就像一股奔腾的山泉迫于山势而逼仄成一汪沉闷的深潭一样，时间长了，人的性格就被外部环境逼仄定型。

限制来自于父亲。他几乎不允许我随便去别人家玩，即便去，也得在他的带领下，选择他认为可以去的人家，且不许我随便与人说话。稍稍有违，便会十分严厉地训斥。父亲这样做自然有他的道理，因为在那个年月，像我这样的家庭稍有不慎就会招来横祸。后来我把父亲的做法理解成他对现实的一种妥协和畏缩。阶级斗争的如火如荼使我的父辈深陷在老屋的幽深里，感喟岁月的漫长。这种限制对一个少年的心理成长无疑是极为有害的，以至于我从小就缺乏抗争现实的勇气，变得孤独而内向。更多的时候，我孑然一人，伤感地倚着篱笆，手托下巴想象山外世界的美好。

当然，父亲也有抗争的时候。那是当我多次被生产队长的儿子摁翻在地，左右开弓扇得哇哇大哭；或是被其无端推入水沟，浑身泥水淋淋、眼泪汪汪之时，一向懦弱、屈服的父亲顿时血往上冲，他从远处的田垄里一跃而起，挥舞着锄头一路咆哮而来，吓得队长的儿子屁滚尿流、落荒而逃。虽然事后挨了批斗，但父亲却显得很坦然。夜半醒来，还能听见他在跟母亲兴奋地嘀咕。父亲的兴奋感染了我，使我在妹妹们香甜、匀称的鼾息里开始失眠，一直到鸡啼的黎明，才又盈漾着满腔的温暖沉沉睡去。

1975年初秋，为了使我幼小的心灵不致蒙受过多的屈辱，父亲领着我走出深山，循巫水而下，将我送往他的出生地——游家湾上小学。父亲这样做的理由有二：一是游家湾系龙姓氏族盘踞地，阶级斗争很少深入到氏族内部去，加之我的伯父已举家迁回，可以寄居在他家；二是我的豆蔻年华的堂姐就在游家小学做民办教师，可以照顾我的生活和学习。父亲谦卑地将我交给伯父，放心地离去了。我追到巫水河边的渡船码头，恋恋不舍地望着父亲的背影渐行渐远，直到消失在群山的褶皱里。

父亲的良苦用心看似妥贴，却忽略了我从此将遭受的寄人篱下之苦。于年幼的我而言，这种苦比蒙受屈辱将更为深重。在接下来的文字里，我不得不写到我的伯母——一个势利而小气的女人。虽然在我成年后，她已摈弃前嫌，视我为己出；虽然我如今已十分尊敬她。

伯母是继母，从她续入龙门的那天起，就对伯父那一大群在贫困线上挣扎的弟妹心存芥蒂。她生怕身为长兄、又是家族里唯一吃“国家粮”的伯父过多地照顾弟妹，便极尽其离间之能事。然而，素具长兄风范的伯父对伯母的这一套置若罔闻，使她妒恨交加。因而，当我幼小的脚步一踏进伯父家，就被视为眼中钉。

后来发生两件事，终于使我成为伯父和伯母之间战争的导火线。

一次是在伯父的邻居家玩，我发现壁上悬挂的一面蓑衣棕黄灿灿，顿生好奇，遂跑回家找来火柴——幼稚无知的我想试一下棕丝能否燃烧。嗤——一朵小小的火苗凑上去，却呼地变成了一团大火！我顿时吓呆了！懵懂中有人将我一把扯开。接着就听到邻居的责骂声一路响到伯父家。伯母暴跳如雷，声色俱厉地将我骂得狗血淋头。由于我有过错，伯父也不好说什么，只一个劲地给人赔不是，但对伯母的借题发挥却颇为不满。一次是放学回家，铅笔用完了，我就去伯父房里拿了一支钢笔写作业。没想到伯母竟借此闩了房门又哭又闹，大骂伯父引贼入室。伯父一听，火冒三丈，一脚踹开房门——战火于是越燃越旺——

堂姐悄悄走到我身边，拉着呆若木鸡的我，背上书包去了学校。

由于不是亲生，与我同病相怜的堂姐除了周末回家外，其余的时间吃住都在学校。经过伯父同意，我也在学校住下来，与堂姐同吃同睡，相依为命。但周末还得回家，不然伯父会不高兴。因此，每个周末都成了我恐惧的日子。常常，我独自来到巫水河边，眺望迷蒙的远山，盼望山褶里能闪出父亲的身影；或是躺在一块平坦的沙基上，想念父母和妹妹们，想念我的沙田村和双江河。有时想到小妹那两个盈满了稚气的小酒窝，就忍不住嗤嗤地笑了，有时又莫名黯然神伤。头顶的白云一页一页翻过去，身边的巫水一波一波流走了。世界那么大，人们那么忙，谁会在意一个少年离家的忧伤呢？

一年后的一天清晨，被一个念头弄得彻夜未眠的我见天发亮，就一骨碌翻下床，背起早已整理好的衣物，趁人不备一溜烟跑了。

从游家湾到沙田村，好几十里山路，我记得那天我是一口气跑回家的。母亲看到我脚板上磨起的几个大水泡便心疼得止不住流泪。我泪汪汪地恳求父亲，我再也不去了，就在家里，不上学也行，好吗？父亲一把抱住我，轻轻摩挲着我的头，我感到父亲的身体在轻轻颤动。他虽然不出声，但我感到他已默许了我的请求。我久久地依偎在父亲怀里，忽然觉得父亲的怀抱是那么温暖，足以让我长久地依恋。以至于现在，我仍然被当年的温暖激动得泪流满面。

雪野无尘

■勾长吉

雪落下来，落在这片名叫鱼儿山的草原。先是一片一片地落，后来就是一群一群地了。那么多的雪落在地上，像密密麻麻的鸟。我不敢弄出动静，怕它们会轰的一声起飞，再无踪影。

多么轻盈，仿佛舞蹈着的少女。雪花有着色彩和飞翔的记忆。从一个村庄到另一个村庄，依次点燃炉火、灯盏，隐去冰河、麦场，把每一条路都收进草原的梦里。

草原的雪是累积的，一场雪落了，不化；又一场雪落了，还是不化，雪上加雪，就像一个人内心的爱，越积越深。

其实，草原的降水量并不大，一冬也没有几场雪，但风领着雪到处乱跑，给人的感觉好像天天都在下雪。风是“白毛风”。白毛风刮起的时候，天地间一片混沌。它尖利地呼啸着，甩出大量的雪粉，打得草原晕头转向，打得人睁不开眼睛，打得小鸟惊慌逃窜。

没风的时候，统治草原的是零下二三十度的严寒。一切都被冻僵，一切都趋向简洁。天地间只有两种颜色，小小的黑是一片树，以及树上的乌鸦，无边的白是茫茫的雪野。

雪野是时间的一种存在形态。在雪野上，人都是孤儿，渴望爱和温暖。最先和我一起走过雪野的是梦。有几个夜晚，我们漫步于没踝深的雪中。脚下的雪松松软软，像我们一样很少发出声音。时间是静止的，瞬间即是永恒。雪落在我们的头顶，让我们须发皆白，一同老去。

雪野无尘，一场雪足以漂白我们的一生。梦尚未被尘世熏染，雪花般晶莹剔透，但雪花终究要跌落泥土，叫梦的女孩，后来失踪于一场大雪。

阳光明亮的日子，我喜欢一个人去远离村路的雪野游荡。雪野空阔，除了偶尔遇到那个牧羊的老人，几乎看不见人影。草原上已经没有草可吃了，羊群整天被关进暖圈，只在晴好的天气才出来遛一遛。老人还是穿着那件一成不变的羊皮袄，狐狸皮帽子捂得严严实实的。和秋天时相比，他唯一的变化是胡子更白了，不知是哈气结的霜，还是岁月留下的痕迹。羊群基本不需要管理，老人拄着羊铲一动不动地站着，像谁随手堆的一个雪人，又像一棵了无牵挂的树。

老人没有家，亦无儿女。在草原放羊几十年，不知他都想些什么，是不是也像我一样，经常思考人为什么活着。我估计他会觉得好笑，他可能认为这根本就不是问题，活着没有为什么，活着就是日升月落，活着就是吃饭放羊，活着就是活着。

在草原，谁活着都不容易，特别是冬天。旱獭躲在洞里冬眠，田鼠靠秋天储存的一点儿食物过冬。最苦的还是那些不会冬眠、又没有积蓄的小鸟和野兔们。雪地上找不到一片可以觅食的泥土，成群的麻雀聚在草垛树梢，饿得叽叽喳喳地叫个不停，而野兔只有扒开厚厚的雪层，才能刨到充饥的草根儿。

和我一起走过雪野的，还有学校的几位同事，我曾经多次去他们家作客。他们是当地的"土著"，家就在附近的村庄，近的五六里，远的一二十里。家里有妻儿老小和牲畜需要照料，所以他们几乎天天回去。他们大都是民办教师出身，许多年后终于转正，家里种着地，又有一份固定的工资收入，让乡邻们羡慕不已。他们也很满足，凭一辆自行车，在"白毛风"中躬身前行，似乎从来不觉得冷，每天一个往返，乐此不疲。

外界的寒冷算不了什么，一个心中生火的人，寒冷是奈何不了他的，可怕的是内心的寒冷。我终于明白了，牧羊老人之所以一年四季裹着一件羊皮袄，是因为他的心已经结冰了，岁月的风寒堆积在骨头里，夏天的太阳，冬天的炉火，都不能驱散他心里的冷。

吱吱呀呀穿过雪野的是卖粮的牛车。"种一坡，收一车；打一笸箩熬一锅"。农民们广种薄收，卖粮标志着又一轮辛劳的结束，也是对辛劳的年终结算。但真是奇怪了，粮食值钱时，一定是歉收的年头，终于盼来了一个丰年，则粮食一准儿掉价。雪野茫然无边，一辆辆牛车缓缓前行，拉走的是麦子和胡麻，拉回的是苦涩与无奈。

于是，农闲时，年轻力壮的纷纷外出打工。待几场大雪之后，打工的便开始陆续返回。他们在小镇下车，然后换乘前来接站的自家的牛车，一路把欢声笑语洒在冷寂的雪野。虽然工钱总被拖欠、克扣，但老老少少能换上一身崭新的衣裳，明年开春的化肥也有了着落，不用算，肯定比在家猫冬强。

脚踩着这久别的雪地，心里就觉得踏实。守着几麻袋种子，总得把牛粪火生得旺旺的。就快过年了，家家户户杀猪宰羊，大红的灯笼挂起来，滚热的酒杯端起来，冰天雪地的草原就有了热腾腾的气氛，这日子也就得以红红火火地持续下去。

雪夜无尘，喧嚣归于宁静，草原上只有雪落的声音。我们是雪的一部分，卑微而干净，风命令我们变轻，再变轻。

艰辛不是屈辱，艰辛不过是岁月的灰烬。这酒杯已举过了生活的高度，该去的终会离去，该来的必将到来。在雪花温暖大地的午夜，我失散多年的好妹妹，将打马而归。雪愈合了一切伤痕，雪一停，我们的日子就完美得不露一丝缝隙。

广大的草原，如果我的苦难不及你的疼痛，那就算不上苦难；如果我的爱超过了你的宽度，那一定不仅仅是我的一己私情。对于我，一片雪花和一个春天具有同等的分量。雪落下来，雪加厚了夜晚，像你的女儿，我的新娘，美得俗气，美得纯洁，她已经高于屋顶，却难以上升到天堂。

有关叶骆驼的记忆

■肖成年

1. 雅布赖看管盐池者说叶骆驼的片断

巴丹吉林南缘的雅布赖盐池又陷入初冬的包围，风硬扎扎的，芨芨草在风中萧瑟摇摆，发出尖厉的啸叫，一个一个搭吊在卤水池的周边。工人们都离开了，平日里热闹的雅布赖盐池立时空荡起来。看管盐池的老汉来到一个卤水池边，卤水池周边已结满了白色的晶体，说不上是冰，也说不上是结晶出来的盐。看管盐池的老汉心里突然动了一下，他想起了叶骆驼。那种想，细碎绵长、密密匝匝，似乎把盐池的卤水浸到了皴裂的皮肤上，说不出是疼，还是什么。通常情况下，这种情绪很快就会过去，看管雅布赖盐池的老汉早已习惯了这种日子，三十多个冬天，几乎都是他一个人在这儿度过。

五六个月了吧。最后一次看到叶骆驼——黝黑的脸上透出些寡白色。他关切地问，没事吧。叶骆驼还说，没事，没事。既然没事，咋能好几个月不来？这野骆驼！

那晚，平日里话不多的叶骆驼，陈芝麻烂谷子的说了很多事。有些事有趣，有些事淡如白水；有些事新鲜，有些事听过好几遍。看盐池的老汉迷迷糊糊的，有一搭没一搭地应着。天快亮了，看盐池老汉起身，捅开炉子，看看唠叨了一夜的叶骆驼嘴角流着涎水，鼾声悠长而均匀，像从捻坨上抽出的驼线，笑笑，就忙自己的事了。

野骆驼。野骆驼。喊几声没人应。看管盐池的老汉骂骂咧咧道：这野骆驼！

屋内没了人。平日里烟熏火燎、乱七八糟的屋子里整齐了许多，几乎没叠过的被子也被精心叠过了，绑了一条腿的破椅子上放了一堆黄绒绒的驼绒。

这野骆驼！看管雅布赖盐池的老汉骂着，内心涌起了丝丝暖意，像是被驼绒包裹着，黄黄的，软软的。

三十多年前，刚刚找上看管盐池差事的老汉，还是个壮小伙儿。给他交待工作的人指着盐山说，你的任务就是看那些晒好的盐，看住盐山，不要让贼把盐偷了。还说，雅布赖有两种偷盐贼，一种当然是人，另一种是骆驼！

他笑了。他不信。人偷盐听说过，但骆驼偷盐可未听说过。看管盐池的第一天，他就遇到了这样的尴尬。

东方泛白时，他迷迷瞪瞪地对着雅布赖戈壁滩撒了一泡尿。就在提起裤子返身要去睡二觉儿时，一个景象把他所有的瞌睡都惊没了：约摸百余个盗贼，悄无声息，两人一组，撒在盐田的盐池中，躲在已挖好的盐山后面……

呔，没皮脸的贼，皮胀得慌了！他顾不上去拿家伙，大声吓道。但那帮贼似乎是见过世面的，并不怕他，倒是自己弄得心虚了。他踅回房去，拿了手电筒，顺手抄了一把铁锹。他要先声夺人，一铁锹砍断一个贼的腿，另一铁锹砸断一个贼的骨头，看他们谁敢上！

手电光柱中，他发现那并不是贼，而是一群骆驼，一群偷吃盐的骆驼。他有些纳闷，骆驼不是吃草吗，盐田里寸草不长，他们吃什么？管它呢，先把骆驼赶在院子里再说。

此后的日子，他的院子里便多了一群骆驼。骆驼们安详地卧着，倒嚼，不急不躁。倒是他先急起来，这是谁的骆驼？难道是野骆驼吗？显然不是，这些骆驼的鼻子上挂着红柳条弯成的圈，像牵牛的那种。这样不吃不喝的，要死了，人家找上门来，可是赔不起呀。这种担心一直到叶骆驼来时了结了。

那个早晨，一个高个子男人挤在看管盐池的那座小房子的门边，一下子把仅有的光线给挡住了。还没看清来者的脸，已感觉到他脸上淌着的笑意。人没站稳，先递过来一根皱巴巴的纸烟。

大哥。嘿嘿。

什么事？一看他的装束，就知道是为那些骆驼而来。看管盐池的老汉并不接烟。

大哥。嘿嘿。高个子男人用眼睛指指院中的驼群，又讨好地笑着，依旧是递烟。

你说，咋办吧？

你说咋办，就咋办。

留下一峰骆驼，其他的你赶走。

依旧是讨好地笑，依旧是递烟，样子滑稽得有点可笑。看管盐池的老汉忍不住笑了，接下了他递过来的那根皱巴巴的纸烟，绷着脸说，小心些，下次再犯，我就不客气，就要砸碎骆驼的骨拐！

再不咧，再不敢咧。叶骆驼点头称是。

骆驼这东西真怪，过上一段时间就要吃些青盐。牧驼人常常到盐池量上些青盐去喂，但一些骆驼还是常常在半夜里来盐池暴食一顿。睁一只眼闭一只眼吧，吃就吃上些，也吃不了多少。管看盐池老汉的领导说，每年往内蒙古

一些地方送的盐，还靠那些骆驼驮呢。

就是，就是，那些放骆驼的也不容易呢。看盐池的老汉附和着。从此，骆驼就在闭着的那只眼睛中悠然自得地去偷吃青盐了。叶骆驼和看盐池的老汉，也成了无话不说的朋友。

叶骆驼，原来你是最后一次看我咧。你这个杂碎，这么大的事，你咋就不给我说一声？如果有下辈子，我一定扇你两个嘴巴！看管盐池的老汉一边流泪一边骂着，他知道心慌慌地想叶骆驼的那天，正是叶骆驼辞世的当天。后来，叶骆驼的七女儿专门来看望看管盐池的老汉时说，叶骆驼在最后的日子里，还一遍一遍念叨着他的名字。看管盐池的老汉流着泪，用一瓶大曲撂翻了自己。

2. 成为叶骆驼女婿须过的三关

坐在对面的叶骆驼脸上的皱纹，皮肤看起来很干燥，用手去搓，会像牛皮纸一样沙沙作响。

我有些拘谨。连续几年，没考上大学，年龄一晃大了，央媒人、找对象、相亲成了头等大事。那年夏天，我先后跟着七八个媒人游走在巴丹吉林沙漠南缘的村寨中，走马灯似的相了十几个姑娘。每到一家，身后拖着两条或者一条长辫子的姑娘，羞红着脸将两个荷包蛋端上炕桌。胆大的会看上我一眼，胆小的连头也不抬转身跑开，而那时的我也是满脸通红，不敢正视一眼。按规矩，如果相亲时互相看上了，小伙子和姑娘就要“递换手”。

通常情况下，姑娘会给小伙子一双亲手绣的鞋垫，小伙子也要把一件挑选好的东西送给姑娘作为定情之物。父母为我挑选的定情之物是一块手表，却一直揣在兜中迟迟没有送出。咋还不动婚呢，这娃！老父叹口气，央求媒人说，烦你再给物色物色。有一次，相亲回来的路上，一个姑娘的身影蹦蹦跳跳步入我的眼帘，乡间长途班车已走远了，我的目光还盯着那个地方。媒人问我，是不是看上那家的姑娘了，我笑着低下了头。媒人说，那女娃是叶骆驼家的，叶家生了九个女娃，这是老四，放出话来要招女婿，你去吧。我只是笑，没有接话。

虽然介绍人一再鼓气，不用怕，叶骆驼真是一个十分好的人。但说归说，我还是莫名紧张，身形巨大魁梧的叶骆驼，真像一峰卧着的骆驼带给人压迫感。

“来，喝！”叶骆驼端起一个大号的酒杯——像南方人喝茶的那种陶瓷杯子，招呼我。

“伯,你先喝。”我双手举杯,谦让道。

生了九个女儿的叶骆驼终于熄了生儿子的念想,但又滋生了招上门女婿的想法。老大、老二、老三已出嫁,招婿的事便落在四姑娘身上,也就是介绍人替我引进的这门亲事上。

叶骆驼每次喝之前把杯子一举,在空中略略停顿,意思是让我喝。我实在是不能喝酒,只好小口小口抿着。叶骆驼看在眼里,便不再管我,竟自喝去,每次喝干,也不说话,将杯底朝下亮一下,证明自己喝干了。

叶骆驼的婆姨端上河西走廊经常吃的一种面食拉条子,老碗盛得满满当当的。我想把面挑掉一些,叶骆驼说话了:“小伙子,吃不上三碗拉条子,婚事免谈!”我脸顿时红一阵白一阵,闷头吃了两碗,说什么也吃不下去了。因为老四的婚事,已嫁出去的老大、老二和老三都赶来了。老大看出我的窘态,说:“不能吃就不吃了吧。”我像是抓住了救命稻草,红着脸推开碗,悄声细气说了声:“吃饱了,吃饱了。”

“小伙子,没有把子力气是做不了我女婿的。”叶骆驼看了我一眼,边说边转过身子,趴下,手脚触在炕上,腰身弓起,“来,你若能拦腰把我抱起来,手和脚只要离开炕一扎就算过关。”

这哪像相亲,倒有点像摔跤。我不愿意去做,但叶骆驼固执地等着,趴在窗口上的九个姑娘投过来九束目光齐齐盯着我。我瞅瞅他,心想,不会超过二百斤吧。或许是酒的力量,我突然俯下身子,手臂箍在叶骆驼的腰间,使出平生的力气,猛力向上一抱。叶骆驼的身体晃了晃,腰部随着我向上的力量向上耸了一下,但手脚仍触着地。再用力,竟然纹丝不动了。在一片哄笑声中,我坐到了原位置。

“叶伯好身体。”我打着哈哈,受到了鼓励的叶伯哈哈大笑,又出一招:“这样吧,你趴在我身上,只要你挣下来,也算数。”“不行,我不行。”我的头摇成了拨浪鼓,姐妹们笑弯下了腰。但是,叶骆驼不由分说,左手抓着我的右手,右手抓着我的左手,一抡,便褡裢一样将我搭在他的肩上。

我拼命挣脱。我每向后挣一下,他便抖一下肩膀,我始终稳稳当当地搭在他的肩头。如是几次,我才被放下来。他不看我的表情如何,拍了一下我的肩膀,说,“年轻人,还差一大截呢!”我的脑子里突然冒出一个片断,关于骆驼和狼的:不知深浅的狼想吞吃骆驼,趁骆驼熟睡时一口咬定了骆驼的驼峰,被疼醒的骆驼驮着狼专拣沙梁狂奔,狼想松口都无法。经过几十分钟的折腾,狼早已没了声息,身体却还挂在骆驼上,因为牙齿已被驼峰的毛和胶一样的脂肪粘着,牧驼人用铁家伙生撬,才能将两者分开。

亲事暂时搁浅,媒人从中再三撮合,叶骆驼却一直摇头。叶骆驼坚持说,姑娘要嫁，必须过这三关。他婆姨埋怨老头子："你这是啥规矩！"

叶骆驼说："你懂个屁，没有好饭量，说明没有好的胃；没有好的胃，就没有好的身体；没有好的身体，咋能到沙窝窝放骆驼！"

我没有去沙窝窝，没有去放骆驼。乡上招文化专干，我祖坟冒青烟，在众多应考者中被选中。此后多次央请媒人去求亲，有机会我也常去他们家软磨硬缠。全家人都劝，你看老四人家都愿意，你就松了口吧。叶骆驼先是态度坚决，硬得像块石头，继而保持沉默，不说行，也不说不行。

我终究成了叶骆驼家的四女婿。招入赘女婿、进沙窝放牧骆驼的重任，跟着交给了老五。

3. 村支书说起叶骆驼

这狗日的沙漠，也只有骆驼才能生存，我平生最服的就是骆驼。叶骆驼老叨叨他的骆驼。他说这句话时，像是归拢了一辈子的经验，也像是透露一条不为人知的秘密。

老叶说，骆驼可以不吃不喝行走十几天，甚至二十几天。它背上的驼峰像一个皮袋子，装满了油呀脂的，少说也有八九十斤吧。天凉爽有吃有喝时，驼峰饱饱的，摸着也舒坦；大热的天，狗呵哧呵哧喘气到处找食时，骆驼不慌不忙，它的驼峰像两个装满吃喝的口袋，油和脂会一点一点地倒出来，一直到驼峰像倒空了东西的袋子，向一边倒下去。骆驼这家伙，一根烟的工夫能喝下两大桶水，撒的尿却稠稠的，拉的粪也干干的，一天尿的尿瞅着也就一瓶子。别以为骆驼身大头小，笨头笨脑，其实贼精着呢！这家伙有好几个胃，平时把水存到几个胃里。吃的东西也尽挑些有刺的东西吃，比如骆驼刺、苦艾、沙蒿、沙蓬、假木贼、羽毛草、梭梭柴等，这些草都有盐，死咸死咸的，别的吃奶长大的牲口闻都不闻。骆驼吃这些东西时，粗嚼一下就咽进肚里，在赶路或者卧下休息时，又把胃里的那些东西倒腾出来细嚼，这样才不至于挨饿。一般的天，骆驼不会出汗，只有太阳把人烤得头昏眼花时，骆驼才会流汗。流汗前的身子烫得吓人。那年来沙漠考察的专家说，骆驼白天和晚上体温相差6℃，晚上有34℃，白日里是40℃，身上的温度超过40℃才会出汗。冬季，骆驼早长了一身浓密浓密的毛，再冷的冬也能熬过去；到了春天，沙漠上的草冒出绿芽芽时，骆驼身上的浓密的冬毛又开始像害了疤一样，一块一块脱落掉，至到贼光溜滑。

放骆驼是苦差事，睡哪里都没有个准，今日在这个沙丘后面，明日又在一堆沙米棵中间。有时一连几天连个人影儿也见不到，晚上除了星星，就是沙漠深处燃烧的磷火。如果碰到人，那一定也是牧驼人或者牧羊人，土苍苍、灰怵怵的，像是自己面前立了一面镜子。

开始，放骆驼大家轮着做，但轮来轮去总不是个事，尤其是骆驼走丢了常常得动员好多人去找。村里确定找个长期放骆驼的人，记的工分比做其他事高三倍，就是正常劳力每天给记一个工，也就是十分，放骆驼给记三个工，也就是三十分。即使这样，那年秋收结束，骆驼都该赶到沙洼洼里吃草了，仍找不到人。村上开会，干部一再给大伙说，放骆驼是累人，但总得有人去放，而且给记三个工呢。一片死寂中，叶骆驼闷声闷气背起了放骆驼时用于盛水的皮囊，走进沙漠，一放就是几十年，就是到后来骆驼承包给每家每户，他依然跟骆驼们在一起。

骆驼喜群，孤零零也行。骆驼群放出去，起初是在一块的，时间一长，驼群就三三两两的了，甚至是一峰骆驼孤零零吃草。骆驼力气大，一峰骆驼套上一只犁也不费力，还有耙地、拉肥、摆种等家活，都要等着用骆驼。春天，牧驼人要把骆驼吆喝回来。

几百峰骆驼撒在大沙漠里，就像是把几粒石子扔到米缸里。骆驼长时间没人看管，胆子就变得越来越小，稍有响动就会火急火躁，伸长脖子，机敏地看着四周。一有人接近，驼群惊恐万状，四散奔逃。叶骆驼有办法，像平时喂食般大声吆喝起来，这熟悉的吆喝声唤回了骆驼的记忆，散去的骆驼重新聚拢，一个个温和顺从。叶骆驼像往常一样轻轻拍着骆驼的头，给骆驼一一套上绳索。

有一年春天，叶骆驼找遍了沙洼洼，就是没找到最后一峰骆驼。他想再找找，走进沙漠深处，遇上了大风。沙漠中的风是常见的，但那样的大风却不常见，风卷起漫天黄沙，遮天蔽日。天黑了，也没有找到。平日里，和骆驼在一起，睡觉时牵过几峰骆驼，围成一圈，他躺在中间，背靠着一峰骆驼腹，暖烘烘的。不用担心骆驼会压着自己——骆驼会尽量保持一个姿势，让牧驼人安睡。即便要动，也小心翼翼的。

但那晚，没有骆驼可依靠。叶骆驼把自己包裹在一块帐篷布中，狂风裹挟着沙粒钻进来了，脸和手放在篷布中，还是被打得生疼，眼睛钻进尘土，痛涩难忍。耳孔、鼻孔、嘴巴也塞满了，呼吸困难。艰难捱过一个个夜晚，天明了继续找。费尽千辛万苦找到那峰骆驼时，干粮没了，水也没了。他用尽最后的力气挣扎爬上驼背，走了不久就昏迷了，掉下骆驼，腰也摔坏了，痛得不省人事。那只骆驼跪下身子，用唾液一下一下喷着他的脸。他醒了，却再也没力气爬上驼背。骆驼将脖子整个贴在地上，呃呃叫着，似乎在召唤他。他抱住骆驼的脖子，吃力爬上去，感觉牢靠了，骆驼才小心翼翼直起身体。他像

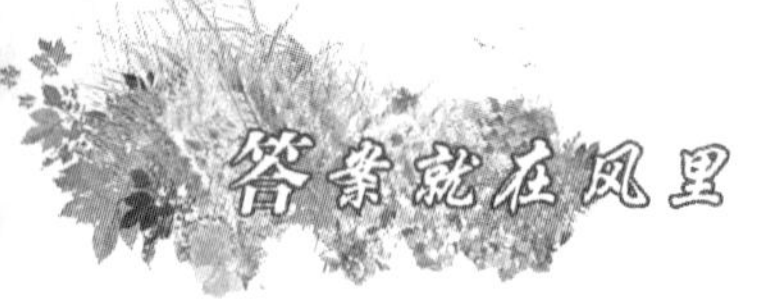

褡裢一样，搭在骆驼的脖子上，随即又昏过去了。

不知过了多久，一股水的气味冲入叶骆驼的鼻子。骆驼把他驮到了一水洼处。水洼边上苇花飘扬，白色的水鸟穿梭如织。喝足了水的叶骆驼，抱着那峰骆驼的脖子，流着眼泪，像抱着一位失散多年的亲人。

4. 老七对父亲叶骆驼的记忆片段一

过道窗户上闪过一个人影，那个人影，咋那么像我爸爸呀！这个想法马上又被老七否定了，不可能，我爸在遥远的巴丹吉林沙漠看管骆驼呢。七女儿仅仅是一闪念，思维又跟着老师的声音转了。那节课，老师用英语给讲述一个《找骆驼》的故事，老师的讲述生动而有趣——

从前有个商人，走失了一只骆驼。他找了好多地方都没找到，心里很着急。这时候，他看见一位老人在前面走，就赶上去问："老人家，您看见一只骆驼吗？"

老人说："你问的那只骆驼是不是左脚有点跛？"

"是的。"

"是不是左边驮着蜜，右边驮着米？"

"不错。"

"是不是缺了一颗牙齿？"

"对极了，您看见它往哪儿去了？"

老人说："那可不知道。"

商人忿忿说："别哄我了，一定是你把我的骆驼藏起来了。要不，你怎会知道得这样详细？"

老人不紧不慢地说："干吗生气呢，听我说吧。刚才我看见路上有骆驼的脚印，右边深，左边浅，就知道骆驼的左脚有点跛。我又看见路左边有一些蜜，右边有一些米。我想骆驼驮的一定是这两样东西。我还看见骆驼啃过的树叶，上面留下了牙齿印，所以知道它缺了一颗牙齿。至于骆驼究竟往哪儿去了，应该顺着它的脚印去找。"

商人听了，照老人的指点一路找去，果然找到了走失的骆驼。

她想，这有什么，我爸不比他差。我爸在沙窝放骆驼，能根据骆驼的脚印来判断，是母骆驼还是公骆驼，是向哪个方向走了，是不是受了伤。因此，其他放牧骆驼的人，有一峰、二峰骆驼找不到，就来央求我爸，我爸二话不说，走向沙窝，在沙窝里东走走，西走走，然后指导央求者向某个方向去找。牧者按他说的做，果然找到了。

叶骆驼不识一字，对学问却像神一样膜拜。平日里，看到院子里散落的有字的纸，一定拾起来，捋平整了，整整齐齐放置在一个地方。那时生活条件太差，中学离家又远，几个大的读完小学就回家了。轮到老七，叶骆驼下定决心，要让老七成为女秀才。那年，当老七拿到大学录取通知书时，叶骆驼激动得坐也不是，站也不是，舀了一瓢凉水一口气灌下去。

老七对作家很崇拜，但读了由陶泰忠、钱钢、李延国、周涛、刘亚洲合写的一本叫作《东方老墙》的书后，便不再对作家崇拜了，起码是不对这五位作家崇拜了。因为，在这本书中这样描述骆驼：一是大而无当，二是怪异。它是由这样一些互不相关的部件组合起来的：袋鼠的头，恐龙的脖子，象腹，马腿，驴尾，还有独一无二的蹄子和峰背。它很像是某种不可知的力量的随意创造，故带有某种神秘的意味。

还说骆驼是生命在严酷自然环境压迫下的屈服和适应，常误以为它是专门生来与沙漠作对的。这显然是一个嘲笑。

该嘲笑的应该是这些作家，他们怎么可以那样描述骆驼呢？是标新立异，还是故作噱头？作家们对骆驼的任何一种比喻，都是不当的，或根本就不应该比喻，骆驼就是骆驼，长什么样都是骆驼的事，非要和马呀驴啊扯在一起。

在老七眼中，没有任何一种动物能与骆驼相媲美。骆驼双眸略略突起，有长长的睫毛，自动开闭的鼻孔，长满密毛的耳朵，这些都能使它们免遭风沙的袭击；骆驼四肢细长，脚掌有宽厚的肉垫，走路脚趾叉开，在沙漠行走但不陷到沙中。四只硕大而扁平的蹄子撑起几百斤重的身躯，无论在软的沙梁上，还是砾石滚烫的戈壁滩，都能孤傲地行走；沿脖颈垂下的弧形鬃毛，曲线优美，与背上耸起的双峰相映衬。

骆驼还能为人类做好多事情，比如驾辕拉车，它能拉起那种车身一人高的大轱辘木车，走沟过坎，平平稳稳的；又比如套铧犁地，用两头牛拉一张犁还显吃力，还要使劲儿吆喝，而一峰骆驼随便拽起一张粗大的木犁，速度、力量又均匀又平稳。

叶骆驼到七女儿就读的那所高校来看她，是第一次，也是唯一一次。七女儿看到的那个身影，正是她爸。

七女儿是叶骆驼最有学问的孩子。因为有牧放骆驼的父亲，最有学问的七女儿对有关骆驼的文章特别关注。有次，她看到一名美国旅行者在非洲撒哈拉沙漠旅游后写下的一篇文章——

> 无人区有一只母骆驼带着几只小骆驼一路低着头，不时停下来闻着干燥的沙子。它们显然渴坏了。在太阳炙烤下，几只小骆驼无精打采地走着，眼睛血红血红的，看起来就要支撑不住了。小骆驼们紧紧地挨着骆驼妈妈，而骆驼妈妈总是根据方向驱赶孩子们走在她的阴影里。终于，它们来到一个半月形的泉边停住了。几只小骆驼兴奋异常，打着响鼻。可是，泉水离地面太远了，站在高处的几只小骆驼不论怎么努力也无法把嘴凑到泉水边上去。惊人的一幕发生了：那只骆驼妈妈围着她的孩子们转了几圈，突然纵身跃入深潭……水涨高了，刚好能让小骆驼们喝着。

读文章的那天是周末，整个周末七女儿眼圈红红的。母驼、父亲、几只小骆驼……

她想，将来一定要好好写写骆驼，写写放了一辈子骆驼的父亲。

5. 老伴对叶骆驼的记忆

谁说不是命，叶骆驼就是放骆驼的命。他也可以不去放骆驼，可九个女儿九张嘴，咋养活？只有放骆驼，一个人才可以顶三个重劳力，才可以挣三个劳力的工分。

他能从骆驼跺脚、踢腿、吐痰和奔跑的架势看出，骆驼是高兴还是不高兴。叶骆驼对九个娃娃的生日不是都记得住，今天记对了，明天又记错了，但对哪峰骆驼是不是下羔，什么时候下，清楚得很。他说骆驼和人不一样，两三年才下一次，怀羔时间 370 天到 440 天，一次只能下一个，不容易呢！

有次，一峰母驼难产，疼得叫唤不止，每一声叫都像刀子，割着叶骆驼的心。最后，母驼连叫的力气也没了，可怜巴巴望着叶骆驼。叶骆驼狠下心，将手伸进母驼的肚子，生生地将迟迟不出来的小骆驼拉了出来。

还有一次，一峰母驼死活不认刚下的驼羔，不让吃奶，靠边都不行。驼羔吃不上奶，叶骆驼急得又搓手又挠头，不知咋办才好。他举起手中的鞭子，又不忍抽下。他说，骆驼和人一样，生气了也会把奶气干。他拿出从盐池背回的青盐，讨好似的喂母驼吃。母驼吃了不少，吃罢了仍是不认驼羔，气死人。

叶骆驼忽然心生一念，人生了孩子，做母亲的喜欢哼唱一种曲子，吃奶的孩子会在歌声中渐渐睡去。他也想唱，但不知道唱什么，也不知道怎么唱。

他想起找骆驼时，碰到那些蒙古族牧人，边拉着刻有马头的琴，边唱着他听不懂的蒙语。琴声和歌声悠悠的，像是从捻线坨上捻出的毛线，又细又长；又像是一缕从家里屋顶上升起的炊烟，一弯一弯，招着手呼唤他回家；又像儿时，母亲从远处喊他乳名时，那声音忽而清晰忽而遥远……想着，叶骆驼竟然唱出了声，唱出声时他自己都吃了一惊，红着脸看了一下四周。周围没人，他笑了一下，又唱。他只会唱两句，就反反复复地唱，唱着，唱着，竟流出了泪。那只母驼的心被这简单的歌声唱软了，不知什么时候开始喂那只驼羔，眼里似乎还噙着泪水。

走进沙窝，是展眼的黄。雨水最多的季节，沙洼洼和戈壁滩上，骆驼草和其他的东西长得绿茸茸的，但那东西根本经不起细看。细看就发现那些东西的根和枝条硬扎扎的，身上的刺也尖尖的，经不起日头晒，两三日便焦黄焦黄了。在沙洼洼放骆驼，口干舌燥的，有时连大便都拉不下来，不想吃东西，得经常装上些大黄一类的中药，熬上喝，能通大便、清热，也就不大容易头疼脑热了。但平日不大头疼脑热的叶骆驼，却得了一个大病。他真的成了野骆驼，藏到山尖尖后面，再也不回头，再也找不回来了。

6. 老七对父亲叶骆驼的记忆片段二

半夜，一棵树訇然倒下，非常清晰倒在我前半夜的梦中。曾听别人说，后半夜的梦有时也不准，但前半夜的梦灵验得很。树倒倒亲人，哪棵树要倒呀？父亲？母亲？姐妹？不祥的预感撕扯着迷迷糊糊的后半夜。这是老七的继续的、关于父亲最后时刻的片段记忆——

再见到父亲时，是在一家医院。巴丹吉林沙漠把多年的风尘写在他的脸上，父亲脸色黝黑，但仍掩不住从体内透出的蜡黄。

还是早点回去吧，有好吃就给吃上，有好喝的就给喝上。大夫劝我们。大夫说，已经太晚了，做了也没啥意义，所以打开的腹腔仍然缝上了。

不久，一个牧驼人离开了他念念不忘的巴丹吉林，离开了他絮絮叨叨的雅布赖，离开了他绘声绘色描述的沙洼洼，也离开了他的妻子和九个女儿。

我决意要走进牧放了父亲一生的巴丹吉林沙漠，还有雅布赖，去看看骆驼，去看看那些让父亲牵挂了一生的骆驼，去看看那些和我父亲一样放牧骆驼的人，还有那个看管盐池的老汉。家里的人，还有其他人，都劝我别去了，但我知道，没有任何力量能阻止我。

沙丘一个连着一个，沙纹一波连着一波。没有一只鸟，没有一丝云。沙漠在烈日的烘烤下，像要燃烧起来。在一座沙丘上，一只蜥蜴探头探脑，待我走近时倏然间隐遁得无影无踪。

喏，那就是我们放吃头的地方。循着引领我走进沙漠的一位叔叔的手指的方向望去，还是一样的沙丘，一样枯黄，并没有什么特别的地方。父亲和其他牧驼人一样，进沙窝前一次就得拿够半年的食粮。除了磨好的面粉外，主要带的干粮就是“烧壳子”。那是一种从炕洞灰中烧的吃食，丝毫不松软，表皮硬得可以砸核桃。只有这种干粮，才能在沙洼洼里存上半年不坏。牧驼人把带进来的食粮埋在沙窝里，把锅碗也埋在沙窝里。他们会在另一个地方刨出其他牧驼人的食粮，还有锅碗瓢盆，吃完之后，依旧埋好。埋到哪里，只有牧驼人他们自己知道。

如果找不到其他人埋粮食的地方，那不得饿死吗？我不无担忧地问。

哈，咋会呢。哪个地方埋着粮食，看看周围的沙丘，看看沙丘上的植物，就知道了。

总得有个记号吧？

有，肯定有。记号在放骆驼的人心里。

太阳悬在头顶久久不移一下，烤得人浑身冒汗。但从头上流下的汗珠，还没来得及掉下又被蒸发了。“日头日头落落，我给张家放骆驼，张家给了一个捻线坨……”儿时的一首歌谣，蓦然在耳边响起。那首曾没深想过含义的歌谣呀，一定被像父亲这样的牧驼人，在戈壁滩、在沙洼洼孤寂难耐时无数次咏叹过，那里面蕴藏着多少无奈，多少惆怅呀！

在雅布赖盐池，找到了看管盐池的老汉。他听到我父亲的消息时，燃水烟锅的火柴在他手里颤抖着，划了好几根火柴才将那锅烟点着。屋子里很静，静得只能听到他水烟锅咝咝的响声。离开看管盐池人居住的小屋时，从身后传来一声裂帛似的哭声，我看到太阳猛地颤了一下。

火烧云把戈壁的天空染得绚丽多彩，天空先是金黄，后是赤红。当赤红的云彩渐渐暗淡下去时，我终于来到父亲和牧驼人经常聚居的一个地方。白日里像烧红的烙铁的沙漠，此刻熄灭了它的光焰，又冰冷冰冷地像冬夜里置放在院子里的一块生铁。牧驼人拣了些梭梭柴、沙米棵、骆驼刺……围着那堆篝火，几个人听我讲述父亲最后的日子。

一个牧驼人用牙磕开了一瓶酒，高举着，瓶酒在沙滩上倒了一个半弧形。没有酒杯，牧人们咕咚咕咚喝一大口，随手一扔，瓶酒就到了另一牧人的手中。不一会儿，我带去的几瓶酒就没了。

叶骆驼！叶骆驼！一个牧人突然对着西方大声喊。

野骆驼！野骆驼！其他牧人也跟着喊。

……

我听不清他们喊的是叶骆驼，还是野骆驼。几个牧驼人的喊声一声接着一声，那喊声在巴丹吉林沙漠飘荡，在雅布赖戈壁飘荡。土苍苍的沙梁，没遮没拦，挡不住牧驼人的声音，虽然他们的声音很大，甚至有些声嘶力竭，声音仍然显得空洞无力，几乎没有响起就被沙窝窝吸走了。

温暖的猎枪

■透　透

透透，本名何秀萍，壮族，广西三江县人，1989年毕业于广西民族大学化学系，现供职于南宁市环卫科研所，高级工程师。有诗歌、散文发表于《广西文学》、《红豆》、《佛山文艺》、《诗歌月刊》、《岁月》、《漳水河》等报刊杂志，获第四届广西青年文学奖。

冬天，一家人围着炉膛烤火，父亲习惯坐在靠近柴尾的地方，一张矮板凳不足二十公分高，整个人坐成折叠状，其他位置留给我们姊妹和母亲，而我一直习惯坐在父亲的对面。我从火光中取暖，也从父亲的神情中取暖。在那火光的映照下，土墙、猎犬、猎枪、父亲以及他身后那几件狩猎的家具，它们在黑夜的深处变得那么清晰而明亮，那种反射过来的橘红色会让整间屋子笼罩在暖暖的气流中。正是这样的面对，让我的目光可以完全触及到父亲的神情——那是猎人所特有的一种刚毅、镇定、准确、隐忍和平和。我从小就依赖这种信息的传递灌铸后天的性格，而他身后那两支挂在土墙上的猎枪隐隐约约弥留的硝烟味，会让我感觉山村再苦，土屋里的生活依然会因为有所依靠而生生不息。只是寒风漏进屋子里的时候，火烟总是往父亲坐的那个方向压去，父亲的身子便一直往后倾斜，他不会像母亲和我们一样，一点点烟熏，就会满眼泪水，还不断咳嗽，他只是把眼睛眯成一条细缝，伸手推一把柴，让火苗跳得高了，烟便会低下去，他才恢复了原来的姿势。有时母亲会把那只趴在炉边、用下巴搭在父亲脚背上假睡的猎犬赶出门去，说它占人的位置，但父亲不让，他说这点火烟他受得住，习惯了就行。

除了平日里耕作，父亲擅长狩猎。狩猎，它帮助父亲牵领妻儿老小走过了这几十年的路，早出或晚归，那两支猎枪当中的一支必背在他的肩上，而我的肌体——骨骼、肌肉、血液以及那些敏锐的神经，也都依赖于父亲的狩猎得以健康生长。母亲说，在我们当地，孩子开荤是有讲究的，必须等到半岁以上，吃了肉类，然后才可以吃油盐，然后才能和大人一样吃别的东西，而我是满半岁时吃画眉鸟的肉开荤的。那时，刚好是1968年的春天，山林里鸟语花香，特别是画眉鸟唱歌唱得最欢快的时候，父亲便认定吃画眉鸟开荤，长大后不但说话机灵，嗓子也好，唱歌好听。父亲从土墙上取下那支稍短的猎枪，用小竹筒把黑色的硝粉导入枪管，隔上一张小纸片，用一截细铁棒杵实后，再倒入一小勺最细小的铁砂，再杵实，最后把那枚红色的子结轻轻地压在火嘴儿上，装配完毕后，枪口朝上，枪托往下，父亲便背着那支猎枪上了后山。开枪的距离那么近，那只画眉应声落下时，没有一丝挣扎。父亲仔细地取出镶嵌在鸟肉里的铁砂后，再让母亲把它清洗、剁碎，和米一起熬粥。母亲说我当时小脸蛋笑得像朵小红花，小嘴巴张得大大的，她足足喂我吃了满满一个瓷碗的粥。

这是父亲第一次专门为我打猎的全过程。我想，我的体质对野味的依赖正是起源于此，并在成长的过程中得以不断地加强，或许，是它们让我的骨头具有了山里动物那种穿越荆棘的野性和能力，让我的血液里弥漫着那种从父亲猎枪扳机上点燃并冲出枪膛的火药气息，继而印证了我生肖的属性：火！而我的梦想从此也长出了鸟的翅膀。

然而，我是长到三岁后，才记住了父亲打猎归来的样子：浑身的露水或汗珠，湿漉漉的解放鞋，头发和裤腿上会粘着很多草籽，缠得紧紧的，让母亲帮取，总是很费劲儿，只有那只裹着黑黑的帆布挎包里的东西不用担心：硝粉和三种不同粒度的铁砂分别用牛角装着，子结和小纸片用尼龙包住，水是渗不进里面去的。竹鼠、山猫、白额（方言俗称，即獾）等这些活的猎物一般是挑在枪尾上扛着，山鸡、鹧鸪和斑鸠等这些小猎物就系在腰间的挎包上，如果碰上村里人，父亲也会露出开心的笑容，接着谦虚几句。

父亲的枪法相当准确，但并不是每次都猎获归来。尤其是我上高中以后，父亲说现在人多了，特别是分林到户后，到处砍伐树林，开垦耕种，山里的动物吓跑了。如果是解放前，山羊、野猪、山鹿，还有好多种大动物都可以经常打到，至少在前几年，白额还挺多，立冬后，打几只取下皮子卖上好价钱，便可以给我买件新棉衣。

每次说起白额，我的记忆总是如此清晰。清晰的不仅仅是父亲的声音，还有那些远去、却又不断回头的寒冬季节的情景。我从小就从父亲那里知道，狩猎不同的猎物得用不同的方法，除了猎枪和猎犬，还要制作一些铁夹、绳套等猎具，父亲精于此道。而要得到白额优质的皮子，是非常讲究狩猎方式的，特别是要选择立冬后到开春前这段最佳时节。第一天晚上，父亲先是背上猎枪、铁夹子和那个帆布挎包，打两声口哨带着猎犬出门，进山后便开始搜寻白额的气味，一旦找到它的踪迹，人和猎犬就一起翻山越岭地追赶，但除非不得已，父亲是不会当场开枪猎杀的，这样会破坏白额的皮毛，就算打回来，皮子也卖不出好价钱，只有一直把它撵进自己的洞穴，然后在洞口装上铁夹子，再伪装一下现场，到了第二天或第三天早上再去收猎，得回来的白额便是活的，它只是被夹住前脚或后腿而成为父亲的猎物。

干爽的白额皮子，犹如一幅图画，毛茸茸，软绵绵，仿佛已穿在了我的身上，那么暖和，又那么好看，但父亲总是要等到凑足好几张后，才拿到街上去卖。那时，一张白额皮子可以卖三到五元钱，三张或四张，就可以给我换回一件新棉衣了，所以，无论家里怎么穷，每年冬天，我都有新棉衣穿，棉衣上面的小花朵是北方才能真正看到的红梅或牡丹，那时它们在我的身上开得那么鲜艳而漂亮，这让我一直不肯穿上外套，做家务也小心翼翼，如果不慎被泥墙的灰土擦着了，就急得使命拍，生怕被母亲看到脏了，硬逼我罩上外套。村里的孩子都羡慕我，弟妹们也羡慕我。有一次，二妹要穿我的新棉衣，我不肯，妹就偷偷地躲到房门背后小声地哭，我让父亲过去看。父亲问妹哭什么，她说也想穿新棉衣。父亲说，大姐的旧棉衣没坏，只是短了，你是妹，穿不了那么长的新棉衣，姐穿才合适，下次赶街（方言，即赶圩）爸给你买件新的外套，一样又新又漂亮了，好不好？妹便嘟着小嘴，不再出声，我也不再出声。过后，父亲便接连几个晚上背着那支猎枪，带上家里那只猎犬打夜（方言，即夜间狩猎）去了。我将新棉衣垫在枕头上和二妹排着头睡，我们都不知道父亲夜里几时才回来。

狩猎的那些日子，对于父亲来说，深山的夜晚是那样明亮，它洒满希望之光，无论天空有云还是有月，无论季节是深或者是浅。但我确信，夜的黑暗一直不声不响地站在父亲的目光之外，只是那猎枪为父亲挡住了黑夜的黑。1980年，父亲终于被那暗地里砸来的露水所伤，感冒，咳嗽，喘息，他陷入一场疾病的包围中。几棵草药，时间一拖再拖，半年后，我知道了一个名词：肺痨。父亲在茅屋里咯血时，我正上初二，开学时间已过，我迟迟不肯去注册，父亲猛咳了几声后，对我说：阿萍，爸没死，你快去读书吧！我噙着泪花出门，只带了一张旧席子。

我继续读书，并开始在夜里延绵不断地做那个噩梦，父亲在我每晚的梦里不停地咳嗽，殷红的血，一口接一口地从他的肺部咳出来，我在外面无助地流着泪。父亲的身体变得越来越衰弱，对他的病，乡卫生院的西医已无能为力，但父亲坚持着，只要能转过一口气来，他便会上山，他的枪法依然准确，那两支枪也同样保持着那种坚硬和火药味，一枪，两枪，三枪……硝粉和铁砂用完的时候，父亲就赶一趟板江街。一趟，两趟……一年，两年，三年……在板江五金门市部前面的地摊上，父亲终于在那次机缘巧合中碰到了那个卖草药的江湖郎中，他看了父亲的病后，给了一副偏方：杀蛤蟆一只，剖开，去皮，去脏，青皮鸭蛋一枚，连壳纳入其腔中，缝合，再放入他所配制的草药中熬煮，熬好后取鸭蛋剥壳食之。服用该药两剂之后，父亲痊愈。母亲说这是吉人天相，我说是那两支猎枪，是它们带着父亲冲出了疾病的围困，是猎，挽救了父亲！

如今，那两支猎枪仍挂在父亲身后的土墙上：它们如同父亲的手足，一长一短，分别约1米和1.2米，栗木刨制的枪托，舒缓地弯成接近90度的弧形，玄铁打制的枪膛、扳机、火嘴稳稳地扣在上面，它们坚硬，结实，乌黑中透着光亮，那枪管在硝药的气味中保持着温暖。不，那不仅是枪管，那也曾是一条窄逼的生活隧道！扣响扳机，点燃硝粉，铁砂猛烈地冲出去，随着那声震动山谷的轰响，便是一条活路！父亲带着我们一起走过来了。

其实父亲现在已经很少狩猎了，他说他跑不动了，脚力跟不上那只猎狗，邻近几个寨子的许多人便想出高价钱购买父亲的这两支猎枪，但父亲说什么也不肯卖，还让母亲把那两本猎枪证锁得死死的，来人一说是想买枪的，便连门都不让进。别人走后，他就会把枪从墙上取下来，擦了又擦，空着枪膛瞄准几下，直到他感觉满意为止。后来听说我在城里不时跟着朋友们偷偷跑去某个饭店吃野味，价钱还贵得要命时，父亲便在我每次回家之前，去山地里搭个棚子打山鸡或斑鸠，打完拿回家后舍不得自己吃，腊干了留着等我回去。我在电话里让他别这样起早贪黑的了，他只说没事，就是暖暖枪，你也不用去花那些冤枉钱，想吃了就回家。

父亲以如此最简单的理由想我回家，却也用多么生动的语言为我注释了"家"。我的家——那座黑暗而低矮的土屋，里面仍然住着我那年老的父母亲。此时，我看到了他们，还有火炉，猎枪，土墙，猎犬。父亲坐在他习惯的位置上，正往那炉膛里推了一把柴——那奔跑的火光呵！它大声地笑了，泪花飞溅，在记忆的帷幕上烧了一个长长的洞口，那火舌伸进来，在我心里深深地吻下一排暖暖的印痕。

星座

面对浩瀚星空

/王克楠

这些作品是有根的，具备精神向度以及自我生存和生命意识。吴佳骏的散文有凝重而空灵的诗意，写灾难(精神寻根和生命困境)和往事，笔墨出自内心，思想越过表象，直逼本质和核心。正如青年散文家杨献平所说，“我确认的吴佳骏开始回归，文字是柔和的、向内的，简单的叙述是为了抵达某种生命哲学或者普世主义。”

鲁青《我的凉州生活》用大写意的笔墨抒写了凉州的苍凉和现实自然条件的恶劣，诗意浓郁。卢仁强文章的背景在农村，是建立在贫困生活上的母爱，不惊人，但是感人，是人间情愫的深刻表现和永恒理解。刘宏秀对于南太行山所保留的文化习俗显示出珍惜和热爱的信心，她写南太行山的千年古镇，藏在深山不为人知的古老寺院。此次的《傩乡记忆》，则真实摹写了在中国北方仅存的一种非物质文化遗产—— 傩戏，以生动的笔墨，将人鬼相依、驱恶镇邪的古风优美地展现了出来。

徐淑红以一种女性特有的执著，对于生命的意义进行了追问，她的文中几乎可以称作警句的话，值得品味。峻毅的《生日》把女人恋爱期和婚姻期之间的反差，以及典雅女子对于真爱的追求、失望和无奈，用活灵活现的家庭语言表达出来，读来在苦涩中若有所悟。姚牧云是《散文中国》写手群里年龄最小的，现在还背着书包在上高中，她的散文《我们》，虽未脱稚气，但是已经才华毕显，触摸到成年世界的忧伤和思考，尽管如此，与成年人相

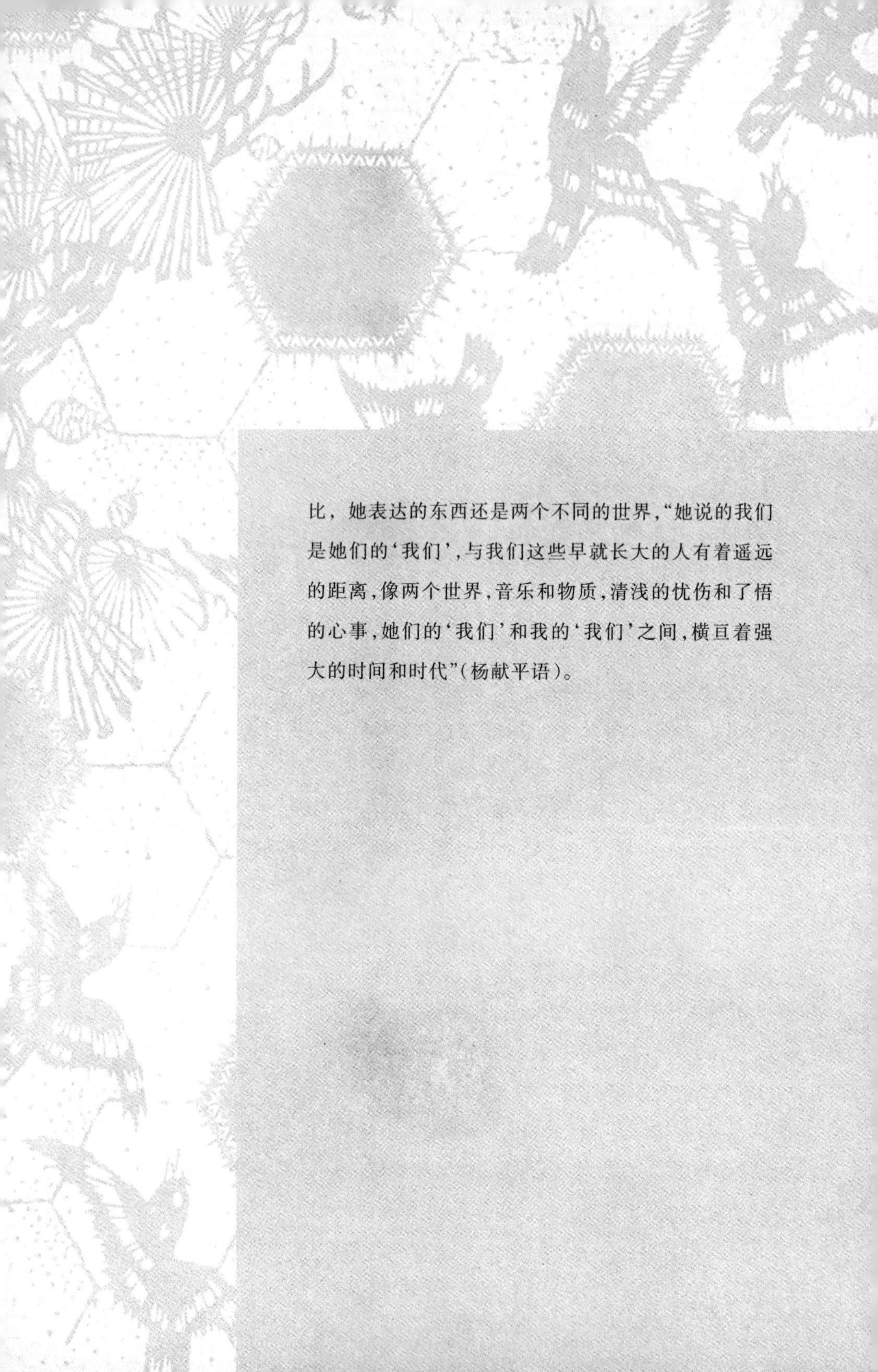

比，她表达的东西还是两个不同的世界，“她说的我们是她们的‘我们’，与我们这些早就长大的人有着遥远的距离，像两个世界，音乐和物质，清浅的忧伤和了悟的心事，她们的‘我们’和我的‘我们’之间，横亘着强大的时间和时代”（杨献平语）。

复活或尘封的故乡

■吴佳骏

一个孩子在爬树，树很高，风吹树叶的“沙沙”声扰乱了他的听觉。旷野寂静，暮色擦去了大地上多余的事物。孩子爬得很艰难，但他的想法很简单。他想去摘悬垂于树枝上的青枣，拿回家送给妈妈做礼物，或者逗久卧病榻的爷爷开心。孩子感到一种强烈的欢乐，他正在完成着一件伟大的事。可他的身体实在是太瘦小了，力量单薄。

看上去，他就像一只困在树干上的幼猫，憨态可掬。孩子挣扎着继续向上爬，他并不认为自己弱小，他的生命俨然成熟。他不停抬头看树上的枣子，看见的不是一颗颗青涩的果实，而是一个个鼓胀的、红彤彤的小灯笼，像他红润的脸蛋，闪光跳火。

孩子奋力攀爬，终于站在了树杈上，他兴奋地伸出小手正要去摘那淡绿的青枣。突然，仿佛一道灵光闪过，划破了他的视线。他的注意力集中在了隐藏于叶丛间的一个鸟巢上。孩子的目标发生了转移，他将伸出去摘枣的小手迅速缩了回来，向鸟巢伸去。对于一个充满幻想的孩子来说，一枚鸟蛋与一颗枣子同等重要。

孩子小心翼翼，屏气凝神。当他的手指刚刚触碰到鸟巢的边沿时，一只大鸟振翅而起，倏忽从叶丛中的巢里飞离而逝。孩子被鸟的惊吓吓呆了，从树杈上摔了下来。暮色覆盖了大地，孩子抖掉满身的泥沙，带着未完成的心愿，扭身离去。

多年后的一个下午，我站在时光的褶皱里，看一个流泪的男人。他站在一棵苍老的枣树下，听风吹树响。飘零的黄叶落满尘埃。枣树上没有枣，也没有鸟巢。一些落光了叶片的枝干指向天空，像为坚守某种方向而存在的人。我听见流泪的男人喃喃自语：“如果那只鸟不飞，也许那个家还在；如果能守住这棵树，也许就守住了一个故乡！”

如果那只鸟不飞，也许那个家还在。下雪了。雪花纷纷扬扬。一夜间，山峰没了棱角，草垛上开满了雪莲花。房顶变矮了，树枝上结满了冰凌。怕冻的大人都躲在屋子里烤火。一群孩子，在野外空地上堆雪人、打雪仗。唯独有一个少年，悄悄从玩雪孩子的身边走过，头也不回地朝前走。积雪厚，地上没了路，任何方向也都成了路。少年的后脚刚跨出去，前脚留下的脚印即

被雪花覆盖。少年刚把前脚迈出去,雪花又将他后脚留下的脚印覆盖。因此,少年觉得自己极像一个来去无踪的人,从来不曾见过自己存在的痕迹。

少年越走越远,那群玩雪孩子的欢笑声渐渐从他耳朵中消失。他从来未曾这样感到过故乡的虚幻。历来,少年生存的这块土地,在他的记忆中,都是实在的,摸得着,看得清。泥房子总是灰暗萎靡,父母每天在其中进进出出,像在钻一个暗洞,人也跟房子一样奄奄一息;谷草堆得小山似的,草堆顶上那只老猫天天在上面睡懒觉,草堆下面则成了老鼠豪华的宫殿,在里面吃喝玩乐,生儿育女;牛总是在夜间的栅栏里嘶哞吼叫,挣断缰绳逃跑;经常有小孩在村庄里走丢,半夜里打着火把找人的呼喊声急切而混乱……

少年继续朝雪野深处走着。一场雪,使他看到了故乡的虚无。曾经存在的一切都被积雪覆盖了,只留下一块空白。少年在雪地里走了很久,连他自己都不清楚自己究竟走过哪些地方。地上没有路,自然也没留下他所走过的任何痕迹。只是少年后来回忆说,他那天透过故乡的虚无,看到了很多眼睛看不见的东西,到底是什么东西,少年没有说。人们唯一记得的是少年手里捧着一只鸟。那天,少年竟未找到回家的路。天黑了,家里人见少年还未回来,而雪却越下越大,便出去四处寻找。当家人找到他时,少年手里正捧着一只鸟,蹲在雪地上,像凝固的雕塑。少年的父亲抡手就给了他一个耳光。耳光响亮,惊飞了少年手中的鸟。少年从雪地上立起身,没有看他的父亲,他凝视着那只被惊飞的鸟,流下了晶莹的泪滴。

"那是一只受了伤的鸟。它虽然飞走了,却把灵魂留了下来!"少年说。

如果能守住这棵树,也许就守住了一个故乡。树是有灵魂的。黄昏最先暗下来,一个老人放了把椅子,坐在树荫下,抽烟。花白的胡子像是树的肌肤上生长出的绒须,吸收着空气和阳光。蓝色的烟雾袅袅腾腾,梦境一般。几只大公鸡,红光满面。在老人身前走来走去,唱着歌谣。一个小孩,有些淘气。从屋里跑出来,偷偷地躲到老人的背后,趁老人没注意,或是闭着眼想心事的时候,伸出肉扑扑的小手,轻轻地扯了一下老人的胡须。老人疼得"唉哟"一声,孩子笑,老人也笑。

"爷爷,讲讲这棵树的故事吧。"孩子说。

老人抚摩着孩子的头,摁灭了嘴上叼着的烟。张开的嘴像一扇被打开的回忆之门:

树和人一样,是懂感情的。但树却永远比人更知道感恩。它不会像人一样好高骛远,为了所谓的理想追求而背弃滋养自己存活的土地。老人正了正身子,继续说。孩子,你知道一棵树从一株幼小的树苗到长成参天大树,需要历经多少风雨岁月的考验和疼痛沧桑的磨砺吗？谁能懂得一棵树的心思?!

这棵树是我的父亲，也就是你的曾爷爷种下的。那时，我尚年轻，你父亲也只有你现在这么大。你曾爷爷种下它时，就明确告诉了我他的用意，他种下这棵树不是为了今后乘凉，而是预备着以后给自己做棺材用的。你曾爷爷一生都在为一棵树活着。他是真正陪伴着这棵树的成长而走向衰老的。每天早晚，他都要围着树干转圈，眼睛仔细观察树的变化情况。有时在外劳动累了，回来后他就躺在树干上睡上一觉。或闭上眼，想一想自己已经走过的日子，再想一想自己正在走着和剩余的日子，感慨万千。然后，他照旧会做一个梦，他梦见自己变成了一棵树，长在故土的胸膛上。这个梦总是很长，老也梦不完，像树的年轮，困扰他的一生。遗憾的是当这棵树终于长到可以用来做棺材了，你曾爷爷却躺在病床上命脉衰竭。我和你奶奶正忙着替他张罗后事，特意请来村里最好的木匠来砍这棵树为他做寿材，可你曾爷爷却无论如何不让砍这棵树了，他拼尽全力说出了临终前最后的遗愿："树在，我就还活着！"

几十年过去了，这棵树越长越粗。树真是比人耐活啊！老人重新点燃手中摁灭的烟蒂，继续说。孩子，你可记住了，日后你和你爹就用这棵树替我做一口棺材吧！记住，棺材一定要做宽敞点，厚实点，里面最好能做足躺得下两个人的宽度。我必须为你曾爷爷留足一个位置呢，那将是我们共同的屋子，共同的家。

遗憾的是老人在某一天辞世了。老人在临终前同样没有让后人砍倒那棵大树，他闭眼前说的最后一句话是："树在，我就不会死！"

几十年过去了，这棵树越长越粗。当年那个扯老人胡子的孩子早已长大。一天，这个长大的孩子听见自己的孩子蹲在当年的那棵树荫下，向另一个更老的老人说："爷爷，讲讲这棵树的故事吧。"

那个老人抚摩着孩子的头，摁灭了嘴上叼着的烟，张开的嘴像被开启的回忆之门：树是有灵魂的。它和人一样，懂感情，却比人更知道感恩。谁能懂得一棵树的心思呢？树真是比人耐活啊！假如没有了这棵树，村庄就没根了；村庄没了根，村庄里的人就孤独了……老人正了正身子，继续说。蓝色的烟雾袅袅腾腾，梦境一般。几只大公鸡，红光满面。在老人身前走来走去，唱着歌谣。孩子笑，老人也笑。

我的凉州生活

■鲁　青

2005年7月，我在劳累困顿中别了兰州，沿着名盛一时的丝绸之路逶迤向西，光秃秃的土丘一层又一层扑面而来，近处是，远处也是。八月了，竟然找不到多少绿色，满山泛着褶皱的黄色，除了寥寥可数、矮小的不知道名字的植物(后来我知道那就是沙棘树)散乱趴在土里，就是姜黄的沙土和砾石了。大巴沿着高速路在它们之间快速行进。

到武威，天色向晚，我害怕黑夜的到来，心情沉郁地望着窗外。我注意到路边几座土色的村庄，一些将自己裹得密不透风的妇女或者老人，表情呆滞地望着马路。

不知什么时候下起了雨，雨点快速落在干枯的坡面上，溅起白色尘土，没有留下一点儿湿痕。忽然间，我发现了前面山谷里有一片绿洲——诗意的、美好的地方，它的所在，就是城市和村庄。

车子穿过，雨未停，迎面是一片更大的绿洲，盎然矗立在白雪皑皑的祁连山下，一片片驼子小麦正当成熟季节，看到一条清水的河流，泛着太阳的银色的光泽。车从其中穿过，忽然觉得有点塞外江南的感觉。但河边一些枯死的杨树，似乎耗尽生命的勇士，在苍天之下，大地之上，以沉默的方式，贯穿沧桑的时间。

爬上乌鞘岭，海拔三千多米的地方，几十里的险要让我一次次恐慌。我忽然发现，刚才的小雨不知在何处停掉了。我是想着它能够跟随着，横穿整个河西走廊的——而它们消失了，像一个幻觉或梦境。

傍晚时分，我顺利到了武威，古时的凉州，王昌龄赋诗的地方，还有天才的李贺、岑参和王维，李白和弯弓射雕的异族单于、将军和阏氏。我想，因为做过国都和有无数的不朽诗歌，战争和丝绸——这该是一座历史积淀丰厚、灵气四溢和充满想象力的城市。但一下车，我就强烈地感到了一种干渴，从空气开始，使身体甚至灵魂焦灼。也似乎从这一刻起，我的嘴唇就开始了适应性的干裂，有时候很痛。喝下第一杯水，是过滤后的饮用水，但舌尖仍旧觉得苦。

安顿下来，一切都是陌生的，异地的生活就此开始。几天后，我和他们一起，开车到腾格里沙漠边缘的荒滩上去。车出武威市区，就是荒凉的村庄，裂隙斑斑、伤痕累累的土墙，竖在人们的生活里。炊烟从民房升起，弯曲，再弯曲，从树顶逃逸。

村庄之外，河滩之上，很多的坟茔，以沉默的面目，昭示着另一种存在或者终极。更远处的沙漠，无边无际，苍黄之色，带给人的是一种叫作心疼的荒凉。进入腾格里沙漠很久，除去偶尔几只探险的麻雀，突然觉得天高地阔，莽苍大地之上，几无人迹。

车子奔驰，扬起浓烈的沙烟，犹如古代的战争马蹄，在苍凉博大之地，扬起杀戮的烟尘。而八月的凉州很少有风，偶尔的气流变化也会形成小范围的沙浪，有时候是微型龙卷风，站在那里，一不小心，就会遭受一次洗礼，尘灰满面，犹如土人。

这里的水是极其匮乏的，浇水用的井深逾六十米，因为地下的土质黏度很差，透性强，水枯竭得很快，能波及几百里外的地方。暮夏，沙漠也经常出现阴云天气，偶尔有雨，但长久的干旱使得地面结了一层厚厚的白茧儿，雨水不能停留，只能逃跑。

在这样的环境中，我始终觉得，自己是一个外乡人，与凉州格格不入，也对古老辉煌了几百年的丝绸之路产生了失望心理。每每想起诗人们留在凉州的诗篇，忍不住一阵惆怅——我想到，遥远的古代，凉州乃至整个绵长如血管的河西走廊，都是植被葱郁，绿意盎然的。而现在，越来越少，即使有庞大的、积雪覆盖的祁连雪山，也还是觉得枯竭。

一年后，我回到了青岛，面对泱泱大海，想到西北的凉州，水构成了两个不同的地域，水也构造和篡改了许多关于人的事情。当我再次向西，到金城兰州，转车向凉州的时候，到乌鞘岭，却又迎来了一场细雨。

那雨似乎专门为我而下，从苍冥的空中，眼泪一样，落下来，落在行驶的车窗上。我看着它们，觉得了美，像一种润泽，不只是我的眼睛，还有我的内心、精神灵魂。

到达的午后，站在窗前，天空阴沉，昔日一碧如洗的天空被黑色的云彩遮没了。不知过了多久，忽然，一道刺眼的亮光电闪而出，紧接着，是滚过凉州古老天空的轰轰雷声。

雨下来了，密密麻麻的雨从茫茫的天空奔跑而下，哗哗的声音打击着我的耳膜。我感觉中的凉州，就像是一幅枯瘦的山水画，而一场暴雨，就像汪洋恣肆的墨水，将它一下子涂染得丰满起来。

持续了好久，雨才住了，但风依旧很大。我开窗望外，柔爽、湿润的轻风吹过面颊，树叶在轻风中摇摆，炫耀着它从来没有过的干净，路面上缓缓地流着一些水，像山间清澈的小溪。

但是，我听说：这一场暴雨，致使凉州倒塌了两千多间房屋，死亡三人。

还听说，一位七十五岁的老人从来没有见过这么大的雨(据记载这是1938年以后最大的一场暴风雨)，竟然吓死了。

我料想，雨后的凉州，该是最干净的。几天后，我忽然又听到了一阵呼呼的声响，像是夜半奔驰的马蹄，伴随着惊天动地的嘶喊，从远处和头顶滚滚而来。我想，这可能又是一场不小的雨吧。站在窗前，却看到一片浊黄，布满了凉州的天空。风中的沙砾不断打在玻璃上。

是风暴，强大的风，掠起地面的事物，在空中飞扬。窗外的一切都变得模糊。我从没听说过，八月里也会有沙尘暴，倘在春天，这里的人们都是习惯戴着口罩，把自己包得严严实实，而这一次，沙尘暴突如其来。

我觉得了沮丧，看着窗外，心情焦躁。想起身在踞此不远的巴丹吉林沙漠的兄长杨献平，打电话过去，他说那里下起了小雨。如今沙漠的雨比起沙尘暴明显来得少了，急功近利或者求生的很多人的行为成了它们最大的杀手，现在成了这片干瘪的土地上最为宝贵的东西，可能将来永远都是。

而我能做些什么？在名声久远，诗歌唱响的、王朝的、丝绸的凉州，我想我只是一个外来者，短暂的停留，深刻的际遇。有时候，我觉得这些都是新鲜的，充满意义的，不管是现实，还是乌托邦抑或梦境，不管是个人的还是集体的，往事还是当下，都令我觉得了一种真实的存在。对此，我似乎并不能阻止和改变一些什么，就像古老、曾经辉煌、至今闻名遐迩的凉州，它的城池、乡村以及它的人们，这些都将是永恒的，也是速朽的。

迷雾中前行

■李新立

刚进入秋季，六盘山俨然冬天了。除了苍松翠柏愈发精神外，野草和沙棘早已变得枯黄。雪也来得早，山下的天气还是阴沉沉的，山上已是漫天雪花。有雪便一定有风。风呼啸着，从山上冲到山下，在沟沟洼洼里打一个滚儿，又一下子冲上山去。风裹着雪粒，沙子一样，打在哪里哪里就发出“刷刷”的声响。风把雪花搓成一团一团的雪球，极力卷了起来，从这里甩打到那里，又从那里甩打到这里。如果是步行，雪团不仅会迷住眼睛，还会打伤脸颊。但奇怪的是，山上的松柏却在风中不见丝毫摇摆。

雾总在雪停后出现。晴天白日，迎着太阳东行，远远望见六盘山上，灰白色雾像撕扯不开的棉絮，从山顶一直覆盖到山腰。汽车一头扎进雾里，这些浓得化不开的雾飘在头顶上，眼前基本上是开阔的。而迎太阳西行，却是另一种情形了。远远看见六盘山上浓雾弥漫着，雾是一团一团的，就像被风的手撕扯开来了似的，丝丝缕缕连在一起。在风的鼓动下，雾从山洼里、沟涧里慢慢升腾而起，滚动着，飘浮着。空中的风吹过，这些雾又马上涌动着狂奔了起来，一会儿连在一起，扭成一团，一会儿又支离破碎，水一样漫开。这时的雾压得很低，汽车开进去，一团一团地不时撞在汽车玻璃上，让人感觉到车身在剧烈地颤动。我曾经想着，六盘山上白雪皑皑，在阳光下闪射着宝石般的光芒，几只鹰在山顶上下盘旋，使六盘山显得冷峻而安详。行走在这样的境地中，会让人有清净的感觉。可是，这只能是想象，行走在弥漫的浓雾中，一种来自外界的压抑改变着我的思想，我只想着，快翻过山去，快点从迷雾中走出去。

我常因事，在夜晚时分翻过六盘山。车到山下，看不清山的面孔，它整个笼罩在深沉的夜色之中，甚至看不到明明灭灭的车灯，路上也几乎碰不到擦肩而过的汽车，给人一种极其安静的感觉。而走到上山的路口，看到停靠在路边正忙着挂防滑链的车辆，这才明白路上结了冰。是的，在路上，没有我们想象中的那种皑皑积雪，雪大都被山风掠到山洼里去了。仅有的残雪也早被过路的车辆碾轧成了一层厚厚的冰。这层冰，经过太阳和山风的梳理和打磨，上过蜡似的，变得十分光滑。摇下车窗，一阵阵寒流突袭而来，空气中有股焦土味儿。哦，山上还是大雾弥漫啊！

停在路边的车辆一般没有自带防滑链，于是，居住在六盘山下的人家就

背了几副链条上山。他们和车主谈好价钱后，在寒风中半跪着或者趴下去，给轮胎挂着链条，虽然这样很危险，但他们却浑然不觉，似乎意识中没有“危险”这个概念。我了解他们的生活很是艰辛，也就感动于他们对生活的那种执著。在冰天雪地中，一些车主十分固执，自己没有带防滑链又不愿意接受六盘山挂链人的链条，结果走了几步就车轮打滑，以致堵塞了交通，也幸亏不是在险要路段，不然，不知会出什么事故呢。汽车一辆接着一辆，慢慢地往前蠕动着，不敢稍停一下儿。链条咬着光滑的冰面，发出“嘎吱”的声响。车灯照在白冰铺成的路上，路面闪射着铮铮寒光。迎风走在车灯里的六盘山挂链人，不时回身打着手势，提醒着不熟悉路况的外地司机，灯光把他们的身影一会儿拉得很长，一会儿又隐藏了起来。走在因红军长征而著名的六盘山上，我再一次想起了“山魂”二字。六盘山挂链人不因为生活贫苦而离开家乡，他们了解山，山给了他们坚韧的品质。在我的眼中，他们具有了山的高度。

山顶上，雾浓了起来，并且是愈来愈浓，好像凝结了似的，一动也不动，几乎遮挡住了全部视线。面对浓得化不开的迷雾，汽车橘黄色的防雾灯显得无可奈何。守在车内，根本看不见前面的车辆，直到听见旁边发动机在冷空气中发出的沉重的吼叫声时，才知道有车迎面而来，擦身而过。汽车摸索着前行。虽然看不清车内的状况，但能感觉到司机的身体往前倾着，双手紧紧握着方向盘，头一动不动，眼睛睁得大大的。旅客们的身子也极力往前倾着，一只手抓着旁边的手把或者前面的座位，紧紧地，紧紧地。山下还有说有笑的人们，现在都屏住了呼吸，车内静极了，几乎能听见每个人的心跳声，好像一句话，或者一声咳嗽，会把汽车惊出车道。

此刻，我知道大家想到了路旁的事故警示牌，很多人手心里攥了一把汗。迷雾紧锁着汽车，阴影笼罩着人们的思想。现在，谁也判断不出车的位置，雾像一个硕大的茧，车就是茧中的蛹，命运随时会因外因而改变。在这一刻，人们是想起了还没有做完的事情？是想起了一件没有做好的事情？是想起了一件不该做的事情？还是想起了一件该做而没有做的事情？或许什么也没有想。我无法猜透大家的心思，但可以肯定，在这纠缠不休的雾中，一些人在忏悔着，一些人在懊丧着，一些人原谅了许多曾经对不起自己的人——片刻间，迷雾使人们走出了自己制造的茧。

平时半个小时的路程，在重重迷雾中却行走了两三个小时。黑夜掩蔽了一切真相，如车道旁倒下去的车辆，如路基外令人心寒的悬崖，甚至前行的方向。司机点燃了一支烟，身子向后靠去。我感觉到我前面的人朝后仰去。我听到了调整坐姿的声响。这就是说下山了。随着一声声的长嘘，同时听到了轻微的哭泣声。

是下山了，真的下山了。回头看看六盘山，仍然笼罩在一片黑暗之中。是的，我们走出了迷雾，但是，有谁用“简单”二字去度量过漫长的路程？而我更担心的是，走出迷雾的人们，是否会真正走出心灵深处的迷雾！

我　们

■姚牧云

我十三岁那年，遇见她，现在，我十六岁。

前几天，跑到以前一同去的影碟店去拿订的影碟，老板十分诧异地问我："不是你的朋友拿走了吗？"我咬牙切齿道："死丫头！你给我小心点。"

我们常常一起去买碟，不管是动画、电影还是音乐，两个女孩蹲在柜台前，一边翻那些繁杂的光碟，一边不时说几句没营养的话，发出嗤笑的声音。

有时，也会去逛那些首饰店，一边翻漂亮首饰后面数字吓人的价格牌，一边发出夸张的抽气声，不停地喃喃，那么贵呀，压榨人民啊！惹得一边的服务员不断地瞪我们，而我们俩脸上满是恶作剧的光芒。

总之，都是古灵精怪的丫头。

彼时，我刚进初中，她与柳是旧友，自然便玩作了一堆。

那时的她，并不是美丽的女孩，但是，性子与我相合，自然好得焦不离孟，孟不离焦了。

那时我们都是毫无烦恼、无忧无虑的孩子，就像那陈旧校园里的阳光一般。

下课时，一帮孩子坐在一块儿说话，有时还嚼着薯片，放肆而无畏，脸上满是天真的表情。

也经常吵架，抓着对方的弱点便往死里咬，我说她"猪"，她骂我"木鱼"，倒也不怕坏了感情，一直到后来，这两句骂语竟成了我们的昵称。

我依旧记得，六中一楼的倒数第二个教室，靠窗的位置有风吹过来，直吹着门前的梧桐叶沙沙响，直吹得她的短发迎风飞扬。

我时常会带许多小说去学校看，那时并不知道什么安妮宝贝、郭敬明之类的，只带些《红楼梦》、《镜花缘》去，用食指一排排指着看。有时，还用铅笔做着记号，她笑我："跟做什么学问似的。"我回头瞪她，她却笑得更欢了，直趴到柳的身上去。我无奈地叹气，也不理睬她。

《红楼梦》里有许多诗词。于是，那段日子，两人都疯了一般地爱上宋词。小女子般的人，自然爱婉约派的词，自然背的尽是些"这次第，怎一个愁字了得"的语句了。见了面，也不尽说着明星八卦新闻或是笑话了，都似对口号般地吟上几句："碧云天，黄叶地，秋色连波，波上寒烟翠。"两人倒也好默契，说了上句，马上便能接了下句。

可都是没常性的小孩子，一天一首哪能坚持下来，没几日，便荒废了。谈起时，她总是笑道："咱也过一回文人骚客的日子了。"我直骂她："真是没脸没皮的。"

几日前，翻东西时，找到一本那时的本子，上面密密麻麻地抄了几十首词，记得她也和我一般，买过一本本子抄词，现在想起，那些缠绵的句子都尽忘得差不多了，犹若那时的岁月。

后来，两人升了初二。我们俩英语好，但老师仍是训斥我俩不用功，粗心大意。于是，便买了许多参考书，做了拿去给老师改，也互相嘲笑："还真装起乖孩子了。"

二年级开学不久的一个星期天下午，碰巧读了安妮的《告别薇安》，惊觉，原来文章还能写得这般冰冷彻骨，终于一发不可收拾爱上文学。

两个人看了所有安妮宝贝的小说，最爱那《七月与安生》和《彼岸花》，最爱那林南生。她似一只蛾，此生执迷不悔，经过了火一般的煎熬后，方知平静度日。也有爱，但再也不会有少年时那般执著。看到南生自杀时，仍不住地去怀念人生中最初的那个人所给的温暖，终于哭起来，忆起的，是那句："我爱你，这是我的劫难。"两人也常聊起，那和平是否真爱南生，或者南生是否真爱和平。有时，她会对我说，也许他们只不过爱上了那幼年的记忆罢了，那段两人相依为命的记忆。我从不敢告诉她，我们俩也这般相依为命好了。因为，那时，我们仍处于能够相互分享一个布熊的时候，以后呢？当我们有了不能共享的东西时呢？

那些日子里，我们几乎看了所有 80 后作家的书，郭敬明，韩寒，张悦然，周嘉宁。我爱张悦然的苦涩，周嘉宁的细腻，她爱郭敬明《幻城》里美丽和凄然的樱空释，那些华丽至极的句子，慢慢组成我们微苦的青春。

她在书本的边侧和桌角上写着樱空释的名时，我正为那一句"哥哥，请你自由地……"而暗自哭泣。那些本不属于我们的哀伤渐渐地成为生活的一部分，谁也不知道，那些日子之后，我们再也不能成为少年时如此无忧无虑的人了。

我们开始相信，有些事是在劫难逃的。有些人，是注定了会离开。我变得宿命，而她，是不羁。我们仍是那般打闹，那般欢笑，可是，彼此之间，都已经不如少年时那样单纯。

我仍是有时有点不乖的好学生，她却开始改变那被注定好的一条路。她不做作业，上课睡觉，有时，我一回头，便能看见那张沉睡的脸，她这样任性，哪又免得了头破血流？她被老师抓了来骂，沉默着不说话，而我，看见她的那双眼，有冷冷的光芒。

体育课时，她翘了双脚坐在主席台上，神情漠然，阳光里是细碎的灰尘。不知怎的，我觉得她如此弱小而委屈。空气里弥漫的是辛辣的草叶气味。

我好似看见那个时候的安生，坐在树上向下面的七月招手，她笑得一脸灿烂，用天真的茶色眼睛望着你，那么无辜。树缝里漏下稀疏的影，一片片破碎掉。

那刻的她，与安生如此相像，我心里隐隐地不安，我们像极了七月与安生，我宿命地认为，我们终将分离。

后来，便是那场噩梦一般的奥赛选拔，那个微凉的秋季，没有人与我们一起歌唱。她没有能够考好，站在楼道里冲我笑。笑容易碎。她玩笑一般地说起，她妈妈给她的那一巴掌，声音麻木而脆弱。我无话可说，看着她的侧脸，隐隐发疼。

是谁说，有些事改变了就无可挽回。她无可挽回地远离我。

终于有一天，我们毅然地离开了彼此，我们不吵架，不怒骂，只是悄悄地从彼此的生活中淡出，努力不留下一点痕迹。

她仍旧任性着，我仍旧听话着。她有太多的勇气，而我太过懦弱，她和我都无法忍受。

也许是因为有痛楚，我在那时听起摇滚来，平克・弗洛伊德，涅槃或者更多，耳朵里一直充盈着呐喊。她和我那么不甘。

我们不去了解对方，我们又各自有了各自的朋友。一切，如同落日的浮华，那些日子里，我最常想起的是她爱的樱空释的那一句："哥哥，请你自由地……"

整个初二，相安无事。

我越发觉得，人与人的相处好似鱼缸里的鱼，再怎么靠近，中间仍是冰冷的水，越热闹，便会越发地孤单。

我在那个年月写忧伤而贫瘠的文字，伤感并且孩子气，单纯地想去宣泄情绪，从不知道，她会不会看见它们。

2005 年，我终于初三了，带着那些隐藏着的危险气息，穿过川流不息的人群，恍然觉得所有的人都将自己的伤口藏得那么深。我想起她在夏日的午后对我微笑，从不知名的书中读道："安慰捉襟见肘，你要冷暖自知。"

冷暖自知，我想起这个词句，我们从少年时便无法铭刻的温暖，变得如此沉重，有一天，当冷暖的交界模糊掉时，我们便也分不清了。

那一年，我们各自受尽伤害。

是不能离了"爱"的孩子，与人交往，总是透澈明了，可是，他们依然离开了，扔下如此悲哀的我们。

我们终于找回了彼此，在各自寻找了那么久之后，在以为永远不能再亲密的时候，在我们已经不是那么任性与懦弱的时候。

我们沿着路走了那样远，终于发现，心里那最温暖的依旧是离开的那个地点。

那样的时候，依然想起离开时那么卑微的自己，我想，那时的我，也许一回头，就能看见与初见时一样的校园。

我们不是七月与安生，我们不是对方宿命里不能避免的存在，但是，即使这样，也想要她陪伴我。

以前在《岛》里看过这样的句子："有哪个号码，才能让我一下子寻找到你？"那个时候我不禁去哭泣，想来，满的悲哀。我不愿到那般境地，因此，总也想要她陪伴我！

我们花了十三年才遇见对方，所以，不想再放开手。

想与她并肩走，是因为，除了她，所有人都不可能是她。

我们比少年时更亲密，我们身体中的绝望，是治愈不好的伤，但是，也许彼此的存在，能让它不再这般疼痛。

一同在黑夜中行走，灯光闪烁，仿佛那海上灯塔。

那样的日子里，我们看最曲折最艰难的爱情故事，那样我们就可以相信，就算再怎么困难，我们每一个人都能够拥有幸福。

没事时，也经常吵架。早不是那年里只会骂一个词的笨拙孩子，拐弯抹角地说话，总是半分钟后，对方才反应过来原来是在嘲笑自己。毒辣到甚至有一次两人联合堵得别人半天说不出话来，以后那样的事被我们经常提及，原来，彼时不善言辞的孩子早已伶牙俐齿了。

也拉她陪我去书店买书，两人都是爱书如命的人，一进书店就粘住了脚，如何走得。有时，突然抬头，便能发现她专注的脸。她笑起来，左脸颊微微凹下去一小块，那酒窝煞是好看。感动时，会落泪，眼眶红红的，因为不好意思而微微红了脸。

她爱吃凉面，几乎每个星期总拉着我与柳同去，两人都爱吃味儿重些的食物，总免不了嘱咐那老板"醋多些，辣椒多些"，甚至有段时间，连那老板也与我们十分熟。

直到现在，我还时常去回忆初三那段日子，张扬的、任性的女孩子们，也许，那段日子，是我最快乐的日子。

那样的季节里，我仍会因为考试不好而哭泣起来，她依旧对分数抱以无所谓的态度；她依然在课堂上睡觉，而我还是做着数不清的试卷。可是，我们都不是彼年里的孩子了,我知道。

我们时常说起那些看过的小说,有美好的结局的。我们对自己说,每个童话都有好结果,这是多么美好的一件事。

但,我还是有种不好的预感,她与我心中的那一片黑暗,已经弥漫开来,雾气一般。

毕业时,我们没有哭泣,连道别也没有,更别说什么同学录了。我们仍在一起,晚上一同散步,早晨一同晨练。

我迷上了动画,她便陪我一起看。我们买一大堆一大堆DVD,我们十五年看的动画也没有那一个暑假这样多。

我们看到了《绝爱》,南条家的次子晃司,他是如此明亮的人。而他的爱,却是绝望的,他说:“不管他是猫还是狗或是路边的野草,只要他是他,我就一定会找出他,爱上他……”他是这般执著的人。我们总在希望,有一天亦会有这一般执著的人疼爱我们。

一天,听到一首叫《死了都要爱》的歌,我发了信息给她,说仿佛是为晃司写的,而她这般写道:“爱是恩慈,爱是持久忍耐。”那是我们以前一起从《圣经》里读到的句子:爱,是恩慈,是持久忍耐。爱是美好的东西,不论是绝望,还是希望。但肯定的是,爱让我们活下来。

我们是在一个清晨去的教堂,不大的教堂里,有神色肃穆的老人。我们买了《圣经》出来,黑色封面的小本《圣经》被我们捧在手上,我们走过去,听见一大片的“感谢主”的声音,“感谢主”我亦在心中默念,感谢主让这世界上有了爱。我们,要有爱,才能这样好好地活下来。

那时,我们天天发短信来着,有时是互相调侃,有时是一些哀伤晦涩的句子。我曾向她怀念那些曾经的日子,那些我爱过的爱着我的人们。她道:“你总是这般,要到了曲终了,人散了才知道戏好看。”我愣在了这边。我想起那个女孩,她告诉我“她们也许只是爱上了去爱的感觉”,我在这边抚摸着自己的手指,她,仍是那么任性,不给人留一点余地。

我的那些文字,仍然一如既往地,无法改变地充满着忧伤与绝望。终于,有一天她看见了它们。那日,她说,我看到了那篇《遇见谁》,她说她说不出话来。我哭了起来,心中那样隐密与柔软的地方她寻找了那么久,找到了。她说她看了我所有的文字,我常常提起她,那些所有的任性的,敏感的,透澈的孩子都是她,我的青春年华里,无时不存在着的那个人。

开学以后,便没有那么多相处的时间,我告诉她,我那样想念以前的朋友们。她说,我们要学会忘记,学会坚强。

我一个人听歌,只用一只耳机,因为另一只耳机是留给她的。我在大半夜里发呆，在空旷无人的操场上听自己的足音，那样的时刻，孤单如同空气。

有时会看电影，一个人，热爱那些小成本的电影，对大片越来越提不起兴趣。电影结束时，我的眼泪在黑暗中流下来，谁也看不见。身边的位置常是空着的，让我想起那时看电影时与我一般聒噪的女孩子。

于是，当她问我要不要去她学校看看时，我马上应了。那里有一片很大的草坪，阳光很好，我坐在草坪上昏昏欲睡。她告诉我，这个学校，她唯一爱的，便是这片草地。她拉我在太阳底下奔跑，跑过齐整的草坪，跑过没膝的杂草，我们一直跑，仿佛只有跑才能甩开跟在身后的厄运。

她坐在乒乓球桌上冲我微笑，她与我说起未来，说她父母说了，只用考上400分就能让她去中国××大学，她笑容里有惨淡的感觉。她说，我以为我是我们这些人中最自由的，原来，也只是顺着父母所指的道路行走。我道，梦想，便是不能实现的事。

许久之后，不曾联系她，有时去买碟，老板会提起她。转学以后，也常遇见她，仍然是施施然的样子，她问我“可好”，我淡淡地笑起来。

现在，我突然想起，她曾经满面笑容地站在时光深处对我说，我们要有最遥远的梦想，最朴素的生活。

傩乡记忆

■刘宏秀

1

读过一篇文章，说城市是有性别的。在江之南，比如成都，因为有了那个清冷高傲的薛涛，这城市就成了一个浓淡有致的女子；再比如杭州，因为有了苏小小，就总觉得杭州也少了粗犷。这使我勾起了对广袤中原大地的无限遐想，历史的久远与悠长在这里孕育出太多的文明，也凝固了太多的野拙和率直。中原先民不仅响当当书写出一个惊世骇俗的殷墟来，还将一个实实在在的磁山文化填补了新石器时代考古文化的空白。作为早期人类农耕生产的发祥地，没有任何人会怀疑黄河的先民对这片热土的挚爱。抛开那些仁山智水，单单点缀在纵横阡陌中的乡村古镇，也有一番别样的景致。青舍灰瓦，阁楼牌坊，石巷古槐，想必统统都一大把年纪了吧。上下五千年的中华文明史，也许已将乡村本质上固有的憨拙、朴直描写得淋漓尽致。而精神上呢？当我将探求的目光投向南太行山下的固义傩舞的时候，才发现，傩，这个乡民的精神图腾，像是从母体里带出来的胎记，已经将烙印深深镌刻在乡村记忆里。在傩乡，我分明感受到这种记忆是如此的清晰，如此的绵长。

虽然固义的傩艺表演可追溯到明代中叶，但它那古老的形式和内容，则可以推进到历史的更深处。如今，固义傩的头上已经有了一个耀眼的桂冠：国家级非物质文化遗产。走过曲折且漫长岁月的固义傩，是以“捉黄鬼”和傩戏表演两条线索来进行的，把“娱神”与“娱人”有机地结合起来，这一古拙、质朴而富有神秘色彩的民俗文化一经有关专家的发现，就一改中原无傩的说法，使中原与西南、华东成三足鼎立之势，展示了中华文化在漫长的岁月中相互融合的历史。

谁说中原无傩？

2

春节刚过，迎着春天第一场春雨，便径直走向了中原傩乡，那座烟雨朦胧的叫作固义的小村庄。

头天晚上，我收拾出发的行李，外面淅沥的雨声敲得我坐立不安，春雨又将初春的寒冷逼进屋来，“这样的天气，傩舞还会有吗?”说这句话时，除了窗外的雨声，无边的寂静向我袭来，回头，哑然失笑，我才意识到，屋里只我一人。

春雨一夜未停，山岙如濯。汽车一头扎进雨雾，沿着裸露着河床的南洛河一路西去。我看见，宽阔的河床上只流淌着一条清亮的溪流，尽管那条河流已经穿过季节的丰润，走向生命的枯竭，但那裸露的河床镌刻下季节的荒芜和岁月的沧桑。车过磁山，我特意打开车窗，让沁凉的雨丝裹挟了7500年前泥土的清香，瞬间充盈整个心扉。

雨丝斜斜滑过，直接从青灰的天幕拉出一条条斜线，将沿途的一个个村庄编织进湿漉漉的网中，连同瓦舍的青灰和积水的银白都被神神秘秘地笼罩在初春的雾气中。车停在一个打谷场边的时候，我知道，傩乡到了。一捆捆竖起来的谷草，卫兵般站立着，走近了看，又像一个个戴斗笠、披蓑衣的老翁。走进村庄，雨落在狭窄的石板巷里，地上光亮亮的，走在上面，水花在跳跃，若不是远处传来稀稀落落的鞭炮声和铿锵的锣鼓声，我真的以为是逡巡在那巷如溪、雨如烟的江南小镇了。

依河而建的村庄，对石头表现出太多的关爱，即使下着绵软的春雨，也掩盖不了棱角分明的远山。在这里，石主宰了一切，从大如卧牛到小如齑粉，无不例外有它们独特的用场。从神的石龛、石凳、石桌到人的石堰、石墙、石牌坊，再到畜的石槽、石臼，无不显示人们亲近自然的愿望。雨中的石巷盛开着卵石花朵，也铺就了古老的庙宇和戏台，这些石桌和石柱隐匿在雾霭迷茫的灰砖青瓦之中，正经历着岁月经年的打磨。而那些石缝里的青苔也同那些栩栩如生的傩舞面具一样传承延续着生命的香火。村民把求福的心愿书写在门前的廊柱上，雕凿在庙宇的飞檐上，装饰在古朴的木窗上。岁月的迁徙尘封了他们走出大山的愿望，却将勤俭、礼仪、耕读的古训留在了村庄。

年复一年固守着的家园，祠堂原先的主人正在以一张静态的黑白照片走向岁月深处，却把他们渴望风调雨顺、子嗣兴旺的祈求代代传承。在年终岁首，他们便把对美好生活的向往托付给天地神灵，他们要举行一个盛大的仪式，要请神、要敬神，要把自己的虔诚讲给神，表演给神，戴上神的面具，穿上神的衣服，要与神共舞。不求太多索取，只求上苍赋予村庄新的生命。于是在一个经年不衰且约定俗成的日子来到的时候，傩的舞蹈开演了。

“傩”，一个极象形的文字，一个瘦弱的“单人儿”，站在一个魔兽般狰狞的不可征服的“难”面前，这个孤单单的“人儿”显得那样的无助，那样的卑微。“难”是谁？藏在哪里？远古的中原先人创造了这里的辉煌和久远的文明，却

阻挡不了它的侵犯。面对着太多的贫穷，面对着太多的瘟疫、洪涝、战乱、兵燹、愚昧以及道德的沦丧，这些生活在最低层的先民有一千个、一万个理由祈求上苍神灵的保佑。

是为了一种坚守，还是眷恋这块祖祖辈辈栖息过的家园，傩怎么就这样固执扎根在南太行山下这片古老的黄天厚土之上呢？

3

穿过一个用松柏枝椏搭成的拱门，置身一条打不开一把雨伞的窄弄，嗅着扑面而来的青苔气息，走过一段能听得到自己心跳的寂静，推开一扇虚掩的木门，主人家煮饭的香气合着供桌上袅袅升腾的烟香一起弥散开来。雨在伞上呢喃，跳到身边的廊柱上，引领你读两行这样的文字，映亮双眼："朱轩书翰墨怡神养性，玉阁导儿孙效国从心。"这是一个坐北朝南的小院，小院的主人是一对年近七旬的老人。

老人指着小院的东屋，平静地告诉我：东陵大盗孙殿英曾在这里接受过人民政府改造，我突然感到一种敬仰。这个小院，多像一位隐居山野的高人，心中便有了"欲知朝中事，山乡问野人"的慨叹。面对像我这样为傩而来的外乡人，老人没有觉得有谁打破了他们平静的生活，仿佛一粒投入水中的石子漾起的涟漪，他们的脸灿如荷花。当一副"致于道依于仁诗书能教子，立于礼成以业勤俭可持家"的对联引起我浓厚的兴致时，憨腼的主人却把先辈的炫耀悄悄掩起，他们甚至没认为这大概是他们的先人留下的最宝贵的精神财产。恍然间，我明白了，这里没有陋俗，没有愚昧，这些善意的儒风已经弱化了先古仪式的迷信色彩，却将文化的精髓沉淀了下来。

午后，村庄依然是一个湿漉漉的水世界，天空在由雨和雪的阴霾里，更给村庄笼罩了一层神秘气氛。作为傩舞的前奏，请神是必不可少的，既然要将神请到人间，就要准备给神享用的人间烟火。因此，供奉神的供面制作就显得尤为重要：一是要让神充分享用，二要用虔诚之心感召天地。

在固义，至今还保留着这样的传统习俗，正月十四请神，在这之前，要有三人专门负责磨制供面，五斗小麦要用人推的方法，自磨自筛，一天完成，绝对不能偷懒使用驴拉，更不能用机器，这一惯例从不改变。而且，从正月十二开始，那些不派不选、所有世袭的玉皇、阎王、判官和四值、四尉的扮演者，就开始"压身子"，也叫"净身"，夫妻分房而居，以示诚心。

戏台前，铿锵单调的锣鼓震碎了天空的阴霾，在无边的乡野间弥漫。人一旦带上神的面具，就有了神的尊严。舞台上，参神的人与被参的神组成人神共舞的图腾，没有念白，没有唱词，肢体的舞动透出乡野的古拙和简朴，呐喊声、口哨声将神的威严演绎成娱神、娱人的汹涌洪流。

可以想象，人在困难面前是要有精神依托的。把寄托着期盼和依托的神请来，把代表了疾病、灾难和忤逆的鬼赶去。所以，远古先民发明了傩，创造了傩，作为远古时迎神赛会、驱逐疫鬼的一种仪式，人们寄傩于崇高的追求与信仰。于是，黄河先民要祈福恩泽的神灵了，要表白一下自己的虔诚和真心了，要把所有的山川社稷五谷花果苗稼尊神、五方五帝兴云致雨的龙王、天地三界十方万灵真宰、风伯雨师雷公电母请来，做精神之高蹈，定要舞出个“福来同姓沾利”，舞出个“禄到合族享荣”。

4

夜幕降临时，雨滴落在积尘的青瓦上，敲打着远古的回想，叩击着生命的回音，村庄沉浸在一种静谧而神秘的意象里。这是早春，欲望在疯狂生长，并积聚着喷发的能量。在春雨的击打声中，幻化成丝线一样流淌的音符，随时准备在这个寂静的瞬间敲打出万马奔腾的乐章。

亢奋是从午夜开始的，尽管这样的夜晚已经让全村的人彻夜无眠。在祠堂的走廊里我碰到一位独自从北京来的小姑娘，在相互交谈中，我知道她是北京戏剧学院导演系的学生，她和那些远道而来的观傩人一样，彻夜守候在祠堂里，看村里仅有的几位艺人给全村几百人化妆。这是无论如何从书本上学不到的活生生的素材，好奇和惊讶写在她稚嫩的脸上。虽然夜幕吞噬了静谧，然而，潜伏在静谧下的骚动还是使黑夜不安，没有人会怀疑一场即将到来的人神共舞会撕开夜幕的围裹，让喧嚣直到天亮。

午夜，更鼓悠悠敲响，穿过村庄无数条小巷，余音袅袅滑过夜空。“笃笃”的蹄声穿透黑暗，撕开夜幕，与天籁共鸣。是虚幻吗？却真实地由远及近。神秘的傩舞已经粉墨登场了。这个几百年的村庄，竟在无边的灯火阑珊中，不肯睡去。

雨不知何时已经停了，月光将夜色吸进絮绒一样的云层。毕竟，在他乡之夜，我看见了丁亥年的第一轮圆月，那么清冷，那么高远。

抵达

抵达

—衔杯

抵达，是生命无限趋近的目的，它的本质是理想而不是结果。

请允许我用江飞的一句话，展开我对这个专辑作品的简短评述：“在此处与远方之间，我与亲人之间，是辗转的艰途。”

《一路面孔》带有一种美丽的惆怅，写自己努力出离却不得出离。进退之间，文章设定了一个中庸而尴尬的位置，的确，你我都身处其中。忧伤的叙述表达了一种悲观的倾向，它的格调是高雅的。如果一定要与江飞对话，那我想引用扶风《客居洹上》的一句话对你说：“你终还是个客啊。”

扶风《安阳三章》充满了东方式的洒脱，非常有特色的单音节词和短句的运用，使文章洋溢着汉语的书卷气质。但我想努力从语言风格之外，寻找另一个理由——基于处世态度意义上的——来解说这种东方式的洒脱。这个理由就是作者对物质存在与精神存在的成功剥离。“袁公作客洹上，上一次是下野，这一次是下土，上一次意在钓国，这一次意在轮回”，“我突然间才明白，青铜是青铜，鼎是鼎啊。”这是作者跟自己下的一盘棋啊。——我这算不算牵强附会呢？用米奇诺娃那篇文章的结尾回答你：“没准！”

米奇诺娃的《迷雾千年锁金山》的格调与上两篇截然不同，俏皮的文字显示了作者精灵一样的乐观个性。这不仅仅是一篇翻案文章，文章结尾部分对《白蛇传》的“杜撰”明确表达了这样的主题：文化的主观性。在这个问题上，米奇诺娃不但与江飞完全相反，而且比王开的坚韧和扶风的洒脱更加强烈。我引用碧青《门》中的一句话，作为与米奇诺娃沟通的桥梁吧：“门，并不属于它的缔造者，也不属于拥有它却不打开它或关闭它的人。门，只属于开关它的人。"《迷雾千年锁金山》就是你的钥匙啊。

《门》是一个宏观的作品，虽然作者选择了一个微观的角度。毫无疑问，碧青追着这道门走了很远。与前面几篇文章不同的地方是，它展现了一种执著的气质，一份坦白的忠于自己生命的赤子之心。作者最后问："我是否该在某个地方打开，一道仅属于我自己的门？"我姑且做一个形式上的回答吧，一则与你交流，二则好使这篇评论看起来像一篇完整的文章。

周艳丽文字安静优雅，不论是读书，还是追忆往事，写自己此刻我在的心灵状态，还是关注亲人的生命生活，都能够"我"在其中，出脱其外，有细微的个人经验，更具备不动声色的生命关怀。李梅的《色影手记》行文开朗，诗意雅致，给人一种美的愉悦之感。木木《我的纸上河流》和《记忆是心理的废墟》，可以看作是智性的写作，思悟灵魂内外，透彻思想肌理，且疏密有致，行文通达，具有很强的感染力。

迷雾千年锁金山

■米奇诺娃

因为醋的关系，镇江在米奇心里的位置排在了扬州、苏州和杭州前面。这不奇怪，生活中，宁可食无鱼，不能不吃醋。醋的作用也真大，不仅能调味、释血、降压，还能活跃婚恋气氛。最重要的是，醋能软化卡在嗓子眼儿里的鱼刺。

在所有的醋当中，镇江醋味道最香浓，因为是糯米酿成。

为着香醋，夏季里米奇冒着38度高温巴巴地去了镇江。从南京出发，眨眼工夫就到了镇江，到了那个“三面翠环起伏，一面大江横陈”的“银码头”。奇怪的是，守着南京，镇江的行人却少得可怜，街道过于安静，不像属于13亿人口的国度。

米奇原以为大老远就能闻到醋香，没想到大老远就看见了金山上的慈寿塔，只好本着喜新厌旧的老习惯把醋丢到一边，迅速扑奔那高耸夺目的塔。就是这一扑奔，就扑奔到了法海洞和白龙洞。

法海洞是金山寺开山祖师法海早年修炼之所。

白龙洞深不见底，暗流直通西湖。

镇江是文人名士喜欢待着的地方。刘勰和沈括先后在镇江完成了世界级巨著《文心雕龙》和《梦溪笔谈》，但他们的知名度或上镜率远低于法海。就拿与米奇同上金山的那一群年老农民来说，没人知道刘勰和沈括，却哪个不知法海？

那一群年老农民个个老态龙钟，老眼昏花，皱纹也昏花，身材佝偻得像干柴棒。米奇上前询问，知道是南京郊区的农民集体来旅游、烧香，人数八十二，平均年龄七十八。

米奇不信这八十二个农民看见白素贞会不动心，但白素贞显然看不上这八十二个农民中的任何一个，还是决定嫁给许仙。八十二个农民看见这么白净柔美的好女人自己捞不到，都觉得郁闷，就同心同德地诽谤白素贞是条闷骚型毒蛇。

单是诽谤还不够，八十二个农民都是好人，不能眼睁睁地看着毒蛇毒害有志青年许仙，于是一起上山找大师法海，煽动他去收拾白素贞。法海心太软，他总是心太软，放下佛经，去管俗事，大手一挥，轻轻巧巧就把白素贞点化为蛇精，收到一个罐头瓶子里用福尔马林泡上了。

这个结果出人意料，八十二个农民觉得出了人命兹事体大，齐声推卸责任，又齐声怒喝法海心太狠，手太毒。天南海北的人闻听此事也不甘寂寞，奋勇口诛笔伐法海以证明自己的正义和善良，一代恶僧法海就这样活活地被唾沫淹死在广袤干净的土地上。

米奇掐了掐自己的胳臂，让自己在创意的无限快感中清醒过来。导引八十二名农民游客的小姑娘打着蓝色小旗刚好走过来，米奇冲她甜蜜地笑。

其实没什么，米奇如此这般地编撰不犯谁的大忌，反正都是传说，反正都已死无对证，再说在诽谤、打击法海这个问题上，米奇既不是第一个，也不会是最后一个，加之旗帜鲜明地站在正义和大众的立场上，因此绝对不会出问题。

生活在江浙一带的人特别不容易衰老，有水分支持，水灵的时间就长久。也是受到水分的滋润，恶人法海的故事也长久，形象栩栩如生，千百年来不停被人添砖加瓦。法海本是唐朝人，却幸运地出现在明代作家冯梦龙笔下，并在西湖岸边巧遇宋朝蛇精白素贞和蛇精小青，害人害己，最后魂归蟹腹。这汤汤水水的故事营养着一代又一代中华儿女前赴后继地追求幸福爱情和婚姻自由，直到 21 世纪。

有一点是肯定的，民间艺术家和有转述喜好的人们都与法海有着血海深仇。在他们的传说、故事、手抄本、电影、电视剧、漫画里，处处有法海，有的豺狼相，有的恶魔相，有的手淫犯相，有的变态，有的居然搞上了政治，一个比一个坏得纯粹。

可是今天，就现在，米奇决定拨开迷雾回眸望！

中国古代，有个独一无二的望世家族，这就是山西省闻喜县裴柏村的裴氏家族，“自秦汉以来，历六朝而盛，至隋唐而盛极，五代以后，余芳犹存”。裴氏家族名垂后世的有 1000 多人，七品以上官员有 3000 人，先后出过 59 名宰相，59 名大将军，14 名中书侍郎，55 名尚书，11 名御史，77 名太守，副科级以下干部不计其数。

欧阳修不禁叹道：天下无二裴。

名臣裴矩是周、隋、唐的三朝元老，朝代换了他的职位不换，十分牛逼。让他名垂史册的是他编撰的三卷《西域图记》，里面首次绘制了历史上有名的“丝绸之路”。

唐朝开国元勋裴寂老谋深算，智商最少 150。在隋末群雄并起、天下大乱之际，他高瞻远瞩，与时俱进，全力支持李渊起兵晋阳，建立了李唐王朝。

一代贤相裴度，最得世代传颂，在唐代政治家中，差不多与魏征齐名，虽然屡屡遭到文学宗师兼祸国奸臣元稹的迫害，三起三落，但韩愈、柳宗元、白居易、刘禹锡等都先后撰写诗文颂扬过他的功德。四川诸葛武侯祠的碑文就是由他撰写。

而唐末宰相裴休，不仅是著名政治家、书法家，还信奉佛教，精通禅律，是至今有着深远影响的佛学大师，关键是，他有个儿子名叫裴头陀，出家后法号法海。

阿弥陀佛！

裴休当宰相的唐朝，国有九破，民有八苦，朝廷里太监当道，明杀暗害时有发生。裴头陀学业有成，高考第一，本应世袭祖业，到朝里当大官享大福，皇帝也批了翰林的差事给他。可是老裴休看破红尘，不忍心让儿子身陷宫廷之争，令他出家修行。

裴头陀领父命先去湖南沩山修行，更名法海，后到庐山，46 岁才到镇江金山。金山原来有寺院，建于东晋，早已老朽不堪。法海就选了个山洞打坐修炼，修炼之余则挖土维修旧庙。一天，他在附近山洞里发现一条白蛇，把白蛇打进海里一去不回；又一天，他在挖土修庙的时候挖出很多黄金，送到县衙门，土鳖县衙胆子小不敢要，转送朝廷。皇帝高兴地认为这就是活雷锋，立即下诏书，以加倍的黄金送给法海，指示他在原地建筑新寺院，取名金山寺。

这个时候的法海勤奋好学，以苦为乐，并不知道自己即将在五百年后的明朝成为胡作非为欺压贤良的典型并将永远永远。

而五百年后的明朝镇江的确有个青年叫许仙。他在商业闹市区的太和生药店当学徒，因为干活不讨店主喜欢，常受打骂虐待。随着年龄的增长，许仙日渐不甘，发誓自立门户。为此，他跑到杭州投奔姑母，并在游西湖的时候意外遇到原镇江白守备的独生女儿白素贞，两人一见钟情，彼此留下 QQ。

白素贞看中许仙为人厚道可靠，赞同他自立门户的志向，表示愿将全部家财资助他开一间大药店。两人当即重返镇江，在太和生药店附近开了药店保和堂，经售药材。保和堂货真价廉，实行三包，服务又周到和善，买卖十分兴隆。太和生药店的生意则日益清淡，衰败不振，店主特别生气，就去金山寺祈祷菩萨保佑，并把此事以及许仙和白素贞的关系经过一番歪曲整理告诉了寺里方丈。那方丈心想都是女人惹的祸，就本着普度众生的意愿出面料理。他请许仙上金山，告诉许仙女人是老虎，力劝许仙看破老虎，出家为僧。遗憾的是许仙没有佛缘，他婉言谢绝了方丈的“规劝”，不仅坚定地和白素贞完了婚，还把保和堂开得红红火火，成为远近闻名的杰出青年。

按说事情到这儿该结束了，怎奈镇江北临长江，水陆通达，商业繁荣昌盛，过客熙熙攘攘。这件不寻常的趣事经过四处游走的民间职业说唱艺人和广大人民群众的长期转述、附会、增添，流传到四面八方。流传中，有高人把

这件真实的事情和金山几百年前那场法海斗白蛇的故事糅在一起，形成了《白蛇传》故事的雏形。后来又经过很多德艺双馨人士包括冯梦龙的加工，一个追求婚姻自由勇斗封建礼教及其象征人物恶僧法海的著名神话故事就诞生了，至于如此编撰是不是辱没了高僧法海一生的追求和美名，没人在意。

一代高僧法海就像早年的孙悟空，被舆论的大石头紧紧压住，永世不得翻身。

可以这样理解，法海成为千古罪人，转述——这一古老的信息传播方式起到了不可估量的作用。因了转述，我国自古以来没少产生煽动家、造谣家、诽谤家、陷害家；因了转述，高僧法海成为我国著名倒霉家。

也可以这样理解，法海成为千古罪人，包括冯梦龙在内的广大文艺工作者起着不可估量的作用，他们煽风点火，颠倒黑白，无中生有，神经兮兮。事实也再次证明，不仅诗是不可以转述的，其他东西也都不可以转述。

无论什么事情，只向一个人终结转述还好，若三五人甚至更多人接力式转述，到最后法海终成恶僧，白蛇变成美女。米奇若如此幸运，估计也能在重重叠叠的转述中产下一枚双黄咸鸭蛋。

不管怎么说，这个结果是老裴休万万没料到的。当初他以宰相之尊送儿子出家修行，是想让儿子脱离俗世烦恼，早成正果，造福来生，没想到儿子居然成了千百年来的反面教材，成了众矢之的。

早知如此，不该当初！

也许真正的佛学大家，不会在意俗世理解与否。米奇相信，早把自己的一生和儿子的一生奉献给佛学事业的裴休宰相自会安然处之，他会在2005年的9月漫步在西方极乐世界，手把佛珠，口念：善哉！善哉！

要想理解裴休，得首先理解裴休所在的时代。裴休最初服务的唐宣宗李忱，虽然因渴望长生不老而最终成为唐朝第四个死于炼丹术的皇帝，但他着力改正了唐武宗以来对佛教寺院的广泛压迫，指令所有被毁的寺院统统重建，壮丽的佛教节庆也在全国各地重新举行。因此说，宣宗之治标志着佛教恢复了它在中国社会中的传统地位。

裴休后来服务的唐懿宗对佛教更是庇护有加，甚至达到奢侈挥霍的程度。他过生日，来自京城各大寺院的僧侣要到宫内讲经。他一高兴，还不顾一国之尊，亲自唱经，施与无度。

皇帝如此，大臣可想而知。裴休到870年去世为止，一直是位虔诚的佛教居士，不饮酒，不吃肉，写下许多重要的关于佛教禅宗的学术著作，且立论严谨，成为佛教三藏的组成部分，其中比较著名的佛学理论是："一切众生都可成佛，但六道中真能发菩提心而修菩萨行的，唯有人。佛性功德，人身最为

发达，所以人才能学佛成佛。”

正是因为有了这样高深的认识，裴休才送子出家。

而法海也真没辜负父亲的殷殷期望，依赖着举国上下遵从佛教的大背景，全心学道修禅，迅速成长为一名得道高僧。

当然，法海的成长不是一帆风顺的。他初到湖南沩山密印寺修行时，沩山老人为磨炼他的意志，要他去挑水。法海日复一日地在寺院里挑水，不免身心疲惫，烦恼重重，无人处嘀咕说：“翰林担水汗淋腰，和尚吃了怎能消?”

沩山老人刚巧听到，微微一笑，幽幽回答道：“老僧一炷香，能消万劫粮。”意思是修行要吃苦，吃得苦中苦，方为人上人。法海茅塞顿开，自此，他彻底丢开宰相家庭的荣华富贵，义无反顾地投身到伟大而艰苦的佛学事业当中。

他 46 岁来到金山后，更是毫不利己，专门利佛，全心全意为佛祖服务。有一次因为香火不旺或者没有香烧，他居然断指焚烧，体现了一代高僧的卓越品质，对后代影响深远。

一年树木当柴烧，十年树木做桌椅，二十年树木成栋梁。如今金山的盛名和金山寺香火的旺盛，与法海当年的造诣和功德密切相关。

父子俩前赴后继，以身恭佛，不惜成本。

米奇因此建议：所有到过镇江金山寺的人们和所有受过《白蛇转》毒害的人们！让我们携起手来，怀着沉痛的心情，悼念法海，缅怀他的丰功伟绩。右派们都能得到平反，可谁来给法海平反？米奇无限感伤，想这世间人与人之间到底都是孤独对立的，稍有不慎就要被人陷害，进而遗臭万年，即使是法海这样早早出家、潜心修行的人也免不了遭遇不测。而岁月却是中性的，不讲人道。在岁月的眼皮底下，什么事情都能发生。

在法海这件事上，广大文艺工作者和咱们老百姓都想明白了，要想宣传善良或主义，必须推出个靶子，因为自古以来善良就是由恶来陪衬的。再说，适时推出法海，符合丢卒保车理论，这个车，就是广大人民群众的根本利益和编撰者的根本愿望。

在这里，民众和道德达成了双边协议，法海被当成大众谋求道德的礼物送了出去，没人阻止。

比一般人倒霉的是，法海没有进入中国舆论体系的循环往复中，没有因为当权者的需要而头三十年被鼓吹后三十年被棒杀，然后再被鼓吹再被棒杀。他是永远被棒杀的一个。

啧啧！历史的发展双轨并行，好生绮丽。真实的法海，德高望重，佛学深厚，有力地带动了后来的佛家子弟光大佛门，成就了金山寺在佛教禅宗寺庙中的卓著地位，与普陀寺、文殊寺、明寺并列为中国四大名寺。金山寺全盛时

期有和尚三千人，参禅僧侣数万人。有诗为证："半间石室安禅地，盖代功名不易磨。白蟒化龙归海去，岩中留下老头陀。"

而大众"熟知"的法海却作恶多端，兴风作浪，恶意拆散恩爱中的男女青年，惹万人唾骂。

真假法海，两个版本，所作所为，分属善恶的两个顶极。

于是2005年9月，漫步在西方极乐世界的老裴休手把佛珠，俯瞰中国古装戏泛滥之一浪更比一浪高。一个故事大概有一千多个版本，反正观众都没长脑子，演什么看什么。

米奇希望有人继《白蛇传》、《青蛇》、《小青》、《白娘子》、《白娘子传奇》、《新白娘子传奇》、《白娘子外传》、《白娘子里传》、《白娘子转圈》、《白娘子转呼啦圈》、《小许》、《许仙》、《许仙同学的野蛮女友》、《口吃许仙短暂的幸福生活》、《许仙跟大长今有一腿》、《许仙跟法海耍大刀》等等诸多影视剧之后，新拍个什么诸如《燃烧在金山的激情岁月》或者《法海微服化缘》什么的，塑造一个全新的法海形象，最好让他戴个漆黑漆黑的大墨镜，整死王家卫。

在米奇亲自设计的2005年新一代纳米版本中，法海是个尘缘未了的大和尚：

他单恋超级女生白素贞，为白素贞演唱的那首《千年等一回》里的海豚音而连续五天不吃不喝不思进取。看到白素贞傻乎乎地爱上平庸之辈许仙，大和尚痛死了急死了，但碍于自己的仁义，既不表达，也不阻止，一味冒死相助。白素贞在法海的帮助下顺利嫁得许仙，开始了一三五上山采药，二四六下地种菜的新生活，好不容易有个星期天，还得替许仙打扫药铺的灰尘，吃尽辛苦。

仅仅这些还好，关键是许仙不老实，跟小青扯上了。见白素贞没大动肝火——只是拿烧火钩子抽了小青屁股十三下，许仙就又和邻居老刘家的寡妇姐弟恋上了。那刘家的寡妇先是表示自己只要感情，不要名分，更不在乎药铺的归属权，可是没过多久就胃口大开，什么都要，不再在乎曾经拥有，而只在乎天长地久。许仙一不做二不休，一脚把白素贞和小青以及三个已经十来岁的儿女踢出门外，把刘寡妇接到家中日夜狂欢love。

多亏法海，他已经修行到度，早就开天眼看出许仙是个横走横卧的螃蟹精，所以一直密切关注心爱之人白素贞的动静。许仙一露恶蟹面孔，法海就把白素贞一行五人接到金山脚下一家久无人居的空房子里居住。后来两个人就那么相知相望相守着，天天柏拉图，像极《荆棘鸟》里的拉尔夫与梅吉，直到一个圆寂，一个逝世。

从镇江回来的路上，米奇设计了这个全新的纳米版本，准备和以往所有版本一拼，以实际行动缅怀法海。米奇是个细心人儿，一股脑儿把演员都安排好了：姜文演法海，秦海璐演白素贞，李湘演小青，李亚鹏演许仙，邻居老刘家的寡妇由芙蓉姐姐扮演。

设计中，米奇渐行渐远，回头凝望镇江，再次惊奇于那里的行人稀少和安静。也许，是人们怕透了这个水陆交通便利、商业贸易繁盛的“银码头”，担心自己一旦被转述，不知道会成为什么精或者魔，就不怎么来了！

没准！

一路面孔

■江　飞

人群中这些面孔幽灵一般显现，
湿漉漉黑色枝条上的许多花瓣。
——〔美〕艾拉兹·庞德《在地铁车站》

许多一闪而过的面孔，许多重重叠叠的影子，仿佛这个季节里迎风而落的树叶，扑头盖脸向我而来。风在空气中游动，在干涩的眼底吹动，无助而冰凉，风中残存的一点温度也似乎难以支撑更久。坐在校车上，夏季的竹垫还没有撤去，初坐上去竟感觉比风还要冰凉。我不敢触摸它们，只好紧抱着手中的书，苏童的《碧奴》，一个一路泪水的坚韧女子，此时此刻，让我的心里多少有点温暖。

就在昨夜，一场细雨意外到来，无声无息地下了整整一夜。一夜之后，又消失得不着痕迹，只剩下潮湿的地面，和愈来愈淡的土腥气。半空中的飞尘已被清洗干净，取而代之的是立冬的寒意和对即将到来的小雪的等候。这是一场迟到的降雨，然而却又意义非常。前些日打电话回家，母亲就说，罗岭已经很久没有落雨了，家里的水井已抽不上水，都干了，父亲只好到地势更低水井更深的春发家挑水吃。我无法安慰他们，因为最能安慰他们和村里大大小小池塘、田地的，是雨水。我不知道这场微不足道的雨能否给他们一丝安慰，又不免担心：这久违的雨水是否只落在我一个人的窗外，而尚未抵达六十里外罗岭老家的屋顶。

我不得不反复提到，那个淫雨霏霏的冬天的黄昏，那辆由A城开往集贤关外的1路末班公交车。雨很小，车厢里的人很多，相互挤靠在一起，像一叠因为年久而粘在一起的相片。光线昏暗，每个人的面孔都仿佛湿漉漉的，渗透着水气，面无表情地看着窗外，窗外是逐渐围拢过来的黑暗。没有人在意车顶上那扇敞开的窗户，而我就在这窗户底下，自然也没有人在意。冷风裹挟着细雨钻进来，在我的头顶盘旋，顺势便游进我的身体里。一阵寒战。穿过这扇窗户，我就眺望到了城市的夜空，和我在老家门前看到的罗岭的夜空似乎别无二致。都说窗户意味着风景，意味着窗外五颜六色的花花世界，而在那时的我看来只是觉得更高更远甚至有些奇怪罢了。我似乎听见了谁的雨伞往下滴水的声音，一滴一滴，多么轻脆，多么清晰！颠簸的路。布满灰尘和坑洼，处处都是停顿：柏子桥，二环路，高花亭，黄土坑，帝伯格茨，五里铺，八中，十里铺，大修厂，收费站，集贤关，红旗水泥厂，花园路口，高速路口，A大学。一路上，我没有伸出手去，关上那扇近在咫尺的窗户。

习惯了坐在靠窗的位置，也习惯了坐车的时候将一只眼睛交给窗外。那些擦车而过的面孔，多么憔悴，又多么鲜亮，陌生且转瞬即逝，总让我不由地胡思乱想。比如很久以前那个将额头抵在车窗上的女孩，白色的高领衫，红色的外套，却看不清色彩映衬下的面孔，我在这里，她在那里，就像一个唯美的电影镜头，短暂又分外漫长，镜头一晃，就是N年后，或是意味深长的结束。有时候，在人行横道的这一头，等绿灯变亮，而在灯亮的一瞬间，我停在那里，双眼平视不动，看人群向我涌过来，便只感觉无数模糊而匆匆的面孔从远处像鱼一样游来，又匆匆向身后更远处游去。每个人的脸上都写满故事，精彩的，抑或平淡的，而每个故事却似乎都写满匆匆的主题！

因为匆匆，所以，有的人，我们一生只见一面，然而有的人，见了一面就是一生，比如那个冬天见到晶的第一面。那天天气异常的好，天空层次分明，晶突然地就出现在我的面前。阳光轻照在她微笑的脸上，显出圣洁的光泽，刚烫过的头发微鬈着，随意地搭在雪白的羽绒服上，我只感觉眼前一片耀眼的光明。后来，每当我们共同回忆起这一节的时候，那张生动光洁的面孔便成为回忆的全部，而据她说，当时她是陪另一位女生一起的，那个女生还跟我说了许多话，而我却不记得了。晶说，其实在这之前我早就见过你了，你记不记得有次你坐在校车的后排，脸靠着窗户，若有所思地朝窗外看着什么，当时我在另一辆公交车上，我看得见你，而你却看不见我啊。我不觉一惊：那个将额头抵在车窗上面孔模糊的女孩是否就是晶呢？是或不是，似乎已不重要。事实是：我在欣赏风景的时候，却不料早已成为他人欣赏的风景，就像我看过无数的面孔，却不曾思考自己的这副面孔在别人的记忆里，是否也是昙花一现，或是幸运地长久新鲜下去。

什么样的面孔才能长久地新鲜下去呢？就像那一天，突然就在喧闹繁杂的汽车站外看到赤条条的他，一个傻子，或者用我们的方言说，一个孬子，一个“不好”的人。他走在川流不息的湖心路上，大摇大摆的，时而看看路边，时而看看天，一个人痴痴地笑。其实，我想他也未必真的在看，只是任由两只缺乏光泽的眼睛四处张望。他还很年轻，整个面孔非常清晰，棱角分明，甚至有些帅气，除了大脑，他身体的每一块肌肤看上去都还健康，只是呈现出长久未清洁的暗黑和粗糙。年轻的女人和孩子们都绕路远远地躲了去，边走边时不时地扭头斜斜地瞟上一眼；更多的还是按部就班地赶路，乘车，挑着担子，抱着孩子，视而不见，或司空见惯了吧。

身旁的晶当然也看见了。走过一段路，她才突然低声问我，看到了吗？看到了，我说。她笑了笑。她说以前在她的老家常常可以见到这样的孬子，有时是一夜之间整个镇上就突然多了许多这样的四处游荡的人，据说是民政局一个月一次地集中“收集”他（她）们，然后在乡镇交界的地方统统丢下，开着车迅速离开。做这事当然是在晚上，月黑风高，他们像牲口一样从田野从街头巷尾从各个暗黑的角落赶到一起，挤在一辆车上。我是相信这样的说法的，因为我也曾在罗岭目睹过如此众多“不好”的身影，只是我无法想象：月光下他们的面孔，是否也像是去赶赴一场难得的盛宴，满脸笑容？

在罗岭街上，常可以看见零零散散的他们，蹲在人家的门口或垃圾堆旁，披着胡乱拼凑的衣服，甚至干脆一丝不挂地在街上溜达，或随意地往墙根一躺，晒着太阳，旁若无人。我曾仔细观察过他们的面孔，除了黑些脏些胡子长些，与我们似乎没什么两样，倒是有许多“不好”的人脸上终日里都流露着美好的笑容，让人生疑，更让人感叹。印象里有一个喜欢抽烟的孬子，每次遇到他，他总在抽着极短的一截烟头，一脸的满足。街上的人都熟悉他，有时也给他烟抽，给他衣服穿，他接了，嘿嘿地冲人家笑。在我们上学放学的路上经常可以碰到他，远远地蹲在树下，看着我们，那样子倒真像个渴望上学的辍学儿童，自然我们也就不用怕他，甚至有胆大好心的同学递给他一点可口的食物。后来多少年我在外读书，倒是很少见到他，以为早不在了，却不料有一天在回家的路上又和他狭路相逢，他看着我，依然嘿嘿地笑，像是很熟识地打招呼，还是曾经的面孔，十多年了，竟看不出一点变化。无牵无挂，无忧无虑，时光对他好像也是无效且无比眷顾的。我不禁愕然，继而调整面孔，挤出僵硬的笑，却再也不是那个背着书包一脸天真的少年了。

高速路口。花园路口。红旗水泥厂。集贤关。收费站。大修厂。十里铺。八中。五里铺。帝伯格茨。黄土坑。高花亭。二环路。柏子桥。那些潮湿的、模糊的、生动的、新鲜的面孔，也像这站牌一样，一节一节纷纷退去。二十五分钟后，校车到达 A 大学。天已是完全的黑，下了车来，虚脱一般。忽然感觉书的封面上有一层薄薄的东西，轻轻一摸，不是雨水，却是细细的尘土！

门

■碧 青

1

我最初进出的家门，固执地在我的心灵里和目光里出现。不管白天黑夜，不论什么地方，它想出现就出现。很多时候，我并不想它，也预料不到它会出现。可是，它瞬间就会浮现，就那样黑糊糊以本真的面目出现。它一出现，我就不得不正视它，就不由自主地去爱它，本能般地依恋它。我甚至想到，是否，那是一道有灵气或成精的门。为什么我的生活已经发生了很大的变化，早已远离那道门，也很少进出那道门，可是，我的意识仍无法忽略它，更不可改变它。

此时，我就在直视着它，它就在我家的院子和房子里敞开着。它是我家的出入口，能开能关。它是木头做成的门。与我以及我的亲人一样自如地进入那道门的，还有众多有形和无形的事物。如阳光，空气，风，雷电，黑夜，寒冷，温暖。如屋子里的贫穷，我们心里渴望的富裕。如我和妹妹弟弟的健康，爷爷奶奶父亲母亲身上的疾病，还有我感到并不理解的忧愁，欢乐，眼泪，笑容，沉睡，清醒，仇恨，诅咒，思念，梦想，绝望，冷漠，诞生，死亡。甚至还有想象的神佛或鬼影，比人更自如进入那道门。

我没有很好想过，那门是怎么变黑的。过去，以为门就是那个样子，那种色彩。那时没想过，门是被风吹日晒变色的，是被母亲做饭的烟气熏变色的。我曾经把一个核桃放在门框和门扇之间，再拉门扇关门，核桃就碎裂了，或者抽出门插棍，砸核桃吃。我时常靠在门框上无目的地望着飞鸟和天空。也许，我没有比天更大更高的地方可望。我时常无缘由地坐在门槛上，望着院门和院门外的山影。那时，我还不会面对着大山，能想到山的心里，日夜涌流泉水，外表却杂草丛生。即便繁花烂漫，也有虫蛇游动。

我家的门，是那么简单，不用说没有门拔，连门锁都没有。院门和屋子的门，都是只有一个木头做的门插棍，夜里从屋里把门插上，就与外界隔绝了。过年时，我家的门上，也很少贴门神，只是贴红窗花。但堂屋北门右侧的墙上，有一个比一块砖大些的长方形的半墙深的墙洞，我朦胧记得，那好像是供奉神佛的地方。我们小户人家当然更没有门匾了。后来母亲在门额上放了一块刻有四个红字的大灰砖，我没有关心过那是干什么用的，也没有记住那砖上是什么字，大约是辟邪祈福保平安之类意思的文字吧。

我家的屋门，是不直接面对天的。里屋的门，与天隔一道屋脊。外屋的门，被屋檐遮挡，也不直接面对天空。门，是在房基和屋檐之间存在的。我都不知道自己和天有怎样的关系，门和天的关系就更懵懂了。我只看到，它的上面是屋脊和屋檐，再上面是天。

门，又是连接房屋和天地大虚空的。门，本身关上为实物，打开即是虚空。我关上的门是实在的门，我进入的门，是虚空的门。天啊，我刚明白，我的躯体进入的任何地方，都是虚的。可是，我突然想起我在水里，置身于大海，海水和我的身体紧紧相挨，何处是虚空啊。海水在我的身体之外，我在海水之外。海水里有虚空吗？我的身体里有虚空吗？

啊，我的身体里肯定有虚空的。我的胸腔有虚空，我的腹内有虚空，我的头颅之内有虚空，我的血管之内有虚空，我全身的脉络有虚空。可是，我身体里的虚空，是小虚空吗？我本能感到：不是，绝对不是的。我身体里的虚空，和天地的大虚空是一样的。我的头颅里孕育和生长思想，我的胸腔里心肝五脏鲜活地生长。我的心里，有天地之间万物的影子，甚至有天外的天，地外的地，物外的物，灵外的灵。天地之间诞生了人类，可是，我的腹内有子宫，我的子宫内会生长胎盘，我的子宫内的胎盘，会生长我的孩子。啊，我的身体就是一道门，让我的孩子出生，来到人世……

我的身体，本就是虚实相融，本就是与任何事物包括门连在一起的。是否，我该像敬畏天敬畏地一般，敬畏我自己？是否，我该比珍爱任何奇珍异宝，都要更加珍爱我自己？

人，每天都在进出门。我不知道，民居的门，它的高低宽窄，在人居风水方面，有什么说法。我家的门，和全村人家的门一样，只比一般人的身高略高，我的身高一米九的父亲，进出我家门时，总是无意识地低一下头。后来，我的弟弟们也是如此。为什么高个子的人，不可以把门做高些？为什么胖人不把门做宽些？门，对人有什么特殊的影响和命运之限吗？好像从来都没有人向我提起过。

2

记忆里，唯一不需要自己去开和关的门，是家门。那时，家里总有奶奶和母亲守着。

白天，我家的院门和屋门，几乎是不关闭的。它们在院子里和房屋里全敞开着。我进出自由，不用开门，也不用关门。我一直喜欢那敞开的门，很多年，它们就那样原封不动，在我的目光可及心念可感的地方，敞开着。

只有夜来了，我们要睡觉了，爷爷才关上院门。然后，奶奶关上屋门，母亲也关上屋门。

曾经记得，我家有多道门。院门是大门。正房是四间瓦房，有前门，后门，东屋门，西屋门。我和爷爷奶奶住东屋，父亲、母亲和妹妹弟弟住西屋。东厢房是三间瓦房，有朝西的屋门，里面还有朝北朝南的两道门。北屋住着村里一家无房的三口人，姓孙。我已经不记得他们一家是在哪一年，从我家的房子里搬出去了，好像住的年头并不多。西厢房是三间平房，有朝东的两道门。一个屋里是杂物，一个屋里是柴禾。我走进西厢房的门里抱柴禾，比去东厢房的门里次数还多。仿佛，我家的屋子别人住着，那道门就属于别人了，进那道门，就不自由不方便了。

门，并不属于它的缔造者，也不属于拥有它却不打开它或关闭它的人。门，只属于开关它的人。

那时，东厢房的北屋黑糊糊的，很脏。只记得那年老的女人，伸着没洗干净的手，从门边的玉米粥锅里，剋那翘起的煎饼似的一层白边给我吃，我好像朦胧感到了那遥远的焦香的味道。奇怪的是，那味道没有留在我的嘴里，也没有留在我的心里，但我此时，仍然能够隐约地品出味来。那味道在我的身体里浮现，还在我嘴里生出了唾液。很多年，我从没有把那一家人与我的家联系在一起，我都想不起我家东厢房的南屋是什么样子了。此刻，那寄居在我家的一家三口的模样，怎么越来越清晰了。

我从来也没有把他们故意隐蔽起来，可是，很多年，他们几乎没有和我的家一起出现。今天，他们出现了，此时，因着他们的出现，我突然无法再去完整地触摸我的家，像看到折断的一根枝杈，露出白花花的苦涩和馨香。

那敞开的院门和屋门里，是否还藏有我一直没有品味出来的故事和味道，或者是每天品味但已经淡忘了，或者它们已经长成了我身上的灵肉和骨骼，我已经习惯了它们的存在，只是很少去触摸。也许，那些味道，已经深植在我的命运里，每天都血液般悄然流遍我的全身……

以这道门里为家的人，不止我一人。爷爷，奶奶，父亲，母亲，妹妹，大弟，二弟，三弟。可是，那些没有长期在这道门里居住过的我们的孩子们，身体和梦想没有在那小屋里生长出来的孩子们，是否也把这里认做永远的家？

此时，我特别想走进去的，是自家敞着的院门和屋门……

3

过去，我经常注视没有道路的门，或者是幻想没有道路的门。我想，那一道门，连接着从没有人走过的路，某一天，我忽然从梦里醒来，就会到达那道门的门口。

它真的在我的梦里出现过——我不知怎么就到达了一个门的门口。需要说起的是，我没在任何门口停留窥视的习惯，也不想看任何一间陌生屋子里存在的人或物品。可梦里的那道门，是自动打开的。我站在门口，好像没有感到土地的存在，我只是站着，看到一个我熟悉的人孤独地坐在屋里，他眼前横着的一根大木杆子上，挂着几条巨大的黑蛇。那些黑蛇是活的，但不动。他并不害怕，只是一个人在那里有点发蔫。他根本没有看到我在门口，我却看清了他。但我没有想走进去的意思，只是不知这是怎么回事，怎么就偶尔看到了屋子里的景象。

我怕蛇，腿软颤抖之际，醒来了，发现自己躺在自家的床上。可是，那些巨大的黑蛇，却无法在我的内心消失。至今想到那些梦里的蛇，我还腿发软，尽管，我从没有在大自然里，真实地看到过那么大那么多的黑蛇。

我根本就没有想到，梦里没有道路的门，竟让我看到屋里的恐怖景象。我一直找不到自己怕蛇的原因，也许，是蛇伤人很毒又很难疗救的原因吧——我渴望到达我的目光深处的一道门，没有道路的门，无须世人踩出道路的门，甚至不是我用双脚踩出道路的门。

至今，我的目光，我的手指，也没有叩响过那没有道路的门。

4

接近大地上的某种事物，我都会感到一种亲近的气息。比如走近河流，心里就像有什么也在流动。走在春风里，会感到春气浩荡，会因万物勃发的气息身心舒畅。可是，有的时候，不知是什么原因，即便置身在春天，我也总有生命被什么阻隔的感觉，还有一种停滞感。

近些日子，我真的为自己幻化出一道不知道该叫什么的门。这是不具有任何意义的一道门，不必冠名，也不进入生死轮回。我总是想，它能否只为我一个人出现，而不要去经历季节的风雨和雷电，枯萎和死亡。

那或许是一道刺玫花的门，在一个熟悉又陌生的地方出现，我可以穿着纱裙，从那里走过。

它最好是拱形的，也不知是谁做的，平白无故地出现在开满细碎花朵的草地。门的四面八方，没有居住的房屋。这道门，没有门扇，不用我的手去打开，也不会有自然的风去关闭。这道门，只供我在某个日子或某种时刻，在那里走过。

那一道刺玫花的门，只为我洞开，多好。此时，我就很想在那道门里走进，走出。没有目的，不需要道路，也不需要谁陪伴，甚至不想在阳光里与任何事物交谈。只有我自己，走过这道刺玫花的门。

对于很多人，那道门的存在，有也是无。那只是我一人今生某个重要而隐秘的入口。

5

我说，我因之在世上寻找了很多年，你信吗？

是否，我拉开了一个门的隧道？其实，我只是打开了一种门。可是，我已经不能退出，只能步步深入。

是否，我只是，从一个入口进去，穿过一条隧道，再在自己打开的出口出来…… 我还应该退回内心，去寻找那道门。

6

我也像很多人一样，曾经用文字或口头说过打开心灵的门扉。可是，我怎样去打开心灵的门扉呀，因为，我说不出它在自己的心里，是实，是虚，是真，是幻，或亦实亦虚，亦真亦幻。

我家的房门，是在盖房奠基后立的门，甚至先找风水先生看过凶吉，才择定吉日开门立户的。可是，心灵的门，是心自己把守的。它是什么样的，我自己都不清楚。是阳光可以打开它，还是风暴雷电可以打开它？是希望和欢乐可以打开它，还是绝望痛苦死亡可以打开它？也许，所有的秘密和魔法，都在已经呈现和从未呈现的心里。

我的心门，与别的门相同的地方，就是有时从外向里开，有时从里向外开。但绝不是随便一个人拿把铜钥匙，就可以找到锁孔拧开的。我的心门，是无形的，具有幻化和不确定性。谁也不要问，我的心门之内，沉积或者隐藏着多少曾经现身过或者从未显灵的形象。不要问，我的心门，掩藏着多少爱恨，情欲，物欲，和月光般圣洁的情思。我也无法说，门后，是否有无法收拢无法装在包里的虚空；是否，地上也有无法清除的腐烂的东西，只好由自己慢慢

消化，让腐烂的东西，化成心灵之内的事物，就像腐物化为土……

心扉是什么样的门？那是一道网状的门，只自愿放行类似于阳光清风和空气般的目光和爱意。我心扉那道网状的门，过滤着爱以外的东西，只有爱的目光能够阳光般照进去。它敏感谨慎又谦卑地拒绝着浊物死物，如蓄满欲望的肉体，如腐烂如泥的东西，如被扭曲的丑陋的面孔，如恐惧的景象。如果丑恶的事物粗暴地硬往网上撞，我心扉的网门是无力阻挡的，会被硬物让人撞破的。心扉的网门破了，心就受伤了，无法言说的伤口，就是纠缠在一起的死结，或者张开的大洞。

或许，心扉那道门，只适合于阅读者进入，就像阅读天空又进入天空的清风；或许，心还适合于抚摸，用手指或手掌触摸，在抚摸中，手纹悄然穿过所有的网结；或许，它最适合于亲吻，把整个人吻成一个敞开的吻状的门；心扉那道门，也适合于织补，把一丝一线织入那道网，把情思和时光织入那道门，就与那道门融为一体了，再也无须进或出。

7

我时时感到，除去我自己的门，其他的任何门，都不是我可以随便打开或关闭的。我能够拿一把钥匙打开的门，是很少的，掰着手指就可以数过来。家里的几道门，办公室的门，会客室的门，仅此而已。我连母亲居住的房屋的门钥匙都没有。这时，我才愈加理解了门的本质。门，本是人们设置的障碍物。

很多门，我一生都不必进去，也不可以举手去叩击的，甚至不可以在那些门前过久地停留。其实，我也不知道这世上到底有多少门，是我无法进入的，或者不能进入的，或者根本不想进入的，或者根本不想看到的。

我想起几年前一个夜里做过的那个梦。我梦见老家东邻的北门，有一黑一白的两个影子进来又出去。我朦胧感到，邻家的屋里乱糟糟的，不知发生了什么事情。醒来时，天已经大亮，但那一黑一白两个影子，却在心头挥之不去。我忽然想起民间有黑白无常二鬼叫魂的说法，头皮发奓。如果梦真的有某种预示意义，那黑白影子出现在我梦里邻家的门口，是怎么回事？巧的是，那天，我就听到了一个消息，我的一位女友刚出生的女孩，昨天夜里死掉了。我感叹，原来生死同门！

很多门，只为自己打开，更多时候对别人关闭。我要去敲的门，有等待我的门，狗看着的门，锁把守的门，屋里有人也不为我打开的门，等等。敲开某道门，也要心存虔诚和敬畏，避开忌讳。如走亲访友，如求人办事。我进得门总要喜悦加小心翼翼，让笑脸和语言都飘洒阳光，怕门里还有虚掩或者关闭的门。不能随意用语言和目光和感觉，去掀开那些让别人隐隐心痛或暴露怪癖丑陋的隐秘的门帘，即便自己清楚看到了，那些遮挡什么的门帘，隐秘微妙地存在……

8

有一天，我突发奇想，如果有一道门，不是人造物，也没有形状，但万物都能进能出，那会是一道什么样的门呀。

肯定有一道门，无须人制造，但什么人都得进入。比如，人死去被葬在土地深处，最后又化为土。

我想起被埋在土里的奶奶。临近清明和阴历十月初一，民间风俗要给死去的人送钱和寒衣。母亲总是怕奶奶在阴间受苦，给她烧化很多的纸钱。奶奶是半夜起来小解，不小心头磕在门边的柜角上，摔了一跤，脑溢血死的。病来得很急很重，她都没能挺过七天。记得，奶奶临死前，最大的心愿是不去炼人炉火化。另外，要有一口红木棺材，请吹鼓手吹打吹打。当时，村里已经要求死人必须去火化。为满足奶奶入土为安的心愿，父亲怕张扬都没敢请吹鼓手，没有做很多的纸扎和钱帆，没来得及做红木棺，匆匆买个水泥棺埋葬了奶奶。后来，我多次在梦里看到奶奶，脸苍白、阴沉，不高兴的样子。也许，我的梦象，是来自父亲没有全部满足奶奶心愿的缘故吧。我知道奶奶最终会化为泥土的，尽管水泥棺会拖延它化入泥土的时间。但我不知道她会怎样化为泥土，不知道人化为泥土走的是什么形状的门。

后来，再梦到奶奶的时候，我就想，奶奶被封在棺里，被埋在土里，是否人世仍有奶奶出入的门。如果她没有门出来，怎么会进入我的梦。如果没有门进入泥土，又怎么会与泥土化为一体呢？土地和天空一样有万物出入的门吧。我的心里，原本也有人鬼神和万物的影像和灵魂自由出入的门吧。可是，我不知道那些事物是从哪里进入那道门的，是造化的门吧。

9

我看到过众多的门，走进过众多的门，感到过有形的门之外，众多无形的门。但我的双手，不会制造门。至今，我也没有制造和安装过一扇屋门。面对门，我感到了神秘和陌生。

我此时愣愣地面对着一道栗子皮色的实木门，打开又关上。开合了几年

的门，我竟不知道它是什么木头做的。门上有我很少看一眼的猫眼，门的另一面是年前某一天我意外发现的一个大红福字。谁送的福啊，福到我家了，我的心充满欢愉。但今天已经是元宵节的前夜，我也没有问过是谁贴的。我知道，这楼道里的每户人家的门上都有这样的福字，从一楼到六楼。这门是别人从远处买来的，这门是南方某些人给安装的，好像是江苏人和安徽人。我不知道他们叫什么名字，家住哪里。我不知道那个有一尺长的门锁，是哪个地方生产的，钥匙不可配制。这样的一道门，每天由我打开又关上，关上又打开。我忽然间就感到了自己对门不能完全把握，它陌生又神秘。

我面对着这一道栗子皮色的实木门，门外的整个楼道是棕红色大理石的，从一楼到六楼。铁艺和实木做的楼梯扶手，从一楼到六楼；门外是一块地毯，从一楼到六楼；门的南面是上海三菱电梯，从一楼到六楼；门外的卫生过去轮流值班，从一楼到六楼；现在有专人清理，从一楼到六楼。

我如果现在打开这道门，走下大理石楼梯，就要先打开楼道淡黄色的铁门，才可出去。这道门有可视门铃，连着每一家，从一楼到六楼。

此时出门，屋外有夜色，星光，月光，地上还有篱笆灯，很多圣诞吉祥物形状的灯。出门向西走南拐再西拐，不远处还有一道大门，有保安人员把守，陌生人不准入内。大门外有满胡同的大红灯笼，还有一道大拱形的蒺藜灯门。如果再向南走，再向西走，第一道大门，就是我每天走进去并在门里最少停留八小时的大门。我已经在这道门里，度过了十六年光阴。

我想，在家门和单位的大门之间，如果有一道咒语能够打开的门，我每天行走的路线，是否如此不可更改？像阿里巴巴那样说一句芝麻开门，一道神奇的门就自动打开，就有满洞的奇珍异宝和财富，多好。用一种目光随便可以打开一道门，便可进入一个神奇的世界，多好。

10

现在，我喜欢的门，是篱笆墙上的栅栏门。它自然，亲和，温暖，诗意，接近梦想里的家园。篱笆墙上的栅栏门，更是一种象征。

我想象过古老的宫殿的门，想象自己如果生在唐朝，如果在那道门里走过，会有如何的感觉。我不想在门外徘徊，不想结识那座古老宫殿门里门外的任何人。我只是想从那道门走过去，如入无人之境般，拖着长长的白纱裙走过去。就像风能穿过的地方，我的目光也能够穿过去一样，我在想象里走过了那道唐朝的门。

11

每天，在与工作室同一楼道里我可以自由推开的门，是厕所门。推开的门，无顾虑地进去的门，也是这道厕所的门。在厕所的门里，我看到了西班牙米黄。

西班牙米黄，是一种石头，一种上等的西班牙大理石。我看到的西班牙米黄，镶在洗手间的墙壁上。西班牙米黄散发的石质的色泽，温馨而又干净。

我一进洗手间的门，就看见西班牙米黄的墙壁；我站在大镜子前洗手，看到自己的背后就是西班牙米黄；我整理衣服和头发，西班牙米黄也在我的四周发出米黄的色泽；我把手伸到干手器下，西班牙米黄就在我的眼前。我感到在这里洗手真的是享受，干净和温馨，没有任何异味。墙壁上，还有小幅色彩温馨的现代抽象画。

我推开门，走进有西班牙米黄墙壁的洗手间时，脚踩住的是美国加州金麻，这也是一种石头，一种上等的美国大理石，棕红色，只是，它在我的脚下，不像对着墙壁的西班牙米黄时的感觉那样直接而深入。美国加州金麻和西班牙米黄一样价格不菲，它在我的脚下，干净地散发棕红色泽。

我站在洗手盆边洗手，台面是幻影梦蓝，也是一种石头，一种上等的大理石，可是我不知道是哪个国家的了，多种不规则的或明或隐的图纹很好看。我尤其喜欢这幻影梦蓝的几种色彩融为一体的色泽。台面上的两个方形玻璃瓶里，装满经过处理的多种干花瓣，色彩斑斓，散发着淡淡的馨香，我分辨不清从某朵花瓣里发散出来的香，这是一种混合的芬芳。这瓶花是从大都市买来的。台面上还有一盒纸巾。

聚在这里的几种石头，踢脚线是云南的紫罗红。当然，紫罗红也是一种石头，是一种品质不错的大理石。

我所描述的是单位里的女洗手间。如果是过去，我会说太奢侈了，太不可思议了，装修一个卫生间，甚至比一个普通人家买楼房的钱还多。可是，现在，我就不会那样说了。没有人不喜欢一尘不染的地方。这道门里的洗手间，比五星级宾馆的洗手间毫不逊色。

我想起，孩子小时候，我带她回老家，她不敢上那简陋的茅房，吓得哭。刚参加工作，厕所很寒酸，脏，有异味，来外商洒多少高级香水也不管用。车间的卫生间更是难以描述。至今，这座城市也没有五星级宾馆，欧美的大客商根本就不在我们这小城里的宾馆住宿，连与我们合资的美国投资者，都没在我们本地住过，最主要的原因就是卫生条件太差。再晚，他们也要赶回北

京，至少要到距我们几百里外的一个有高档宾馆的城市去住。那时，我都不理解，以为他们臭美，还说外国人有什么了不起。

让自己更干净些吧，让自己居住的地方更干净些吧，在西班牙米黄厕所门里，我默默地想。

12

而进门要讲究心净的，该是庙门吧。

我很少进入庙门。偶尔出游进庙门我有一种说不出的感觉，心里很不舒服似的。但我喜欢只去过一次的净觉寺。

有一次，我和几位朋友怀着虔诚的感念去访百里外的净觉寺。净觉寺坐落在平原，平地起佛。当我望到净觉寺的山门，就被京东第一寺这几个大字震惊了。相传净觉寺始建于唐代，是一座千年古刹。入得庙门，才知净觉寺正在重新修缮。现在，寺内只有几位文物管理人员，没有一位出家住寺的僧人。我看到净觉寺内，并没有香火缭绕、很多人跪拜的景象，只是，感到了一种渗透心灵的宁静和祥和。

这座小庙主要建筑有三殿，即门殿、正殿、后殿；三楼，即碑楼、钟楼、鼓楼。此外，还有东西配殿、龙凤门楼、东西配房、东西耳房、智然墓碑亭等等。此庙为什么叫净觉寺，我茫然无知，只好讨教了。原来，净觉，是佛教徒修行的必经之路，又是终生为之奋斗的最高境界。净，是说清除一切污垢，达到视觉、听觉以及心灵上的干干静静。佛经上常说的“净心”，是说没有任何杂念、任何烦恼的心灵；“净眼”，是指看透一切的法眼；“净尽”，是说情欲的彻底清除；“净土”，则是指庄严洁净，没有劫浊、见浊、烦恼浊、众生浊、命浊等五浊的极乐世界。觉，是指一种特殊意义的觉悟。

哦，净觉寺，原来是觉者居住之寺。我自然地先为佛祖和观世音菩萨上了香，还悄悄许下了一个不被人知的心愿。正殿，又称如来罗汉殿，供奉着佛教创始人如来佛祖释迦牟尼塑像。在佛祖身前背后和左右的，都是佛界追随佛祖普度众生的重要成员，如文殊菩萨、普贤菩萨、观世音菩萨、十八罗汉等。佛祖在莲花座上盘腿而坐，两眼凝视着面前的大千世界，左手放在膝上，右手微微抬至胸前，正在向世人传授佛教教义。出了正殿门，我真的有了茅塞顿开的感悟，佛教创始人，原本也是人啊。从这一角度来说，具有世界性的佛教，本身就是人类的一门学说呵！

我曾于多年前读过一本《释迦牟尼传》，知道佛祖原是古代印度的一位太子，名叫悉达多。他不满宫廷里没有快乐的压抑人性的生活，离家出走，在世上飘泊着寻找解救众生的大道。历经磨难，终于悟道、证觉、成佛。佛祖离开宫廷世界，也是一种个人行为，他寻找世间普度众生的大道，也是一种个人行为，或者说是一种民间行为呵！

我不觉对净觉寺各殿的众佛塑像产生了虔诚礼拜之心。见门就进，见佛像就拜。虔诚之状，如我形骨。那天，在净觉寺里，我还爬上了钟楼，撞了九次钟，许了一个愿；那天，我在花树前留影，我还与同行的朋友合影；那天，我真的不想离开净觉寺；那天，回到家后，心，还留在净觉寺里；目光，还流连在寺内妩媚灵动的花树上……

真的，我的心，特别想在净觉寺里呼吸。是净觉寺让我心净了。

后来，我曾经大胆想象，佛陀追寻的，实际上是一种大爱，以及掌握实施大爱普度众生的众多法器，如观世音手掌托举的瓶子。也许，佛陀的大爱和智慧在人类世界延续几千年来，就是大爱放射的光辉。他圆寂几千年之后，在人世仍行大运，乃是大爱的力量，乃是人类自觉或不自觉地把爱，以及对爱的渴望，也注入了佛陀的大爱里了。

我忽然想起圣经里的一句话：神就是爱。

偶进一次净觉寺之门，就可以说曾经踏在觉者之地吗？我微笑着对自己摇摇头。我只不过是随众人，进过庙门……

13

就在今晚，就在此时，我正被满屋的灯光笼罩。在我的记忆里，竟找不到一道只由我自己打开的门。

是的，我从来也没有自己居住在一个屋子里。

也许，这件看似平常的事，原本也有我不可参透的机缘。

我是否该在某个地方打开，一道仅属于我自己的门？

安阳三章

■扶　风

客居洹上

洹水在古彰德城北缓了一个弓样的弧，弧内卧了一位叫袁慰亭的人。每每闲行到洹水南岸，特别是残阳斜照下，河对面的洪宪陵阙一派寂苍，心底就遍生烟岚：本地人叫它袁坟，或叫它袁林，这一盖棺，论定他来路不正——八十三天的皇帝也不是嫡传。毛先生说，把袁公作反面教材留下来吧——这确比袁公杀章太炎的胸怀和气度大，一比较就知道道行根基。袁公让自己归到这里，我私下揣度，定然不是那个第九房小姨太太的魅力，可能是觉得上次韬晦得不够吧。

袁公作客洹上，上一次是下野，这一次是下土，上一次意在钓国，这一次意在轮回，这块风水他是早看好了，后依韩陵，前吟洹流，名起养寿园，他是希望万岁的。袁是河南项城人，与京师之间，洹上是他的黄金分割点。我在银元上看他的面相，在耳边听他的声音，就知他是个有胸怀少气度的，如自私小儿般只惦记着中原鹿正肥，却忘了寰宇鹰眼疾。

我琢磨他的字。字慰亭，有东篱南山散淡气，又作慰廷，有出将入相王侯气；号容庵，多好的一个庵字，容他在人前背后的庵里慢慢地品吧。我到袁林很多次，无论什么季节，里面都很清静，守门的呵欠不已，不像别处嘈杂人拥。生前不让人安静，死后人让他安静，看来袁公虽客居洹上，却是无暇读《易》的。

有句话叫性格决定命运，或说性格即命运。其性其格，其命其运。若是换作与袁公别样的，心有窃国意，身无窃钩能，洹上这一个园子终也只是一个园子；或是身有窃国能，心无窃钩意，洹上这一个园子终也只是一个园子。但他是乱世上的强雄，心有窃国意，并颇具窃国能，那这洹上的园子就不仅仅是治足疾的了，在他一生中，洹上是他政治秀场上唯一一张寄情山水的唇印。

一九零九年，彰德府老城外洹上村太平庄，这一位能搅天的客，闲也听听老城晨钟暮鼓的淡定，文峰塔的倒影仿佛是他占的一个柔爻。回到民间的袁公，作客洹上的慰亭，暂别权位的野老，正好是知天命的时节，刚日读读经，柔日读读史，或者渔舟唱晚，垂杆钓悟，闲云野鹤，又哪里差得过什么真龙天子呢。这位袁公，却又是个下棋在乎输赢的，垂钓可以，我钓的是国，弄几个记者，拍一张蓑翁垂钓图，令媒介发表，告诉人们，我是今作闲云不计程的人了，一转身，用剑在舟上刻：百年心事总悠悠，壮志当时苦未酬；野老胸中负甲兵，钓翁眼底小王侯。尔后暗自讥讽：中国有几个男人，心底不羡慕做皇帝的，哪怕是一天。

洹水那一弯弧，不就是向南射的一张弓么，它在弓弦正中，箭指南方。钓翁眼底小王侯，他没把小朝廷放在眼里，他内心怯的是南方风气之先潮。青梅煮酒，谁是大泽里的龙，终究是云南那位年青才俊的明眼人，把他送回洹上解梦。当初，孙先生也和毛先生一样有气度，说，总统的椅子，袁公坐了吧。我们看一下孙先生的贺电：查世界历史，满场一致者只有华盛顿一人，公为再现；国人举公为世界之第二华盛顿，我中华民国之第一华盛顿，统一伟业，共和之幸福实基于此日。

老实说，这是一份既往不咎抱以深期的盼望，袁慰亭若到此做主，那个满场一致的黑剧完全就洗白了，我相信，他夜半不眠时，也肯定很认真地考虑过这一问题，一直在称天平上两头的重量，虽然哪一头也没有草民的重量。应该说，在被清廷弃用的三年时光里，他在洹上度过一段难忘的时光。

我读袁公，一个是他的军队改造，一个是他对教师的尊重，治能与品格没有在他的人生中放大，对他是遗憾的，主要的原因，他不是个俗人，却有一颗俗心。我在袁林里展挂的图片中可以看到当时袁林修筑的进度，那些黑白反差极大的色彩阻滞了我的想象力，同时也丰富了我的想象力，依照陵的形式排列的石雕马兽因为比例的缩小而气若游丝，墓前的西式铁门用的是好铁，铸的是好纹。按说，何处黄土不埋人，埋到哪里哪是家。天下大势，浩浩荡荡，顺之则昌，逆之则亡，你是逆潮而动，这里的卦阵，你是走不出了。再看，原来你养寿的园子那么大，现在都让气势的楼挤小了，你能说句什么呢。隔不久，你也能隐约听到有人介绍你：袁世凯，字慰亭，又作慰廷，河南项城人。

你终还是个客啊。

朝 天 阙

北宋的版图，如卧于东海沙滩上一枚暖洋洋的大卵，懒洋洋的惺忪，透着松软华服下的舒适惬意。从宋版图向外看，北为辽，西为夏，回鹘诸部，及南大理，把大宋围了个风雨不透，哪一个都盯着这块肥美的后院。我们再看这后院里的宋人们，剪花裁草，修饰繁荣，诗余而词，婉约醇雅，再没有比这里更为适宜人居的去处了，只唯豪放一脉，才稍弹射出魅力大宋一瞬胆气的冲天

烟花。

岳飞，就是这冲天烟花中的悲情一束。

岳飞，字鹏举，河南汤阴人，生于公元1103年。他生的这个地方，是宋金拉锯的战场；他活的这个年代，是民族暴力的融合；他受的教育，是儒家的正统；他养成的性格，是耿直的倔犟。他生于忠孝，死于忠孝。岳飞是大宋疆场上一面引领注目的大纛，这面大纛用他自己的文字表述出来，就是那千古绝唱，回肠荡气：怒发冲冠！凭栏处，潇潇雨歇。出师表，是要有名目的，生于忧患者，总是愤人死于安乐。

我把岳飞在个人记忆里作为文人来供奉，他在柔靡阳痿的宋朝重新发挥了词的功能，让它具备了战斗檄文的性质，在云压城头的宋王朝的骨髓里加入了钙。三十功名尘与土，八千里路云和月，在尘与土中幻生和虚无，在云与月下的兵戈而程。朝天阙，是给皇帝传捷报，赵构读到了，应是很高兴。他写的字很有名，批的奏章铁画银钩，如悬在静夜梢上的上弦月，这是他比域外那些狼主有文化的证据，正因为他有文化，进而读出了朝天阙这一宏阔奏折背后的隐忧。

似乎从这里开始，莫须有就已经有了。《满江红》是岳飞文字的顶峰，它的酣畅淋漓如一块巨石投入阴暗的政治漩涡，这是所有只琢磨事不琢磨人的光明磊落者的共同软肋，知进而不知退。明枪撼不动岳家军，暗箭却穿透风波亭。进退须知，庙堂的暗处，才是庙堂的高处。

蓬头垢面跪阶前想想当年宰相，端冕垂旒临座上看看今日将军。

这副对联刻于汤阴岳飞庙精忠坊，上端坐岳忠武穆大气凛凛像，下惭跪秦王万张王屑小流，这是后来百姓敬仰与愤恨的民间直观表述。岳武穆不知在座上可否思想：天哪，如何待到成追忆，如何当时是惘然，可是东南妖媚，雌了男儿？可是清明上河，天意白山黑水？拜谒岳武穆，我常品他一句百姓话。有人问他：天下何以太平？其答：文官不爱钱，武官不惜命，则太平矣。我把目光蓦然转回到大宋开国的盛世，这个没有经过大开大阖的朝代从一开始就接纳了颓废充盈的浮华衣钵，好像它能大气到用流行歌曲就可以营造一个桃花源式的典范。

然而，这是个一厢情愿的事情，自觉松弛武备使得暴力来得反而更快，这样的后果是文官只爱钱武官不舍死的气氛蔓延成天朝整个的恐惧。宋天子如有悟性，这一句平常话，抵得上另半部《论语》的。岳飞是个执固的文人，文与武的结合使他在实践中得到升华。他才三十多岁，朝天阙，他毕生要实现的政治远景。

他母亲姚氏，相州乡野间的一个伟大女人，对此的解释是：精忠报国。这四个字让岳飞一辈子都扛在脊梁上，期待这副脊梁撑起他的建安风骨。我在野史里，看到岳飞的一首戏言诗，叫做戏秦桧。据说是秦桧请岳飞吃饭，觉得自己是个文豪，就让大家作诗，看岳飞的笑话。

全诗为："自幼从军未学诗，今朝赴宴强为之；削发搓绳系战马，拆衣抽线补征旗；江南美酒君须记，北国风霜我自知；百万金兵临城下，再请诸公去赋诗。"读来俏皮讥讽，虽然出自野史，但可以从淋漓正气间觅到民间的机智。我想，两个都要朝天阙的人，谁给谁跪，那时候就已定下了。朝天阙是向上，有几个知道天应是在下面的啊。

同为宋代的一位名士说：文人者，具三副哭相，一哭国事之不可为也，二哭文章不见知音也，三哭才子不遇佳人也。活脱脱绘出了宋代这个集文人之大成的不堪面目。三分为公，三分为名，三分为利，哪里如岳忠武穆一拍一啸，十分为国，十分尽忠。我说我愿意把岳飞作为一个文人来看，因为这样他应该更丰满些，让他离疆场远些，离官场远些，离我们近些。但令我失望的是，他几乎把全部才情附于他的"收拾旧山河"上了，即便闲下来，也不放弃"饥餐胡虏肉"！那句还我河山的铮铮誓言，雷一样滚动于他朝天阙的，是他不会婉约和醇雅，风流不会转向吗？非不能，乃不为也。他是个以武功名世的文人，终还是斗不过专业文人。文人，就是在文里琢磨人，琢磨人的人一般都能搞掂琢磨事的人。

读他的《题鄱阳龙居寺》：我来瞩龙语，为雨济民忧；读他的《题翠岩寺》：行复三关迎二圣，金酋席卷尽擒归；读他的《驻兵新淦题伏魔寺》：斩除顽恶还车驾，不问登坛万户侯；读他的《题骤马岗》：誓将七尺酬明圣，怒指天涯泪不收；更有《宝刀歌》：噫吁！平蛮易，自治劳。可是，煌煌一册岳武穆文集，又哪抵得过一句莫须有的杀气。

诗或是托梦而作，梦却是由心而生。宋诗里录有他一首《池州翠微亭》：经年尘土满征衣，特特寻芳上翠微；好山好水看不足，马蹄侧催趁月归。子瞻评说：人言非妙处，妙处在于是。是就是真。我记忆中这是唯一一首温暖自然的人情之作。诗言志，岳飞是个直肠子，没有那么多弯弯绕，一场阴谋蛛网一样越收越紧，他还是一腔热血，而此时吴山低首，西子呜咽，断鸿声里斜阳暮。

秦桧说：此上意也。上即是天，上意即是天意，我秦桧承的是你所认为的上意，你这样被杀的多了，我这样杀人的也多了，历史就是我们这样的人写的。悲乎哉，鹏举！要你泣血的非是旁人，正是你仰望的朗朗天日，风波亭，就是你的朝天阙啊。

殷墟问鼎

深冬，当我置身于这一片阔大的殷商王陵时，北方的萧瑟一次又一次抖动我的衣襟和思绪，洹水表层的流淌无言，极力掩盖着青铜文明下的漩涡。思绪三千年的烟尘暮道，袅袅出与神话交接的玄奥，这是东方文化系统的神秘隐私——玄鸟生商的美丽传达了一个多么清纯绝伦的信息，而城南那个现代不锈钢的雕塑则展示了谜面的简丰和深入。我相信，我们的脚下都蕴藏着欲望，它一直呼唤我们向下挖掘，这是官方考古者与民间考古者的共同责任，试图努力觅到正史册页间掩去的清晰和野史恍惚里点透的本真。我站在王们的中间，笑他们的天堂仍是一副人间的模样，他们就这样欺骗了他们自己，并让我们得以满足偷窥的渴望以填充苍白的历史想象。这里卧的都是王，王都是懂得政治的，王们说，这就是鼎。

我俯下身子探望那些累累叠加在一起、散乱活着又散乱死去的人们，他们只是鼎的祭品。我们将他们与王们一同晾晒在太阳底下，但我们给王以王的待遇，给奴隶以奴隶的待遇。他们的白骨纵横无序地混沌成一团，他们的姿势还没有鼎上瑰美狰狞的纹饰能够吸引镜片后深邃的目光，在他们上面嵌着现代的钢化玻璃，人们可以步态优雅地在上面行走，然后叹息三千年前的残暴。他们是陪葬的奴隶，人数太多，做的是多种粗活。那些我们现在看来是精细到美轮美奂的粗活。他们干的粗活离王最近，他们自己距王很远。他们中间，应该有铸鼎的工匠，肯定有的。鼎者，国之重器，怎么能不需要奴隶呢。让我们把目光向回扫一眼吧，那一尊昂然耸峙的司母戊大方鼎就轩昂地站在陵的前面。传说，禹收九牧之金制九鼎，上刻魑魅魍魉。魑魅魍魉，都是上古很厉害的怪力乱神，这是吓唬谁呢，我似乎看到王们的窃笑，阴森森地骇人。传说毕竟只是传说，但鼎为国器却是真的，若不然，楚庄王不会冒天下之大不韪问王孙满周鼎轻重，秦始皇不会令千人于泗水河畔捞鼎。鼎，可是王们的印信吗？殷商于世，兴衰几度，迁都不止，而这一片王陵却是如何也迁不去了。鼎，可是王们的话柄吗？

这尊鼎，应该是所有鼎里最温柔的，它是司母戊。许慎在《说文解字》中一语点明：鼎，三足两耳，和五味之宝器也。也就是说，类似于我们今日的釜锅之类。妇好那里的三连甗，也类似于今日鸳鸯锅之类。这样把鼎解构到它的真实面目，却是连我自己都不愿看到的。为王自己的母亲而做的鼎，奴隶们做起来，只不过比平日做香炉之类麻烦一些罢了。让我们来看看这尊鼎吧，其制于殷商后期，高 133 厘米，口长 110 厘米，口宽 79 厘米，重 832.84 千克，立身，柱足，方腹，饰饕餮纹，腹内壁饰“司母戊”三字。王给自己母亲铸了一口鼎，刻上。铭文我在殷墟苑林的文字壁上把几千个文字观摩了一遍。殷商因为有了文字而显示出强大的文明实力和智慧能力，在《帝喾》中又是劝又是拉又是威吓，让不掌握文字的奴隶们随着他们的占卜跃入熔炉，铸造出一个九州方圆来。

我在这一尊复制的大鼎前驻目，揣摩它虎口里的人头像，杂技一样精美背后的恐惧。我看鼎旁陈列的划出殷商一道灿烂文明之光的器物，骨针、玉簪、石具、陶瓷、青铜箭镞，它们的生活笼罩在另一群人的光芒之下。殷亡而周兴，鼎迁于周，还是王孙满那句话，德之休明，鼎小也重，奸回昏乱，鼎大也轻。公元1939年豫北平原的暗夜田野里，一声金属碰撞的脆响兴奋了一群民间考古者的神经。这个绿锈斑斑的硕大器具，其沉重程度令他们诧异万分，当时没有文化人在一旁指点，鼎被锯掉了一只耳朵，这是一个唯一可以告慰那些生死来去赤条条的奴隶们的动作，尽管对这个器物造成了很大伤害，让我们现代人的传统神经末梢疼了一下。据说是左耳。我见过真的，但分不清楚哪只是假的。当代的制赝技术是可以瞒天的，这是另一种智慧。鼎的出现无疑给当事人和后来人制造了无穷尽的麻烦，这个食坛和祭坛上最贵重的青铜工艺制品，这个用来记事碑刻样的文明传承者，因其独具的精神而被赋予无上荣光的器物，引导了一个又一个宏大而又纷繁的悲欢成败，那么多阴谋阳谋萦绕着的可是它吗？那么多战争与和平祈祷的可是它吗？

深冬里，当我置身于阔大的殷墟王陵时，北方的萧瑟一次又一次抖动我的衣襟和思绪。突然想起一位友人在这里写的两句诗：我不需要它/正如/它不需要我一样。我的案头有一只可供把玩的司母戊鼎，它的比例过分地缩小使我对它产生了温暖的美感，我偶尔在它的里面盛上清水，放进几枝时令的鲜花，让它古典的光辉映照一些现代生活。然我知道，让大的小起来，是件多么不容易的事啊，于是面对殷墟上这尊凝刻了王朝代言的活诏，我突然间才明白，青铜是青铜，鼎是鼎啊。

色影手记

■李　梅

狂热地迷上摄影是近两年的事。现在像一个移情别恋的女人，抛弃文学，简直要与摄影私奔了。

移情别恋的女人开始用色色的眼光打量周围的一切，沉浸在那些让她心迷意乱的事物里。

芦苇，一种诗意的植物

芦苇是我经常拍摄的题材。校园的湖水里生长着许多芦苇。春夏秋冬，随着季节的嬗变，它们各怀有不同的心情。

芦苇是一种很诗意的植物，帕斯卡尔关于芦苇的那段名言，让我们对芦苇怀有哲学的敬意。

第一次拍摄芦苇是深秋季节。狂野的秋风在黄昏里把芦苇诱惑成向前倾斜45度的斜线。芦苇们迷恋的目光自始至终都在追逐着风。它们像一群跳着西班牙斗牛士舞的奔放女郎，踏着风的节奏扭动狂舞，花枝乱颤。

一阵狂风袭来的刹那，按下了快门。我不知道风中狂舞的芦苇凝固在瞬间会是什么状态，千年万年的琥珀？那些比精灵还灵巧的风，我能抓住吗？还有那些令人心醉神迷的流动舞韵。

我拍故我在。但我看到的景致与我拍到的景致是同一个景致吗？风袭来的时候，我看不见风，虽然缄默的斜阳不告诉我风的秘密，但芦苇会告诉我。在照片中，风就成了一道道绿色的闪电，清晰而又模糊。一切都与速度有关，我追上了风的速度吗？

看着照片，我很惊讶，芦苇竟是用这种近似于变形的方式，把大自然中风的秘密透露给我，让我抓住穿着隐形衣的风。这个淘气的鬼灵精。

芦苇的叶子不再呈柔软的弧线，它们在风中绷紧了每一根神经，叶片笔直得像一枚枚刀片，锐利的锋刃在风中闪烁，无情地切割着岁月。黛玉说“风刀霜剑严相逼”，在这里有了具象。

当相机的速度追不上风时，风中的芦苇把自己上一个动作与下一个动作之间的连贯节奏，用一个模糊影来界定，让我们明白，过渡是一种不确定性，一个动态元素，一种特殊的语言。时间可以抓住瞬间的定格，却抓不住过渡。

我们可以抓住生命的瞬间，却抓不住生命的行云流水。我思故我在。但此岸的在与彼岸的在，这期间的过渡流动是我们能够抓住的吗？

对于未来，我们可以充满无限想象，但因为那些未知命运的步伐是处在动态中，在上一个已知命运与下一个未知命运之间，必定是一个过渡，是一个模糊的不确定性，所以未来对于我们，又是锁不住焦的虚影。

谁又能否认，我们的整个人生不是一个大过渡。此岸到彼岸的过渡，今生到来生的过渡。在这个过渡中，我们有自己清晰的闪电，我们的思想，我们的感觉知觉，无论被风吹成什么形状，都会留下瞬间的清晰的闪电，比如留下一些文字，留下一本著作，又比如留下我正在写的这篇文章。但我们对未来、对永远处于模糊动感的不可知的命运，永远不能把握。面对那些模糊，我们人类充满敬畏，就如同人类在宗教中，面对那些不能把握的神。

初冬的寒流让有些水羞羞答答变成了薄冰。芦苇的根部被一圈圈的小冰团缠绵着。给阳光选择一个合适的角度，这些冰点立刻变得不可思议，晶莹剔透，充满灵气，仿佛是一些穿在脚上的水晶鞋，被主人引领着，在大理石样的水面上轻盈舞蹈。冬日的芦苇，就成了穿着水晶鞋的灰姑娘。一扫蓬荜无彩的面容，变得明媚生动了起来。拍出来的这些点与线的图案，是现代抽象派的画面。

在冬天的季节里，芦苇呈现沙漠一样的寂寞颜色。笔直易折的芦秆上，一蓬蓬硕大的芦花在风中垂下沉重的思想。人是一棵脆弱的芦苇，但又是一棵会思想的芦苇。帕斯卡尔的这句著名格言，就是在这个季节里与芦苇邂逅的吧。帕斯卡尔像一个临水照拂的少年，面对芦苇，面对镜中的自我，他真切地看到了属于人类的最本质的特征。芦苇就这样被脆弱的然而又是会思想的人类，赋予了哲学的诗意。

以前在读到帕斯卡尔的这段话时，对人是一棵脆弱的芦苇中的“脆弱”，单单理解为人的生命的脆弱。后来逐渐明白，这样的理解没有人生的阅历，没有哲学的心智。人的脆弱不仅仅表现在生命中，人性的脆弱，道德底线坚守的脆弱，让我们看到了人内心深层复杂而多元的特质。天使与撒旦同时拥有我们的灵魂，高贵与丑陋只不过是我们的左手与右手。

拍摄冬天的芦苇，用逆光或者侧光效果最好。在光照的映衬下，芦花每一丝细小的绒毛都挺直了腰板神气十足。芦苇轮廓清晰，周身散发着温暖的亚麦色光泽。如果是顺光拍摄，芦苇就没有了这些生动的神韵。是光提升了芦苇，是帕斯卡尔用人类的思想提升了芦苇，让芦苇有了诗意的光泽。

做一个司春女神

拍牵牛花比较满意的几幅是在湖东边树荫下拍摄的。看着片片出奇的色彩和迷人的影调,惊异。柔滑细腻的玫瑰粉,莹绿的叶蔓,冷暖搭配得如此清和温婉。不是平日看惯了的那种红红绿绿的热烈张扬,倒像是一段古典含蓄婉约的爱情。色彩与色彩之间,缠绵悱恻,柔情似水。心中千回百转的衷肠无须言说,一切都凝结在含羞低眸的眉梢上了。

当时对光与影的关系还没有完全掌握,不知道这是在散射光下拍摄出的效果。树荫挡住了直射的强烈阳光,光线被稀疏的枝叶过滤,它们解除了武装,不再咄咄逼人,最后,它们被均匀散射地洒落在牵牛花上。利用散射光拍出来的东西,柔和细腻,没有难看的阴影。

再拍摄花卉时,尽量利用散射光,这样可以把花儿拍得妩媚洁净。后来,我也尝试着利用散射光给女人拍照,因为女人也是娇嫩美丽的花。

冬天,又经过这些曾经开满牵牛花的树下,树枝悬挂着牵牛花攀援的藤蔓。干枯的藤蔓上结满了花籽,一串串风铃在风中吟唱着逝去的好时光。

把花籽一一采撷下来,撒在经常散步的一条山路小径。那些花籽顺着我抛撒的动作,划出一个个优美的抛物线,落入大地的怀抱。一边抛撒,一边想象着来年夏天,这条小径就在铺天盖地的花海中蜿蜒了。当人们走到这里,会惊异有这么多立体的美丽相绕,他们不知道一个比藤蔓还要长的故事,只有我和牵牛花狡黠会意地相视一笑。

我是谁?是西方名画中那个在天地之间一路行走,一路抛撒鲜花的司春女神吗?

瞬间的美丽

刚学习摄影,适逢阳台上的仙人掌盛开怒放,忙用相机拍照。不懂得构图也不讲究用光,只是把它真实地拍下来。仙人掌是一种很高调的花,丝丝缕缕的花蕊从花瓣里伸展出来,极度张扬硕大,仿佛它要把自己的每一根纤维都放大了给人看,特别像我们在文字上运用的夸张手法。

当时也正与网上的文学社团打得火热,在那里当文学编辑,结识了一个在长江边浣纱的女子。文字女人的相互欣赏是从文字开始,但不一定是以文字结束。第一次上网与人聊天,就是和她聊的,戏谑,我把处女聊献给了你。当我们相互打量时,发现之间有很多的相似,尤其是我们的名字里都有一个相同的字，那个字里，包含了太多的冷烈孤傲。

我把盛开的仙人掌拍下来从网上发过去，她大为惊喜，称之为被无数仙人掌美丽地骚扰了一顿。

孰料，才到黄昏，这份美丽便熬不下去了，眼睁睁地看着阳台上的仙人掌花像一个沙漏，曾经拥挤的绚烂在时间里一点点漏掉，直到咽下最后一口气。长长的花萼带着已经枯萎闭合的花瓣，有气无力地伏倒在地，似乎是流星划过的一道轨迹。

无端涌起莫名的伤感，告诉她，我养的仙人掌在一夜之间就那样热烈地竞相开放了。但你知道吗，过不了明天，甚至就是现在，它们就已经衰败枯萎。那瞬间的美丽倏忽消失，让人觉得仿佛一切都不真实，这让人想到了现代生活中的许多许多。

后来，我们之间的友谊竟也开成了一朵仙人掌花，只美丽了我们一生中的某一个瞬间——比短暂还短。

等待一朵花开

初夏黎明，赶到荷花池去拍睡莲。

我来得太早了，太阳还没有赶到，睡莲们闭着眼睛正在酣梦中。放下相机，坐在池边，坐在睡莲们梦的窗口，静静地等待，等待一朵花开。

黎明的大地是沉寂的，银色的天空是沉寂的，只有鸟儿守不住这份清冷的沉寂，丢下一串串响铃就飞走了。

我坐在水边，看着那些莲。莲在水里，我也在水里。但不知道有谁能守住一份长长的沉寂在岸边等我。

等待一朵花开是美丽的。在一生中，我们做过多少次的等待，甚至想，人的一生，就是等待一朵花开的一生啊！我们怀着那么多美好，期冀着有一朵圣洁非凡的花，可是我们等到了吗？我们真正等到了属于我们的那朵花吗？等待的过程是陶醉幸福的过程，也是伤痕累累的过程。在这充满变数的世界上，能有一朵花肯回应我们天荒地老的等待吗?!

一次笔会间隙，海边漫步。我们文字女人是一些追求完美的人。虽然世界上没有完美，但我们还是痴着心去追求。说话的是一位长发长裙的飘逸女子。我们会意的眼神像溪水一样汇流到了一起。我看到那些眼神都在传递着同一个内容：等待一朵花开。

在一个并不完美的世界追求完美，很具有悲剧色彩。等待一朵花开的文字女人们宛如痴情的人鱼公主，为了心爱的王子——心中那些完美，不惜在刀尖上舞蹈。只要不倒下，她们会一直跳下去，哪怕遍体鳞伤，哪怕万箭穿心。

太阳没有升起，我们还在等待。

等待一朵花开，是人类一个高贵的姿态。

谁在那里看着我们的微笑

听到这个不幸的消息，开始注意打量曾经给他们拍照的花工们。不知道这只报丧的乌鸦飞落在了谁的头上。

给花工们拍照是去年的夏季。当时他们正在院子用割草机除草。我分别给他们拍照劳动时的情景。

冬天，听说花工中有一个人死去了，愕然。想起那天拍照是四个人，便不安地猜测，是哪一个生命去提前打开了另一扇门。我看到了其中的两个人，还有两个始终没有看到。没有看到的花工一个是年老的，一个较年轻。最后证实，死去的是那个年轻的花工。

什么叫命运无常?!

现在还清楚地记得，那个年轻的花工，在阳光下推着割草机，神气微笑地看着镜头。

割草机一步步向前推进，那些青草在割草机的轰鸣中嗅声尖叫，纷纷做着死亡的飞翔。一段一段的被强行割裂的生命，像一些鱼儿挣扎着跳出了水面，躺在那里，迎接着死亡的巡礼。空气里氤氲着浓浓的草汁气味，那是一些生命的血在绝望地流淌。而他却在那里对着镜头微笑，对着这个世界做着抑或是他最后的微笑。但是他不知道这一切，我的镜头不知道这一切。

我面对他的微笑：很好，不要动。

咔嚓。

割草机像一个巨大的魔兽，无情吞噬着一片片鲜嫩的生命。他在微笑的时候，压根没有想到，命运，这个更巨大的割草机，也正一步步向他推来，刈割着他的生命。他也要像脚下倒下去的青草们一样去赴死亡的约会。青草们都听到了他手中割草机的轰鸣声，但是他却没有听到向他步步逼近的命运的脚步声。

他微笑着。

很好，不要动，看着镜头。

咔嚓。

就这样，我的镜头竟然在这个阴谋中充当了一个如此残酷的角色，那冥冥之中的命运，就在这咔嚓的瞬间，做了无情的了断。把属于此岸的留下，把属于彼岸的带走。尘归尘，土归土。很可能这照片就成为他留给农村亲人的遗照了。那些阳光下的生命微笑，能慰藉亲人们的无尽哀伤吗？

冥冥之中，无常的命运又在哪里看着我们的微笑，哪一个瞬间是我们留给此岸的永恒？我们看着镜头微笑，不知道咔嚓之后，是什么在迎接着我们。我们能用一生短促的生命等待着花开，可命运却用更强大的永恒等待我们。一生和永恒，多么悬殊的对比。面对命运，我们人类的执著无异于巨大岩石面前的一枚小小鸡蛋。还有比硬更硬，还有比执著更执著的东西。

当我的笔触写着这些湿漉漉的文字时，无意间抬眼望去，书房窗外下面的草坪正是去年花工们割草拍照的地方，阳光灿烂，绿草如茵。

地域

邯郸散文三剑客

/杨献平

很多时候，我们在漠视地域，或者极力消隐地域对于人，尤其是文学写作的有效支撑和无形力量。这是一种适得其反或者徒劳的言说方式，不过是以此来遮蔽和强调另外一些什么理念和主张罢了。以我本人为例，二十多岁的时候，由于少年的苦难和屈辱，不快和阴影，进而对生身之地——南太行乡村乃至它遥望的城市，产生了极其强烈的排斥心理。到外省之后，发誓宁死也不再回去。十几年过去了，我忽然觉得，南太行乡村以及附近的城市是亲切和温暖的。写作者终生都无法逃避和摆脱生身之地对于他(她)潜移默化的影响和塑造，即使他们的文学创作飘离了本地，但文字之中必然携带了生身之地的迹象和气息。邯郸古为赵地，曾为繁华之都，人们好勇任侠，放荡冶游，即使妇女，也喜操弦琴，做一时之乐。见惯了兵戈，必然觉悟了人生的无常和命运的暴虐，使得赵地百姓更趋豪放和自由，性格刚烈，义气浓郁。

邯郸的文学创作是令人侧目的，且不说古赵国的“七贤”、不朽的美女罗敷，自上个世纪八十年代以来，有散文家李清山、诗人和小说家赵云江、曾获第二届鲁迅文学奖的报告文学作家李春雷、声誉不菲的女小说家刘燕燕等人，他们以雄厚的创造力，扎实的文本叫响中国文坛。近年来，在散文创作领域，短短几年时间，桑麻、崔东汇、王克楠等散文家异军突起，以丰厚扎实的文本表现，赢得较大范围的关注。此外，安秋生、贾维秀、李晓玲、李延军、刘宏秀、魏红梅等多位散文新锐也正在以强劲的势头，参与进来，成为邯郸乃至河北文坛一道靓丽的风景线。

这里还要提及，由刘又峰先生主持的《邯郸文学》和靳文明先生主编的《燕赵散文》杂志是一个阵地，一个交流和展示的舞台，在促进和推动邯郸散文文坛和作家队伍建设当中功不可没。在这支强劲的队伍当中，从文学创造力、文本本身和受关注程度来看，桑麻、崔东汇、王克楠三位散文家已经形成了自己的风格，属于创造力旺盛、思想深邃、具备自己的精神向度的成熟的优秀写作者。或许正是他们在当下散文界的优异表现，使得邯郸的文学创作呈现出一种向上的力量。

我始终相信，凡是写作之人，首先是善良和真诚的，他们始终有一颗关注世事、触物及情、敏感脆弱的心，有一种向上的精神和正直坦率的品格。很长一段时间，只要能够看到，我总是会认真阅读他们散落在各种期刊的作品，从中体味他们的性情和价值取向，揣摩甚至想象他们于现实生活中的样貌甚至行为细节。

作为邯郸优秀写作者之一的桑麻先生是一位带有浓郁书生气质的人，举止优雅，心思缜密。他的很多文字都是出自生活的现场，还有自身的心灵梳理和精神呼吸。看到他的第一本书是《归路茫茫》，文字朴素真诚，摹写之间，世事流云，人间烟岚，情感波折和命运际遇，给人以亲切、敦厚与共鸣之感。也隐隐觉得，桑麻先生是一位坚持了文学道统乃至世俗生活标准的人，不轻狂，不骄纵，不虚夸，不为浮世声色所动。每每阅读桑麻先生作品的时候，依稀觉得其家乡物事乃至人们的习俗秉性，在其文字之间，氤氲缭绕，悠然自得。

邯郸的另一位优秀写作者崔东汇，我也是先读其文，后识其人。印象深刻的是其被多家杂志和选本转载的《黄河影子里的生灵》。这是一篇沉实丰厚的作品，往事烟云，人间情愫，勾连表述之间，尽见作者性情。与桑麻细腻端庄、优雅真切不同的是，崔东汇的文字是粗粝的，携带和翻腾着浓郁的泥土气息和民间品质，出现在他作品当中的那些事物和人，都是底层的，被命运裹挟，被一己或者沧桑时光运送。而他们，却又在作家的文字当中，成为一种个性鲜明的文学雕像。

邯郸的另一位优秀写作者是王克楠。我断续知道，克楠先生是一位蒙古族后裔，血管里流淌着驰骋草原、弯弓射雕的草原骑士之悲歌长风。他的写作是内在的、诗意的，奔放如绵长草原，烂漫如野花牧草，始终有着长弓弯刀、呼啸山河的精神要求和灵魂品质。他写自己在邯郸的幼年生活，写街道旧事、人情世故，写赵王城的废墟，都是独具慧眼和自有品格的。但也不可避免地打上了赵地文化的印记，包括他写草原的文字，回忆的因素要少于旁观者和游历者的感觉。我想，作为鼎盛一时的赵国之都的邯郸，是具有强大吸引力和同化能力的，几十年的邯郸生活，至今不衰的赵都文化和氤氲地气，使得作为写作者王克楠先生早已成为地道的赵地人了。

在赵文化发源地，现代的邯郸，乃至河北和全国散文界，桑麻、崔东汇、王克楠作为散文家出现，绝对是一个文学事件，这个事件的共同点在于：他们同处一城，有着相同的文化和地域背景，但他们的个人境遇、文化学识、审美趣味、思想倾向和精神要求，使得他们的散文写作各呈姿态，各具特色，体同而文异，人别而文彩，他们是同一片土地上生长起来的三棵树，身直性正，相互关照，而又相互独立，更重要的是，他们都正在以生长的方式，向着更为深邃和博大之地，亮出了自己的艺术探索和创造姿态。为此，我愿将桑麻、崔东汇、王克楠称之为“邯郸散文三剑客”。

滏阳河边的死亡

■桑　麻

我吊在一棵白杨树上。它有三十多米高，树龄至少十年以上。它的主干笔直，圆滑，枝杈紧凑，树身差不多顶上我的腰身了。在四米多高的地方，向西南斜伸的手腕一般粗细的树枝帮了我大忙。我往上扔了三次，把随身带来的绳子搭上去。对折的那头儿垂下来。我用左手拉住，将右手这头儿从折扣里穿过，扽紧，再打一个活扣……做这一切的时候，我很平静，什么也不想，只是觉得应该把绳扣绾得更结实。我从来没有把活干得这么漂亮、顺手过……

系好绳扣，我向南顺着铁围栏寻找石头和砖块。我在杨树下垒起一个高台，以便踏上去够到绳扣。

做完这一切，天色渐渐暗下来。坐在干打垒的脚台上，我从裤袋摸出半包挤瘪的“绿钻”，抽出一支含到嘴里。我从烟盒里倒出打火机。没有风却打不着，后来发觉拿倒了。烟终于被点着，却没什么味道。趁着有些时间，我往小路两头看了看。行人很少。一会儿，北面传来高扬的尖叫。五个中学生，三个男的，两个女的，骑着自行车从北边风一般的冲过来，沿着狭窄的河边小路追逐……骑在最后的男生，突然伸手抓前面的女生，那红袄一偏身躲过，车子差点撞到树上……他们大笑着远去。烟抽到一半，路上又平静下来。不能再等了，我站起身踏上高台……试了试绳扣是不是结实。很好。我把住环扣，将身体撑离踏台……把头伸进绳扣可不是一件容易事……我只得又找来砖石把脚下垫高。这一次我的脑袋顺利地钻进绳扣，双手一松，嚓——的一声吊起了脖子……

桑麻跟他妻子踏上河边小路，离我吊在树上的时间大约过去一个钟头。他们晚饭后走出通达名园，走上人民路南侧水泥方砖铺就的辅路，在桥头转身向北横穿过人民路，置身在熟悉的滏阳河东岸、五位学生傍晚穿过的小路上。在节制闸上游，两人的脚步迟疑下来。水面积聚起一层厚厚的垃圾，味道奇怪难闻。他们屏住呼吸，疾步走过。行约二百余米，与来自东柳林村的四位妇女相遇。他们停在路边，靠着水泥护栏，尽可能远离身后那片树林。他们既没有面朝河水，也没有面朝树林，而是朝向人民路方向。正是街灯初上时分。此前，四位妇女听说有人在树林里上吊了。紧张和恐惧使他们本能地挤在一起，停止唧唧喳喳，一时哑口无言……他们压着嗓音说话，生怕惹恼

我，从树上张牙舞爪地扑过去。他们交头接耳，心跳加速……但他们不想离开。他们还什么也没有看到。他们等在那里，想知道接下来会发生什么。

桑麻跟他妻子走到四位妇女面前，因为不认识错身而过。丛台路到了。他们顺着小坡踏上滏阳河经由人民路往北的第二座桥面。他们站在桥上，靠近桥栏，回望人民路。一条灯火的长龙。河面幽暗，有条索状的斑驳光亮。寒意四起。他们在桥上停了两分钟，打消了穿过丛台路继续往北的念头。

沿原路返回的桑麻和他妻子再次与那四位妇女相遇。路上已经聚集了很多人，正三五一堆、七八一伙地议论着什么。原本狭窄的小路，连正常通行都变得困难。在树林近旁，几位警察围成不规则的圆圈，闲聊。他们站在路沿上，那个位置使他们可以方便地退身到小路上，而想要靠近那棵白杨，至少得往里走十五步。四位妇女站在原地，说话的声音比先前提高了。他们的恐惧被迅速聚集起来的人们赶跑。天完全黑下来。不知为什么，河边的路灯一盏也没亮。那片带状树林幽暗神秘。而更让人恐怖的是，我在树林里，在树上，挂着。桑麻跟他妻子在人群外停下来，因为人多，他们看不到树林里，不清楚发生了什么，但他们意识到气氛不对。神秘和诡异总与某种大事相关连。

没有人能逃过未知和神秘的诱惑，桑麻也不例外。在表面平静内里隐伏着巨大不安的氛围里，桑麻向情绪亢奋的四位妇女走过去。她们是最早的听闻者。他瞅中机会，适时插问一句：到底怎么了？

四位妇女人到中年，有着相同的肥满身材。其中最肥硕也最热切的一位，抢先告诉桑麻，有人在那儿上吊了！桑麻听出她鼻音浓重。

事发地点就在眼前。此处南临人民路，北接丛台路，西与连片的居民小区隔河相望，东边是占地 41.7 公顷的龙湖公园。如此地点，如此环境，如此时刻，竟然有人选择在此了结，而且成功，太不可思议了！桑麻后背冒出一股寒气，大腿肌肉剧烈抽搐数下。站在他东边的妻子像被人猛推一把，一下子扑到他身上……她把脸埋在他胸前，双手像两把铁钳紧紧卡住了他的胳膊。

顺着最肥满的妇女的手势，桑麻往树林深处瞥了一眼。那里幽昧不明。一个警察打开手电往里照了一下。在光亮明灭的瞬间，桑麻看到了吊在树上的我。我歪着头，颈椎早已断掉。

最早发现我的不是东柳林村的四位妇女，而是一位年近五旬的吹箫人。

没有人知道吹箫人的姓名。偶尔过往的行人，谁会在意一个陌生人以及他的身份？但事实上，他是这里的常客。那一晚，他像往常一样隐行于林中。

清寂平稳、舒缓悠长的箫声，在花木树丛中萦绕。河面平静。常绿或枯干的花木枝叶，不经意划过他的衣裳，嗞嗞有声。他习惯了，并不在意。

小砾石路或水泥方砖路在脚下弯来弯去。一个小花坛，一个更小的花坛，一个小雕塑群，然后是小游廊。吹箫人缓慢摇撒着幽幽的音符，走到白杨树下。又一个小弯曲。由于太过专注，他置身在白杨树下。当他下意识地调整身姿和步态的时候，仰面发现面前站着一个人。他想，谁会有这么高大！他没准见过许多身材魁伟者，却未必见过如此伟岸的巨人。他犯了嘀咕。他下意识地往下面看了看，没有看到我站在地上的双脚。他抬起头往上看了看，发现我的身体是腾空的。一时间，他不明白为什么是这样——荡秋千呢——但随后就明白了。他几乎顺嘴溜出一句：哎哟，不是上吊吧！

这样嚷时，他的脸庞将要碰上了我的身体。他突然完全明白了是怎么一回事，血直冲头顶，头发像钢针一样乍然而起。他的胳膊变得僵硬，手中的箫管啪的敲在我腿上。他大叫着“娘啊”，顾不上干枯的花枝的扯挂，顾不上常绿小灌木丛的阻挡，身体像被弹出似的，一蹦三尺窜出树林，身后响起清脆的拉布的声音，裤脚像旗帜一样打开……

他跑到小路上，心还在狂跳。他弯下腰将双手摁在胸前。他的嗓子干得冒火，口腔失去津液，张着大嘴，一声也喊不出。他失魂落魄，惊恐地往道路两头张望，希望有人出现。他每往道路尽头张望一次，就要往身后的树林看一眼。他惊魂稍定，哆嗦着手从裤袋掏出小灵通，拨打110和120。要不是系着绿色挂绳，小灵通会不止一次地掉在地上。

总算语无伦次打完电话，他继续向道路两头张望。他想大声呼喊，又没有勇气。他觉得时间过得太慢了。每分钟都长过一个世纪。东柳林村的四位妇女从北面散漫地走过来。虽然不认识，他还是快步迎了上去，把箫举到空中，比画着，依然语无伦次，结结巴巴，别……别……别往前……有人……在树上……吊……吊……吊……死了！

漫长的一刻钟过去了，人民路西段终于响起急救车的鸣叫声。又过去漫长的几分钟，一辆七成新的救护车闪着顶灯，沿着仅能通行一辆汽车的河边小路开过来。

吹箫人面对救护车驶来的方向站着，他的情绪平稳了许多，离救护车很远就开始摆手。救护车迎着他的手势停下来。吹箫人迫不及待地跑过去。没等他近前，车门打开了。三位救护人员从车里跳下来。司机从驾驶座上跳下来，问：你要的120吗？吹箫人点了点头。他们听罢吹箫人简短的叙述，跟他一同走进树林。

我像面口袋一样悬挂在树上。没有风，我静止不动。就他们的经验来说，需要急救的对象，要么是在家中床上，要么是在工地上，吊在树上的，他们还没见过。他们也胆怯，但没有失去方寸。职业习惯使他们冷若冰霜。他们对悬挂着的我不感兴趣，仰脸看了一眼，顶多两眼，就在心里做了了断。他们以为我早死掉了，压根没有把我从树上放下来的意思。那要费力气，会弄脏衣服，沾染晦气……他们都戴着口罩，穿着白大褂，浑身上下遮得严严实实。我看不清他们的脸。一位像是带班的大夫，大着胆子走近一点。他站在我身下，抓住我左手，我的左手冰凉；他把右手伸进我的袖筒，找我的脉搏，我的脉搏早已停跳，他什么也没摸到。他扭头问有没有剪刀。我听到一位女性纤细的声音，有，在车上。她要去拿，但被制止。他本来想把我的袖筒剪开，那样诊断起来会顺手一些。接下来还是这位带班的医生，煞有介事地解开我的上衣扣子。我的胸膛吹进一股冷风，胸前仅存的一点热气散得无影无踪。他让另一位男助手过来，拉开我的上衣，免得影响他把听诊器伸进来。一个胆小鬼！他把听诊器递过去，赶紧退回去。医生把听诊器放在我胸口，什么也没听到……他们例行公事匆匆做完这些。吹箫人本来以为他们会把我放在地上，做心脏复苏按摩，人工呼吸，要不就用起搏器——嘭、嘭、嘭，我的身体随着电击从地上弹坐起来——我在电影里看过……然而没有……他失望了。他目瞪口呆，活了将近五十岁，不是在电影里，不是在书中，不是在外地，而是在自己的城市，在家门口，第一次亲眼目睹了120急救中心如此新颖省劲先进独创的抢救上吊者的方法。他们从医多年，训练有素，身手不凡……令他大开眼界并大失所望。带班医生对他的一男一女两位助手说，走吧。女助手说，我拿了剪刀。他说，我说过不用。她问，不把他放下来吗？他或许瞪了她一眼，口气异常严厉，他吊得那样高，怎么把他放下来？别没事找事……走吧！他们走出树林。我本来睁着双眼，看到此景，不得不无奈而羞愧地闭上。

他们没有等我的亲人们的到来，连问一声都没有。这里无利可图，他们尽可以扔下不管。吹箫人十分遗憾地跟在他们身后。这显然不是他想要的结局。他跟着走到救护车前。司机嘭的一声关上车门，落下窗玻璃，对河流和树木说，别鸡巴吃饱了没事，瞎打电话……浪费油钱。

救护车以比来时快十倍的速度开走了，消失在东柳林村四位妇女的视野之外。吹箫人沮丧地站在原地，心存一线希望，等待110警务车前来救援。听说有人吊在树林里，四位妇女本能地停住。两个男人紧随而来，一个带着一把手电。他们也是东柳林村的，相互熟识。带手电的中年男人胆儿大，对着暗处打开手电。光束在我身上扫来扫去。眼前情景还是吓了他们一跳。吹箫人告诉他们救护车来过，医生做过检查又开走了。他们觉得很稀奇。早年在村里见过人上吊，起码先要将绳索割断，把人放下来再施救。听说医生的急救方式，他们怀疑是吹箫人在编故事，可他看上去很认真。他们相信了。拿手电的男人说，这跟帮人上吊有什么区别！

110警务车没有出现，接下来出现的是骑摩托车的三位巡警。他们把车子支在路边。车子支好了，他们也支好了。吹箫人走过去，告诉他们发生的一切。他们都很年轻。没有人说话，没有人表态，没有人肯到树林里来。他们或许以为此事跟谋杀无关。既然无关，靠近与否，勘察现场与否，调查取证与否都没有多大意义。可是，凭什么断定与谋杀无关呢？摩托车的发动机和排气管冷却下来，而他们一开始就在冷却状态，无动于衷地站在路边，比支起的摩托车更稳当。他们站着，交谈，发短信，打电话，不时冒出一句，好冷啊！

时间像中风者的脚步走得很慢，许多人停了一会儿就离开了。过去二十分钟，一辆桑塔纳警务车开了过来。后门打开，钻出一个人。他绕到左边，把左门打开。先期到来的三位巡警血液骤然升温，领导来了，他们争先恐后围上去，凭着事先从吹箫人和四位妇女那里听来的情况，向队长汇报。队长像帕金森氏病患者一样不住微微点头。跟队长一同过来的年轻人，随身带着一只强光手电。他们往前走了几步，停在路边。光柱在我身上照来照去。我睁开眼瞪着他们。

他们没有到树林里，没有把我放下来，但也没有走开。

口袋里的手机响起来，是我远在四十公里开外的老家一位同学打来了。手机响声吸引了他们。他们走到树林里，来到我身边。队长指示一位巡警从我口袋里掏手机。那只手伸进口袋，抖个不停。队长接过手机，谁啊？回说曲周的。你现在哪里。回说我就在曲周……让×××接电话。他不能接你的电话了。那边问怎么回事啊，他没在吗？不是没在，他在，不过已经在滏阳河边上吊了。那边不明白，你是谁啊，开什么玩笑！队长抬高了声音，我是110的。什么玩笑，我们都在这哪。你通知他家里人赶快过来吧！那边终于听懂了，嗯的一声，挂断电话。

散步的人多起来。有人专走林中小路。不时传来警察的呵斥。一对恋人不知道这里发生了什么，他们推着自行车，沿曲折的小径走过来，柔情缠绵地来到我身边。巡警用手电的强光拦住他们去路——退后，退后……他们感到不妙，趺趺撞撞跑出来。

节制闸那边再次出现车灯，一辆带厢小型工具车开过来。桑麻看清是冷藏专用车，是来拉尸体的。他们想得真够周到。

110巡警全都站在路上，等着我曲周老家的同学和亲属过来。没有人愿意把我从树上卸下来。我就一直在那里吊着。若是在白天，这绝对是一种示众的姿势。桑麻他们在路边待了一个小时，希望看到巡警把我卸下来，但到底没有等到那个时刻。他们的手脚僵硬了，只得不情愿地离开现场，时间是21时40分……

很长时间，桑麻不再跟他妻子到这条路上散步。他的妻子是害怕，桑麻不是。他是憋闷，郁结，失望，愤怒，难受，想不通。他跟他妻子说，那晚看到的情况，超出了他作为一个人可以想象和接受的限度。轻生的事实他能接受，人们对待轻生者的态度他不能接受。他始终不明白，那些医生，受过专门训练的人，负有救死扶伤义务的人，以救命为天职的人，为什么如此冷漠无情？他无法理解。就凭直觉认为轻生者可能已经没有了生的希望？而那个希望，难道不应该首先由医生替他去争取吗？即便绝然没有，也理当尽力。他们没有理由放弃他，没有理由逃避把他从树上放下来这个必须的程序……他们有这个义务。

同样，他对巡警们的表现也深感失望。他们在那里谈话，话题与现场发生的事情，与他们的身份毫不相干。他们旁若无人，谈笑风生。那个带着强光手电的年轻人，在电话里跟他的小恋人调情，大谈上次约会时的出轨，那够刺激！他不时发出放纵不羁却还得压着点的笑声。在那种场合，他还有如此兴致！队长跟另一个人在谈他的股票和即将进行的人事调整……

事情过去了半年，桑麻一直忘不掉。他不断跟人谈起此事，表达他的不解和迷惑。他特别跟人强调的是，那个人不想死。你们想想，他说，那棵杨树离路边顶多二十步，而树木也不繁茂。从路上经过的人很容易发现他——只是刚近黄昏，天甚至还亮着。选择此时此地，难道不是经过深思熟虑的？他想放弃生命，但又并不情愿。他是既要给人以自杀的印象，达到某种目的，同时也渴望能轻而易举地被人救下来。说不定，他是瞅准有人过来的时候，才把自己吊上去的。他真的不想死，也真的不该死。哪怕有一个人注意到他的异常举动，及时施救，他就能够活下来。

桑麻更进一步地设想和追问：如果那人吊在市政府门前，吊在最繁华的中华大街任何一棵法国梧桐上，吊在市公安局门前的石狮子上，吊在接诊医院的急诊处，那么，120急救中心的医生们是不是听任他那样吊着，为他把脉、听诊；110的巡警们是不是仍然会站在二十步开外的地方，如此之近而不加以援手，谈他的恋爱、股票、人事变动，等待他的家人从数十公里开外的地方前来解救？桑麻认为绝对不会。虽然死者可能闭上眼睛，不再思想，但是还有成千上万市民的眼睛，还有同样多的会思想的大脑不会停下思考，还有众议纷纭……这样说来，他们应该知道怎样做。只是那一晚，夜色渐深，阻挡了更多人的视线，掩盖并成全了他们的麻木不仁，使得他们既不脸红，也不心跳……自私而冷漠的愿望得以成功，并且保全了自己的利益和名声。那个职业称号，在最该光耀的时刻，却像幽暗的河水一样墨黑无光。

与此同时，桑麻对自己的行为也进行了拷问：当时身在现场，为何也没有行动？因为恐惧，因为会惹上麻烦，因为力有不逮？人命关天，有什么恐惧不可战胜；怕惹来麻烦。这倒当真。然而，再大的麻烦，与生命的消亡相比总是无足轻重。因为有医生和警察先期在场，自己便可袖手旁观？与他们相比，自己不具备相应的身份和条件……然而，建议了没有，呼吁了没有，鼓动了没有？你是否怀有对生命的敬重，是否尽到了一个人应尽的责任？你还有什么话说？你最终没有行动，遗憾地沦为一个看客……桑麻试图寻找原谅自己的理由，却找到了深深的内疚。

我对桑麻表示理解，与担当社会责任的医生和警察相比，那晚，他不过是一个普通公民。我对他的判断表示欣赏，但我保留自己的意见。我原本真的不想死，想凭着侥幸活下去，但接下来的事实，让我没有了遗憾，同时为曾经的想要活下去的念头感到羞耻。我铁了心要死掉。我感谢医生和警察。他们没有放下我来是对的，没有实施有效的抢救是对的，没有让我活转过来是对的。他们救活我，就害了我。那样我还得死第二次。现在一次就搞定了。我不怨恨他们。你们成全了我。我有一万条理由结束自己，而唯有一条理由能让我活下去。这一条理由足以抵挡那一万条理由，那就是人间之爱。当最后一条理由不存在的时候，死亡就成了必须。我死而无憾。如果我能承受冷漠，还怕死吗？还怕承受不了生活的苦难和不幸吗？哪怕生活是一地垃圾，一滩泥泞，一堆大粪，是四通八达却到处难行……在此，我郑重地向吹箫人、桑麻、东柳林村的妇女，还有谈恋爱的年轻人道歉：我吓着你们了，请你们原谅！

黄河影子里的生灵

■崔东汇

黄河的影子

我来到这里的时候黄河已经离去七百多年。我不知道七百年前的黄河为何发那么大的脾气，一下子向南蹿了五百多里。母亲河也有狠心的时候，一跺脚就把一个荒凉贫瘠的背影甩给了子孙。

七百年后的1986年初春我在黄河的影子里跋涉着自己的前程。没了母亲的呵护，风沙也猖狂，寒风唆使黄沙一阵阵扑打着单薄的我和稀疏的树。尽管那时共青团在中国政治舞台上人材辈出，而我作为共青团最基层的小头目——一个正在赴任的乡青年干事，感到自己的前途像黄河故道的风沙一样迷茫。

黄河故道二十里沙滩路我只遇见了三个活物：一个低矮精瘦的老汉有气无力地挥着柳条，前面奔跑的猪牵着老汉手里长长的麻绳；一个瞎子戳着棍子在后边摸索前行。后来我知道了那让猪牵着的老汉叫宝富，瞎子叫满囤。算上我，空旷的母性黄河故道只有四个雄性动物在奔走，那猪是种猪。

我备感凄凉，不禁对自己原来的那份教师工作产生了深深的留恋，与三尺讲台相比，黄河故道让我感到了自己的渺小，从而也坚定了我尽快逃离穷沙窝的决心。那时我太年轻，离开时确实比黄河当年更潇洒，挥挥手不带走一粒黄沙。然而，当十八年之后再次走进黄河故道时，我发现自己远没有当初离开时的轻松和毅然。

对黄河影子的最初记忆

失去母亲乳汁的滋润，黄河故道人的脾性比漫漫沙滩更荒凉。穷乡僻野出刁民，也出人物，北庄村支书池二河就算一个。

北庄村是乡机关所在地，灰蒙蒙一片蜷缩在沙滩与良田的夹缝，像一条搁浅多年的破船在默默等待着水流的启动。风沙歇了脚，天地睁开眼，袅袅炊烟和鸡鸣犬吠才端露出来，这里的田园风光总要看风沙的脸色。

一个“穷”字煎熬着视觉和感觉，北庄与黄河故道上所有村庄一样破破烂烂，到处都是沙尘的痕迹。村中最好的建筑是三间砖瓦结构的沙神庙，香火缭绕中沙神面南背北坐镇帮衬着村人镇压着风沙和贫穷。一切都让我怀疑时空的滞缓，倒是墙壁上的白灰大字标语透出了一点时代气息，“发家快致富，争当万元户”，“只生一个光荣，偷生超生可耻”，正规的仿宋体，是政府行为；下边一条“北庄前街有种猪包成”，歪歪扭扭，蚯蚓一样，肯定是个人行为，当时我就猜到是路上遇见的宝富和种猪。

黄河故道第一个和我搭话的人是池二河。

乡机关和民舍一样破烂，偌大院子里十几个站着或蹲着的脸色粗糙的农民在抽烟聊天，而池二河光着头趿拉着鞋旁若无人地在墙根撒尿，见我进来，池二河慌忙提上裤子粗声大气地问我找谁，我说找李书记。池二河系着裤带笑了，一脸狡黠：咱乡书记不姓李，姓骡，骡子的骡。周围的人都笑了。我纳闷：县委组织部明明告诉我找李书记报到，怎么变成了骡书记？见我疑惑，池二河用下巴指着一间办公室说：那不，骡书记正准备开会呢。我忙进去问骡书记在不在，红脸膛的书记苦笑了一下，说：准是狗日的池二河胡吣哩，我姓李。后来才知道，李书记结婚多年妻子未生育，医院检查后告诉责任在他，乡下戏称这样的男人为骡子，骡子是不能繁殖后代的。

我马不停蹄地参加了全乡各村支部书记会。会议内容三项：发动农民大搞商品经济，二胎以上育龄妇女上县医院结扎，搞村委会选举。李书记大声讲，支书们小声议论，烟雾腾腾，乱糟糟一片，李书记的脸就由红变黑：咱丑话说在前头，结扎是硬指标，哪个村完不成就拿你支书是问，要不到年底别要救济。果然寂静下来，池二河却小声嘟哝：都像你中国还得从外国进口人哩。支书们又窃窃地笑。

出会议室，宝富牵着种猪在门口站着，旁边蹲着一个中年汉子。池二河呵斥宝富：赶紧动手，再不改就连你带猪一块了，反正鸡巴你一个光棍闲着也是闲着，顶咱村一个结扎指标让别人女人多生个大学生。池二河又对蹲着的汉子说：宝成，你盯着他，不行就把他的猪杀了吃肉。原来宝富那条“北庄前街有种猪包成”的广告，无意中侵犯了堂弟宝成的名誉权，自有了那广告，村里人见了宝成都喊“种猪宝成”。

池二河三言两语处理完这场名誉侵权案后，使劲朝种猪屁股上踢了一脚，骂道：王八蛋，数你得劲，不用计划生育。心疼得宝富直咧嘴。

池二河是全乡村支书中唯一敢跟李书记开玩笑的。强龙不压地头蛇，李书记都让他三分。我跟着李书记分包北庄村。

第二天一大早，池二河就在村喇叭乱吼一通，到半上午也不见有人行动，他就到乡派出所借了副手铐，回家怒气冲冲拉着儿子池玉明铐在了当街的电

线杆上，骂他管不住老婆，说女人跑了男人顶。然后池二河阴着脸和村班子成员挨家挨户地去动员。整整铐了半天，池玉明屎尿拉了一裤子。见池二河对儿子都这么狠，那些原本犹豫的结扎对象都乖乖上了县医院，全村很快就完成了任务。我向李书记夸赞池二河大公无私；李书记摇摇头：他大公无私？这是他娘的搞的苦肉计。他就一个儿子，媳妇生了仨闺女，他还想要孙子，昨天晚上就让儿媳妇躲出去了，他不把儿子拉出来，咋让别人服气儿？李书记沉默许久后感叹：农村工作，一半政策，一半手腕，都按规矩来农民哪个怕你？

池二河的强悍一向令村人敬畏。从成立人民公社到实行责任制，池二河在村里都是说一不二。然而这次村委会选举他却遇到了挑战，虽然是一个极小的挑战，也让池二河心里大为不快。

这次候选人是乡里内定的。选举前池二河在会场扯着嗓子喊：张大柱是乡党委定的，大家要同上级保持一致。可统计时出现了五张反对票。按说选民有投反对票的权利，此属正常现象。可池二河认为有人故意跟他作对，当晚就在村大喇叭上大骂：狗日的有种你跳出来，别以为老子不知道你是谁，你反不了天。

作为监督选举的工作人员，我也能猜到这五人是谁，因为在巡察会场时我看见填写选票时赵运昌和几个年轻人交头接耳。

赵运昌是乡团委树的青年致富能手，他开的小面粉厂很让乡亲们羡慕。可村里人对他的出身却十分鄙夷，他是在他姓赵的那个爹死后三年出生的，村人都知道他母亲二寡妇与光棍宝富有染。背地里都喊他野种。

当晚，赵运昌敲开了我的门，忿忿不平地问我他有没有选举自由，我作了肯定回答，之后是长时间的沉默。作为同龄人，又是乡团委树的典型，赵运昌虽然与我交往时间不长，但彼此信任，无话不谈。我知道他的压抑，孤儿寡母处处受人歧视的环境养成了他不服输的坚毅个性。走出门他再三嘱咐我一定保密，我清楚他势单力薄怕池二河报复。想到白天选举时，宝富一手牵着种猪一手拿着选票，一副无所谓的神情，我隐隐感觉到赵运昌给池二河带来的潜在压力。

一夜无风，可黄河故道并不寂静。

说来可笑，那时北庄村最主要的“商品经济”就两项，一是赵运昌的小面粉厂，再一个就是宝富的种猪。

村里的人都说宝富的脑子有毛病，他与种猪的关系到了不可思议的地步。他的家锅碗瓢盆乱七八糟，猪圈却打扫得干干净净。他自己干巴精瘦，却把种猪喂得膘肥体壮。他到哪里几乎都是与猪如影随形，夜里看电影宝富和种猪总是在影幕的后面一个坐着一个蹲着，都瞪着眼津津有味地看，喜怒哀乐不时在两张不同的脸上闪现。回家睡觉时，绳子通过窗户一头系在宝富手腕上，一头拴在猪腿上，与其说他担心种猪被人偷走，倒不如说是绳子维系着一个农民与一头种猪之间的某种关系和情感。

与池二河、赵运昌相比，宝富是另一种类型的人，他像黄河故道中的树一样，是风沙中逆来顺受的角色。他没有池二河几十年如一日的强悍，也没有赵运昌宽阔的视野和默默的抗争。要不是种猪广告不小心出现语病，他几乎是与世无争的人。他所关心的就是眼前的一点利益，种猪是他的命根子。

支书池二河告诉我，老宝富最高兴的事儿就是看他的种猪与别人的母猪交配，比他自己跟女人睡觉还过瘾。我认为，老宝富最高兴的事应该是种猪完成程序化情爱后挣来的几块“辛苦费”。这是他赶着种猪走村串街不辞劳苦的动力，也是他在土地之外的重要经济命脉。种猪这种既快活又得实惠的美事，应该让人类中那些赔钱伤肾泛滥爱情的嫖客们羡慕。

我下村督促工作时，见宝富一手提着白灰桶一手拿着扫帚正在涂抹广告后边的两个字，牵猪的绳子系在腰带上。宝成沉着脸蹲在地上抽烟监督宝富。种猪大概觉得无聊，伸脖子往一边走，一用劲就拉断了宝富的腰带，宝富的裤子立刻滑了下来。我和过路的人笑了，宝成也笑了，站起来说：算了算了，我自己来吧。宝富嘴上说着好兄弟，慌忙提着裤子追猪。

家的原始意义就是屋檐下站着一头猪，可见人与猪的关系久远，不仅共同支撑着生态，更有社会和经济关系，这在黄河故道更为明显。

甩不掉的影子

黄河故道一年多的乡镇工作经历很快变成了我履历表格里短短的一行汉字，除了一年一度的工作考核在填写表格时与我周期性地相遇，其他时间我则把自己交给了匆匆忙忙的工作和庸庸碌碌的应酬，黄河故道的风沙已让城市的喧闹挡在了记忆之外，直到今年农历正月十八它突然撞进了我的办公室。

与黄河故道风沙一起撞进来的是黄河故道的北庄人。他们在我办公室习惯地蹲在椅子或地上，一边说着吼着，一边吸烟吐痰擤鼻涕，把我又迷茫在黄河故道风沙之中。我清楚，他们找到我这个地市一级小新闻单位的记者诉冤告状，说明已是无奈之举。

一帮子人中除了老宝富和赵运昌脸熟之外，大多是年轻的新面孔，因为十八年前我在北庄乡时这些年轻人还在吃奶玩尿泥。他们要告的就是老支

书池二河的儿子池玉明这个新支书。

我很为难，因为双方我都熟悉，加上不了解真正情况，就一直犹豫着，甚至有意躲避他们接二连三的光顾。可我终究没有躲掉，就在我上下班必经之地——市信访局门口我又与他们不期而遇。

他们齐刷刷站在路边兴味盎然地检阅着来来往往的人流，不时指指点点，同时在耐心等待信访局大门的开启，他们很轻松自然，似乎在观赏一种并不属于自己的风景，他们甚至连那些进城务工农民为生计而努力的想法都没有，或许城市的拥挤让他们留恋黄河故道的宽敞。也不知城市的繁华可曾走进他们荒凉的心境？赵运昌没在。老宝富左手拿着烧饼啃着，右手习惯性地在小腹前半伸着，我估计这是他多年牵猪养成的习惯。见我停在他面前，宝富嘿嘿笑了，小声解释道：俺们都是替运昌告状哩，一天八块钱，管一顿饭，要不冷丁丁站这儿干啥。我问：你觉得池玉明和赵运昌谁当村干部好？宝富咽下最后一口烧饼，说：说实话，都不当才好哩，村里没有班子上边就不能三天两头来村里折腾，今天要这个，明天要那个，老百姓都受不了啦。宝富说这话的时候不时吸溜着鼻子，一脸无奈，好像在面对着黄河故道的风沙。

果然，上午下班时见运昌在马路对过信访局门口给他们村上访的人分发盒饭。我还没到家手机就响了，赵运昌约我吃饭。酒桌上运昌向我罗列了池玉明的种种“罪行”：超生、财务混乱、乱划宅基地等等。几杯酒下肚，运昌的脸涨红，狠狠地说：这支书村长不是他池家的祖产，凭啥老子不干了儿子接着干。我劝赵运昌按程序逐级反映，他说：乡里县里都没有人管，你以为我告状有瘾啊？后又埋怨上访的乡亲：都是窝里横，在家一个比一个能蹦，到市里一个比一个脖子短，你看今天上午那些下岗工人心多齐，堵政府的大门，敢拦领导的车。俺村这帮子人就记着向我要钱哩，都是他娘的小农意识。

我劝运昌不要采取过激行为，要有耐心，运昌直着眼吼道：耐心？池二河骑在我脖子上拉屎都四十年啦！娘的，我现在不尿他那一套。

我终于决定再去北庄一趟，是做调解工作还是对十八年陌生的补偿？我说不清自己的此行目的。

依旧风沙弥漫，吉普车替代了十八年前的自行车和双脚的跋涉。

村庄亮丽了许多，大片的红砖蓝瓦突破了记忆的单调。由于前几年乡镇合并，北庄乡已不复存在，原来的大院已被民房侵占。原来宝富的猪圈和破屋已被二层小楼替代，临街门面的招牌写着“洗浴桑拿”。村人介绍说，宝富的庄基卖给了赵运昌，楼是赵运昌盖的。原来瞎子满囤摆摊算卦的十字路口贴着“电脑算命科学预测”的美术字，村人说这是瞎子满囤的侄子开的门市，据说生意还行。没变的是沙神庙和与之相邻的池二河的家，门前水泥杆上的大喇叭被风雨锈蚀掉了原色。

沙神庙前二寡妇和一群中老年妇女打着扇鼓念念有词地跳着，脚步的花样既像“文革”时期的忠字舞，又像现代城市老太太跳的迪斯科，池二河蹲在香炉前烧着纸箔，老态龙钟的脸堆出几分慈祥，单看眼前你绝想不到他当年一跺脚四面掉土的威风。今天是二月二龙抬头。村人说，沙神和管水的龙王本是一对好兄弟，后来失和，龙王一气之下把黄河调走了。今天神婆神汉在这里举行仪式是请龙王再回黄河故道，与沙神重修旧好。

池二河发现了我，一边握我的手，一边语无伦次地说：四旧，四旧，都是闹着玩的。

池二河的家没有多大变化，只是北屋冲门的毛主席像下面添了一个瓷质菩萨像。宾主坐定，池二河似听到了什么风声，问：是赵运昌请你来曝光的？我说不是，我是来看看老朋友。

午饭时池玉明和村班子的几个也都凑在一起，酒过三巡话便多起来，都异口同声地声讨赵运昌，说他有了钱不帮乡亲们，洗澡桑拿收费太多，从外边请的按摩小姐把村里年轻人都教坏了，两个漂亮的小姐专门伺候赵运昌一个人，还说赵运昌专门在县城买商品房养小老婆。池二河用筷子敲着盘子异常激动地说：这种人还想入党当村干部，反了他啦，要是公社那会儿，哼！话没往下说，池二河浓重的鼻声里却冒出了当年的杀气。

至高潮，池玉明有些醉意地抓住我的手：赵运昌告我超生，不错，我有五个孩子，可都是闺女，我一个绝户头成天为乡亲们跑里跑外，我图了啥？现在农民比村干部还懂政策，多收一分钱也不行，北庄又穷，村干部都两年多没拿过一分钱工资了，划几片庄基给村干部发点工资，这也算犯法？县里乡里干部都有工资，我们有啥？你赵运昌光自己吃喝嫖赌，给村里办过啥事？俺爹在村里忙了半辈子，他自己得到啥了？住的还是破房子，吃的靠我，现在老了谁问过一句？池玉明说着眼泪就掉了下来，其他村干部也都神色黯然，池二河也扭头用衣袖擦了擦老眼。

我无功而返，这些问题确实不是我一个小人物所能解决了的。出村不远我下车小便时一下子摔倒在黄河故道的风沙中。我喝多了，难道我此行仅仅是为了一场并不丰盛的乡村酒席吗？车和我一样醉态朦胧地在黄河故道上歪歪扭扭。可我依然清楚记着今天是二月二龙抬头。

无论如何，这对于黄河故道上的生灵们来说应该是一个好兆头。生活在黄河干涸的影子里，他们年年祈求，年年期待。因为，毕竟黄河是龙，他们也算龙的子孙。

骂 街

■王克楠

我所生活了四十余年的古城邯郸河坡老街，是我精神的发源地，在我几乎所有的作品里，凡是提到河坡老街时，都洋溢着赞誉之辞。但是河坡老街并不是世外桃源，它的风俗里确实有不太文明的垢处——比如说骂街。

骂街就是骂街，不是赞美诗，没必要对骂街进行包装。骂街虽然不美，又确实是我生活的那条街道生活的组成部分，因为这几年四处出去开笔会，朋友们让我说点笑话，我不会，就说“我学学骂街吧”，一学朋友们就乐了。

河坡老街一般比较平和，出现了骂街，那是因为邻里之间有了突然的矛盾，在通常的办法不能解决时，只有借助于骂街。在街筒子里放肆地骂街，一般由已婚妇女（俗称老娘们儿）做主角。这些老娘们儿真是骂街的高手，她们在平时也并不是凶相外露，天知道，一旦进入骂街的状态，就像战士冲进了战场，完全换了一个人，彻头彻尾母夜叉一个，使人想到她们在平时表现出的彬彬有礼，简直是伪装出来的。人的两面性，在这些老娘们儿身上真的有淋漓尽致的表现——我想，这些平时斯文的女人，对丈夫，对婆母总是低眉顺眼的，但是肚子里的邪火却是在悄悄积攒着，寻找着突破口，一旦找到骂街的机会，就喷薄而出，椰风挡不住。

骂街就是骂街，是恶毒的语言倾泻，双方谁也不会对于骂的言辞进行考究，考量出处。事过多年，已经在机关工作多年，善于进行条类划分的我，私下里把街道里的骂街分为三类，即单骂、对骂和群骂，这和武术中的散打有相类似的地方，即单打、对打和群打。“三骂”之中，以单骂发生概率最高，也最能展现女人的“骂街艺术才能”。要想成功地进行单骂，需要有机缘由头，即一定要抓住准备进行搏杀的对方短处，比如怀疑对方偷了自己的鸡，或者自己家的九斤黄母鸡把鸡蛋下到对方的鸡窝了，或者是怀疑对方背着自己说自己的坏话了，或者对方根本就没有在自己手中有任何短处，只不过是自己对于对方不满，想找个借口发泄一番，都是进行单骂的好由头。单骂的好处是给挑战者提供了很是宽松的平台，你可以变着法子骂，随心所欲地骂，因为对方心中有愧，就不敢站出来对骂，直到你骂得没意思了为止；有时候因为骂得太随意了，你自己都好笑起来，于是怨气消散，自然鸣金收兵。

对骂就不同了，虽然你在自家门口叫骂，因为隔墙有耳，就有人从中听出了门道，立即蹿出来迎着对骂，这样两人之间就产生竞争，就能比出个高低，一是比嗓门，二是比语速快慢，三是比骂的内容以及花样。对骂的高手，能快能慢，能按照自己既定的骂街路子往前走，并不受对方骂语的影响，同时，还能捕捉对方的语病，一旦有了破绽，立即进行反攻，使对方措手不及。挺在街筒子高声骂街的是主角，围观的街坊是观众。一般地说，听到街筒子里的某一位突然骂街开练了，邻里常常就当是唱戏吊嗓子，并不会有人站出来劝解，你站出来说话，别人还以为你心虚呢。即使有人站出来劝解，也是走走形式，蜻蜓点水应付一下，应付中还有煽风点火的意思。如果出现对骂则不然，总会有邻里站出来进行劝架，因为互骂的双方各自目标已经锁定，已经把别人择在外面了，所以进行劝解就不会有后遗症，问题在于正在对骂的双方都不会听劝解，不仅不听，反而是越解围越是来劲，所以，善于劝解的高手，都不往深处劝，而是劝几句就返回去，不围观，好像是做做样子。有时候是一方感到自己不是对手，正在找台阶，看有人站出来劝解，恰是台阶，顺着台阶好下台。但是，遇到势均力敌的对手，双方如果不骂个昏天黑地是绝对不会收兵。

二人对骂，总有弱者，弱到一定的程度，就会从自己家冒出来一个助战者，二骂一，从人数上占个上风头。骂街的高手是可以达到这样的"境界"，就是能够做到一骂二，一骂三，甚至一骂四，一骂四这样的"天才"简直是风毛麟角，大多数是需要从自家搬援兵的。这样就容易出现群骂的激烈场面，如果出现群骂的场面，一切就乱了套，不管是骂街的，还是围观的，谁也听不清骂的内容，只见人张嘴，不见人说话——人确实还在说话，捶胸顿足地说，壮怀激烈地说，偏偏已经听不清了，乱糟糟，急切切，呼啦啦，仿佛是在战场上，不同的兵器一起开火，已经令人无法分辨兵器的类别了。

人非钢铁之躯，总有疲惫之时，骂街收兵的火候总是在双方的疲劳点上。也有打持久战的，那就是单骂，单骂的主儿可以表演马拉松，可以从早晨骂到晚夕，中间可能出现停顿，那就是骂街主角回家喝水或者吃饭去了。水足饭饱，回来再战。女人们骂街，尤其是单骂，醉公之意不在酒，主要是展现一下自家的气势，表示自己家不是好欺负的。单骂的大多数是在自己家门口指桑骂槐地骂，或者是沿街像卖货郎一般漫无边际地骂，很少直接站在对立面的门口叫骂的，因为那已经不是示威，而是挑衅，那样的叫骂大多时候是以双方流血而终止。

国人壮怀激烈为国捐躯，自然有自己的悲壮形象，进入骂街状态的双方也有自己的特殊形象，这主要是指她们在骂街时的身段姿势。骂街一般采取站势，因为站着发音通畅，气贯长虹。亦有坐势，坐在小板凳或者苇墩上，慢条斯理地去骂，充分展示自己的风采。也有比较潇洒的走骂，一边走，一边骂，从后街走到前街，再从前街走到后街，边走边骂，边骂边走，自成一种风格。最为激烈的姿势为跳骂的，这种身段一般发生在对骂和群骂之中，当双方有一方在语言中处于下风之时，往往就开始用动作来加强气势，遂产生跳骂，即跳起来骂。30岁左右的女人跳得要高一些，40岁以上的女人要跳得低一些，人过50岁，就基本与跳骂无缘。跳骂的时候，通常是左手掌拍着左大腿，右手掌拍右大腿，技巧的要点是在跳得最高处拍腿，以显示气势，落到地面时要立即飞箭一般将拍大腿的手指指向对方，好像自己的手就是高射机枪或者是榴弹炮。一场骂街结束，骂者回家褪掉裤子，看看大腿，血红血红的，不是别人打的，是自己打自己。骂街的老手大多数自然而然采取“混合式”，站骂累了，就坐一会儿骂，一旦对方有人出来应战，就果断采取跳骂，在跳骂的同时伴以站骂，以保持自己的体力基本平衡。街筒子里还有过一次跳骂升级者，她站在地下嫌低，上到自家房顶上跳着骂，只不过不小心摔了下来，摔断了腿，以后再没有站在房顶上跳骂的了。

在平时，河坡老街街筒子里的时光是平稳的，各家各户过着自己的日子，除了红白喜事或者是盖房修屋以外，共同参与的事体较少。一俟出现群骂的场面，就成了街道的节日，男男女女，老老少少，都从自己的家门走出来，劝架解围或者就是为了看热闹，看谁比谁厉害，或者谁比谁骂有新词。尤其是对于平时不露声色的骂街高手，大家更是露出钦佩的表情。遇到群骂，在一上午或者一整天，街筒子里人来人往，熙熙攘攘，就像过年一样。

在河坡老街，骂街是女人们的专利，男人们是绝对不参与这种掉价事的。男人们知道女人骂街既是向外人示威，也是包含着向自己的男人叫板的意思，男人们心中虽然恼火，还是装着漠不关心的样子，这就像男人们喝醉了酒说胡话，女人们无法去计较一样。女人威风凛凛站在街筒子里开骂，男人在家里该喝酒就喝酒，该抽烟就抽烟，该下棋还下棋，全然没有这回事的样子。倘若棋友拉拉男人的袖子说：“外面风大，把嫂子叫回来吧。”男人会骂一句粗话说：“狗日的平时憋坏了，就让她疯一会儿吧。”但是男人还是不会远走，他在悄悄关注着事态进展，即是看对方的男人是不是出场。女人们一起对骂，进而打到一起，双方揪掉了对方的头发，也没有大不了的，倘若对方的男人出场了，这一方的男人就会像雄师一般冲出去，保护自己的女人。自己的老婆自己打，别人摸一指头也不行。

骂街这件事情，实在说不上文明，却符合“街情”，是河坡老街街坊们解决矛盾的一种方式。肚子里有气，不发泄出去，不分个里表，影响身体健康，也显得虚假。自己有气，骂上一番，自己气顺；双方有气，双方对骂，双方解气。骂过以后，开始一两个月内，磕头碰脸谁也不好意思先说话，都觉得脸上挂不住，但是，又都有和解的意思，冤家宜解不宜结嘛，何况远亲不如近邻呢。因此，遇到过大年，只要有街坊一撺掇，就有一方先到有老人的另一方家里去拜年，一切矛盾就迎刃而解了，谁也不会计较在对骂时，双方在气头上说的那些刻薄的话，人在气头上，谁的嘴边还能挂着尺子呢。

再和气的夫妻也会斗嘴，再平和的生活也会有摩擦，河坡老街的生活是淡然而悠远的，乍一产生骂街这样的事体，也是对平和生活中的一种掺和，似是一道调料，有了调料，生活就有了色彩和味道，这决不会影响街坊们互相帮助。大家吃饭还是习惯端着碗到街筒子里大槐树下吃，谁的碗里有了好吃的，就会冷不丁被另一个邻居叼走两口，众人哈哈大笑，河坡老街的生活每天都这么快乐。

亲着，爱着，打着，骂着，生活就这样一天天有滋有味地过去了。